Alle Böcke beißen …

Bruno Laberthier

Alle Böcke beißen …

Ein (Un)Sittenroman
und Fußballkrimi aus Köln

Bibliografische Information der Deutschen Nationalbibliothek
Die Deutsche Nationalbibliothek verzeichnet diese Publikation in der Deutschen Nationalbibliografie; detaillierte bibliografische Daten sind im Internet über http://dnb.d-nb.de abrufbar.

Alle Hauptfiguren und Handlungen sind frei erfunden.
Ähnlichkeiten mit lebenden oder verstorbenen Personen sind rein zufällig.

Alle Nutzungsrechte dieser Ausgabe bei
Gardez! Verlag Michael Itschert
Richthofenstraße 14
42899 Remscheid
www.gardez.de

Die erste Auflage dieses Buches ist 2010 im Rheinlese Verlag, Ingelheim erschienen.

Lektorat und Korrektorat
Matthias Heinrich und Michael Itschert

Satz
Helmut Rohde, Much

Covergestaltung
Angelika Richter, Heidesheim

Druck
AALEXX Buchproduktion, Großburgwedel. Printed in Germany.

Originalausgabe, 2., bearbeitete Auflage 2013

ISBN 978-3-89796-246-0

Zum Geleit:

„Personen und Handlung dieser Erzählung sind frei erfunden. Sollten sich bei der Schilderung gewisser lokalwirtschaftlicher Praktiken Ähnlichkeiten mit solchen Praktiken ergeben haben, die in und außerhalb der Domstadt unter dem Begriff ‚Kölscher Klüngel‘ zusammengefasst werden, so sind diese Ähnlichkeiten weder beabsichtigt noch zufällig, sondern unvermeidlich.“

(nach Heinrich Böll, *Die verlorene Ehre der Katharina Blum*)

1

Gestatten, Klaus Vogel: heute *Streetworker* im besonderen Einsatz, früher Bummelstudent.

Ich muss hier was loswerden. Eine Geschichte über den 1. FC Köln. Nicht nur über den FC, aber auch; zugetragen hat sie sich 1994 mitten in meinem Langzeitstudium. Zu einer Zeit also, als der Bock noch was hermachte in Fußballdeutschland.

Na, Interesse? Dann geben Sie sich einen Schubs und steigen ein. Lernen Sie mich und die Isetta und seine Schwester Martina kennen und erleben Sie mit, wie uns dreien damals eine ganz heiße Nummer vor die Füße fiel.

Die Isetta und gleichzeitig *der Bruder* von Martina, fragen Sie?

Jau, das hat schon seine Richtigkeit. Aber der Reihe nach.

Beamen wir uns zurück in die Neunziger Jahre und legen los mit einem Freitagabendspiel des FC gegen den VfL Bochum im Müngersdorfer Stadion …

Weil es bei mir finanziell immer mau bis dunkelmau aussah, gönnte ich mir damals in jeder Saison eine FC-Dauerkarte für den Stehplatzrang Mitte. Klingt wie ein Widerspruch, war es aber nicht. Denn es brachte ein paar Pfennig auf den regulären Kartenpreis von damals fünfzehn Mark, außerdem konnte man abstottern. Martina, meine Freundin, die mit mir zusammen eine Dachgeschosswohnung in Sülz teilte, kaufte sich, wenn sie mal mitkam zu den Heimspielen, immer eine ermäßigte Jugendkarte für die Kurven, und ich reichte ihr dann meine teurere Karte durchs Gitter, so dass sie wie ich in den Genuss der Totalperspektive kam, die man aus dem Fernsehen kennt, statt aus der verzerrten Kurvensicht das Spiel verfolgen zu müssen.

An diesem Freitag hätten wir allerdings auch probieren können, mit nur *einer* Karte durchzukommen. Weil nämlich Karneval war und der FC in Zeitungen und den Radiosendern als Rahmenprogramm zum Spiel einen Wettbewerb für das phantasievollste

Kostüm ausgeschrieben hatte, war ich unter der Woche losgezogen und hatte mich in diversen Kostümverleihen umgesehen und endlich in einem ganz in der Nähe unserer Wohnung *die spezielle* FC-Verkleidung aufgetan: einen Geißbock auf vier Beinen, mit Hörnern aus Schaumstoff, in dem der Vordermann die Bockmaske auf dem Kopf trägt, während der Hintere ziemlich teuflisch, nämlich unten als Bock und oben als selbigen reitender FC-Anhänger daherkommt. Zwei Jecken in *einem* Bockkostüm sind eine Einheit, und für die brauchst du *eine* Eintrittskarte: alles andere, behaupte ich, wäre sittenwidrig. Hätte also eigentlich klappen müssen.

Na egal. Vor den Eisengittern standen die Juroren und notierten Namen und Anschrift derjenigen, die sie für preisverdächtig erachteten. Wir schlichen uns an, Martina vorne mit der Geißenmaske, ich hinter ihr. Man fand unsere Verkleidung nicht schlecht und nahm unsere Personalien auf. In der Halbzeitpause würden wir erfahren, ob wir gewonnen hatten.

Auf den Rängen standen die Leute schon ziemlich dichtgedrängt, schunkelten und grölten zu ollen Fastelovendsliedchen aus den Lautsprechern. Wir mussten uns ein bisschen durchdrängeln, um an einen der begehrten Plätze vor den Wellenbrechern zu kommen: nicht so einfach bei zweien, die hintereinander in einem Geißbockkostüm steckten. Papp*nasen* johlten mit alkoholfreiem Kölsch im Papp*becher* zur Stimmungsmusik, während die Bochumer Papp*kameraden* als erste rauskamen, um sich auf dem neonlichtgrünen Spielfeld warmzumachen. Pfiffe und der obligatorische Bochumschlager von den „Ruhrpottkanaken" begrüßten sie.

Tasso Dörfler, unser Torwart, betrat als Erster von den FC-Spielern den Rasen und begann sich warmzumachen. Mit ihm kam der Lieferwagen mit dem Plakat, das sein Konterfei nebst einem Glas Kölsch des Trikotsponsors, der Brauerei *Dorf*, einmal rund über die Tartanbahn fuhr und dann wieder verschwand. „Ich bin ein Müngers*dörf*ler!" stand auf dem Plakat neben Tassos grinsender Miene, und in der Pause, wenn sie diese Show vor dann vollen

Rängen noch einmal wiederholten, ließen sie den Tasso diesen Spruch sogar von einer Videowand richtig *sagen* – ohne Versprecher, und ohne „Jaggut" vorne dran.

Die anderen Kicker tröpfelten nach und nach ins große Rund; ein paar bekreuzigten sich, wenn sie den Rasen betraten: Andy Fuss, unser legendärer Mannschaftskapitän etwa, oder Adi Pikler aus Österreich, der zusammen mit Kralle Schickedantz unser Prunkstück bildete – den Sturm. Kaum waren sie alle drin und dehnten und sprinteten sich warm, tauchte ich nochmal für ein paar Schäferminütchen ins Innere unseres Kostüms, zog Martina die Bockmaske vom Gesicht, und wir knutschen uns in Stimmung. Martinas dunkelblonde Locken klebten ihr auf Stirn und Wangen, so sehr schwitzte sie unter dem Ding. Kein Wunder, schließlich hatte sie bloß einen schmalen Sehschlitz im Maul des Bockkopfs, ansonsten war ihr Kopf vollkommen in Kunstfell und Filz gehüllt.

Weil sie sich in dem engen Kostüm nicht richtig zu mir umdrehen konnte, gaben wir unser Schnäbeln ziemlich schnell wieder dran. Flink zog sie sich den Kostümkopf wieder über, während ich meine klammen Hände in ihre Hosentaschen kramte. Wäre ja keine schlechte Idee, jetzt und hier … Ich tastete an ihrer Jeansnaht herunter, um herauszufinden, wo die Bockbeine des Kostüms anfingen, und ob da Spielraum war, um …

„Tja, verpasst!", rief Martina plötzlich.

Ja, was …!? Irritiert zog ich meine Hände wieder hoch. Hatte sie jetzt auch gedacht …?

„Wie, verpasst?"

„Mein Bruder ist schon da!", meinte sie. „Man kann eben nicht alles haben, Klausemann. Entweder rumknutschen", und mit leicht angewiderter Stimme: „oder ihm zusehen bei seinem abartigen *Einzug* …"

Martinas Bruder heißt eigentlich Rolf, aber für mich ist er immer nur „die Isetta" gewesen. Er sah in seinem Rollstuhl, mit seinen hundertvierzig Kilos halt aus wie eine von diesen alten

BMW-Gehhilfen, die sich nach vorne raus öffneten und in der im Grunde bloß der Fahrer Platz hatte – sah aus wie ne *Isetta*, der Rolf. Und es machte ihm nicht das Geringste aus, wenn man ihn so nannte: die Isetta war einer von den Querschnittsgelähmten, die ne ordentliche Portion Spaß vertragen und nicht alles so bitterernst sehen. Kann schließlich umgekehrt auch austeilen, die Isetta, und das haben gerade die Bochumer in ihrem Fanblock erfahren müssen, die sich angeekelt die nassen Schals von den Hälsen reißen und der Isetta in seinem Elektrorollstuhl und seinem Zivi halbvolle Pappbecher hinterherschleudern, während über ihnen die Kölner Hooligans feixen und grölen und „ihre" Isetta supporten.

Isettas „Einzug" war mittlerweile Ritual, fester Bestandteil des Rahmenprogramms jedes Heimspiels – auch wenn seine Schwester, meine Freundin Martina das ganz und gar nicht gutheißt. Martina hat *ihre* Qualitäten, ist verlässlich und eine beneidenswert strebsame Studentin der Anglistik, dazu ist sie mehr als nur tageslichttauglich. Doch in der Kategorie „derbe Späße" hatten sie und ich fundamental andere Ansichten. Denn ich amüsiere mich jedes Mal köstlich darüber, wie die Isetta mit der Unangreifbarkeit der behinderten Person und dem sicheren Wissen darum andere terrorisiert.

Bis zum Anpfiff war es mächtig voll geworden um uns rum. War aber klar, denn neben der Südkurve, wo die Kuttenträger standen, dem Gästeblock und dem Oberrang über den Promis waren das hier die beliebtesten Plätze. Prinz Franz IV. hatte seine Aufwartung gemacht und war im offenen Cabrio einmal rund gefahren worden mit seinem Bauer und seiner Jungfrau, nett gefeiert von den Hools in der Nordkurve und ihrem Evergreen „Ach, wär isch nuuur …" Händedruck von Prinz zu Präsidium, Händedruck und Schulterklopfen von Prinz zu Pikler, Winkewinke zwischendurch, Händedruck mit Schieds- und Linienrichter, Strüssjer für Jupp Kalinski, den Bochumer Stürmerstar, der heute Abend sein dreihundertstes Bundesligaspiel bestreitet, dann mit weißer Strumpfhose zum Anstoßpunkt gestorcht, und mit den fußballuntauglichen Schnallenschuhen vor die Pille getreten: Los gehts, meine Herren!

Wir im Bock, Martina eine Stufe tiefer als ich, verfolgten staunend die ersten Spielminuten: nicht der UEFA-Cup-Anwärter aus der schönsten Stadt Deutschlands machte das Spiel, sondern die Fastwiederabgestiegenen aus dem Pott. Gleich in der zweiten Minute sah Alfred Biegel gelb – zugegebenermaßen dunkelgelb, denn eigentlich war sein Gegenspieler Kalinski durch und wäre alleine auf Tasso Dörfler zugelaufen. Im Gästeblock daraufhin Toben in Blauweiß, ehe eine Leuchtrakete von den Hools darüber mitten ins Reviervolk wieder für Ruhe sorgte.

Trainer Toftson tobte, fuchtelte an der Außenlinie und stellte um: Was Martina als Gelegenheitsfan entging, leuchtete mir sofort ein – Andy Fuss wurde seinen lästigen Aufgaben als Libero vor der Vierer-Abwehrkette enthoben und sorgte so für mehr Druck nach vorne. Nach hinten sicherten jetzt Fränkie Greinmann und Hans Holtz ab. Und das Ganze hatte Erfolg: Adi „Le Wand" Pikler streckte seinen breiten österreichischen Hintern raus, schirmte so den Ball vom Gegner ab, guckte, wer mitgelaufen war. Dann Absatzkick auf Kralle Schickedantz, der seinem Bewacher läuferisch über war … Haken, kurz antippen, ausholen, und *wummms!* Der Ball flog in laaaangsamster Zaaaitlupe durch den flutlichtbeschienenen Karnevalsabend im Kölnischen, so sah das später in *ran* aus. Dann seeeenkte er sich ins Tooooor. Einsnull!

Gar nicht so leicht, im engen Bockkostüm zu jubeln, ohne was aufzureißen. Also mehr aufs Rausbrüllen verlegen, und Martina von hinten um die Taille greifen, ihr den Bauch rubbeln, mal eben kurz die Brüste drücken. Aus ihrem Bockmaul hörte sich der Jubel seltsam an, aber immerhin noch nach Jubel. Unten fuhr die Isetta einen Ehrenkreis, brüllte, dass man es bis hier oben auf die Ränge hören konnte: „Eine Freinummer in der Hornstraße für den Jung!"

Und es wurde noch besser. Bochum, geschockt und sich wieder mal um den Lohn der verdienten Maloche betrogen fühlend, jammerte statt zu spielen, und bei so was war der Kralle eiskalt.

Solo ab Anspielkreis, kurzer Doppelpass mit Andy Fuss, Gasse frei, auch den Torwart noch umspielen, und da war der zweite Schrank! Ein Bock taumelte im Stehplatz Mitte-Rang. Bis fast zur Halbzeit überlegte ich mir ernsthaft, ob man hier, mitten im Volk und vor neugierigen, lüsternen, voyeuristischen Blicken nur geschützt von dünnem Kunstfellstoff, mehr als nur fummeln konnte.

Dann die vierundvierzigste Spielminute. Ein harmloser Rückpass zu Tasso Dörfler, der auch unter der Woche nicht gelernt hatte, einen Ball geradeaus zu schießen, und die Pille Richtung Seitenaus drosch, wo blöderweise ein Bochumer lauerte und mit einem geschickten Heber in den freien Raum Jupp Kalinski in Position brachte. Der fackelte nicht lange, Alfred Biegel kam zu spät, und der Jubilar des Abends erzielte sein Jubiläumstor: Zweieins!

Damit war das Pausenbier, das wir uns in unserem Kostüm diesmal allenfalls *denken* durften, endgültig schal. Nix mehr mit ruhig durchatmen und dann kontrolliert in die zweite Halbzeit. Erst recht nicht, als sie die Halbzeitstände von den anderen beiden Freitagabendspielen durchgaben: Bayer Leverkusen, unser meistgehasster Konkurrent um Platz Fünf, führte in Rostock! Wir knutschten, verständlicherweise, nur zögerlich. Und bei dem großen Wettbewerb hatten wir auch nichts gewonnen: Der Sieger saß Oberrang West, hatte uns gegenüber also den Vorteil, Edelfan zu sein. Es hieß, er habe sich als Adi Pikler verkleidet, mit Mozartzöpfchen. Wie witzig. Wie einfallsreich!

Die zweite Halbzeit begann, wie man es erwarten musste: Bochum drängt, der FC wird unsicher und stellt sich hinten rein. Über eine Viertelstunde keine Gelegenheit für Adi Piklers Hintern, auszufahren und die Pille abzuschirmen. Denn bis in den FC-Sturm kommen die Bälle gar nicht mehr. Fragen drängen sich auf: Wer ist denn hier die Heimmannschaft? Wer spielt denn hier bitteschön um den Einzug ins internationale Geschäft?

Mitten in die Drangperiode der Bochumer dann … nee, noch nicht das 3:1. Dafür schaltete sich die Isetta höchstpersönlich ein. Der Ball kullerte ins Aus, nahm locker die Werbebande, kullerte auf die Rollstuhlfahrer zu, die wie auf der Hühnerleiter vor der Stehplatzgeraden aufgereiht waren. Die Isetta reagierte am schnellsten, fuhr ein Stück vor, auf den Ball zu, und *zack!*, hatte er ihn eingeklemmt unter sich. Unterm E-Rollstuhl der Ball! Und clever wie er war, markierte die Isetta – hier schon! – Batterieschaden, gestikulierte theatralisch mit den Händen und rief dem Schiedsrichter was Entschuldigendes zu. Balljungen kamen und zerrten am Leder, das seitlich unter dem Rollstuhl hervorlugte und unnatürlich unrund aussah. Bochumer Verteidiger drohten, über die Bande zu springen und der Isetta eins mitzugeben. So vergingen an die zwei Minuten der Bochumer Offensive. Als man von der Gästebank einen Ersatzball auf den Rasen warf, fuhr die Isetta ein Stück vor und gab die Pille wieder frei. Tosender Applaus von den Rängen belohnte ihn für diese Einlage.

Und nach der Bochumer Drangperiode fiel dann wirklich das Dreieins. Unnachahmlich tänzelte Andy Fuss die Bochumer Abwehr aus, dieser geniale kurze Antritt, rechts links noch mal am Fünfmeterraum, und dann ab die Pocke. Erleichterung allerorten: noch zwanzig Minuten zu spielen. Das müsste es gewesen sein.

Erleichterung auch im Kostüm. Mit den Handflächen massierte ich Martinas Rücken, dann ihre Oberschenkel. Sie ließ es geschehen, grunzt etwas Wohliges durch ihr Geißbockmaul. In weiser Voraussicht hatte sie sich unter dem stickigen Kostüm nur ein T-Shirt und einen engen Pullover angezogen. Die waren schnell aus der Hose gezupft.

Ich verkürzte den Abstand von Geißbockhinterläufen zu den Vorderbeinen ein wenig, griff um Martinas Taille, öffnete den Knopf ihrer Jeans, zog den Reißverschluss vorsichtig herunter. Sie quiekte, und ein, zwei Typen vor ihr blickten sich um, grinsten beim Anblick eines quiekenden Geißbocks.

Sie lehnte sich nach vorne, stützte sich auf den Wellenbrecher vor ihr. Auf die Weise bekam ich die Jeans über ihr schnuckeliges Hinterteil heruntergezogen. Es waren noch etwa fünf Minuten zu spielen, als, na, wie soll ich sagen … als der Bock im Bock mit der Geiß den Sieg zu feiern begann.

Und das Beste war: Keiner um uns rum hatte was bemerkt. Mit dem Abpfiff war alles wieder ordnungsgemäß verstaut. Wir warteten ab, bis all die Menschen, die nicht das Glück hatten, mit jemand anderem in einem Kostüm zu stecken, die Ränge nach der obligatorischen Ehrenrunde verlassen hatten, dann hoppelten auch wir die Stufen rauf zum Ausgang.

Den Abend nach Heimspielen verbrachte ich üblicherweise mit der Isetta am Tresen, in immer wieder anderen Kneipen. Martina kam in der Regel mit, wenn sie nicht ihr schlechtes Gewissen plagte und sie wenigstens am Abend zuhause blieb, weil sie meinte, pauken zu müssen. Heute Abend aber, mit unserer Verkleidung, wollte sie nirgendwohin: Zwar war Karneval, und nach einem Heimsieg wäre so ein Geißbockkostüm in so ziemlich jeder Kneipe in der Stadt *der* Renner gewesen, aber sie überredete mich, das, was wir im Kostüm angefangen hatten, zuhause noch ein wenig zu vertiefen. Naggut.

Also verbrachten Martina und ich die Tatnacht damit, uns ausgiebig und nur unterbrochen von *ran* einander hinzugeben, ehe wir irgendwann in der frühen Dämmerung vollkommen erschöpft einschliefen und gegen Mittag wieder erwachten.

2

Was im Grüngürtel passierte, während Martina und ich den Samstagmorgen in aller Seelenruhe verschliefen, könnte sich ungefähr folgendermaßen abgespielt haben:

„Hennes, küsste wohl her! Bei misch he, ävver dalli!“, keift ein alter Mann seinen Hund an.

Der Alte, Pomade im Haar, leichter Blouson bei dem wunderschönen Wetter und die *EXPRESS* akkurat vierfach gefaltet im Handteller, steht und wartet ungeduldig. Er klaubt die Leine aus der Blousontasche und leint den Rauhaardackel an. Sein Blick schweift über das satte Grün im Sonnenschein und die Betontreppe, die rauf zum Restaurant führt, dreht sich dann weiter zur Geschäftsstelle. Nichts rührt sich. Das Geißbockheim tut so, als schliefe es noch.

Dackel Hennes zerrt, will nicht auf den Asphalt pinkeln müssen, will wenigstens an den grünen Stahlpfosten vom Geländer, das den Trainingsplatz einfasst. Doch der Alte rupft an der Leine. Hennes hoppelt ihm hinterher auf den Fußweg, der vom Parkplatz am Tor vorbei Richtung Decksteiner Weiher führt. Ins trockene, alte Laub knistert dort sein Strahl, glänzend wie ein Goldkettchen um den Hals des Spielmachers, weil die Sonne kräftig durch das kahle Geäst der Bäume hinterm Tor scheint. Der Alte, die Zeitung links, den Hund rechts, fasst sich an den Gürtel und zieht seine Hose hoch, strafft dann die Leine. Hennes hat beim Pinkeln etwas gewittert, aber Herrchen ist stärker. Zwei andere Kiebitze sitzen auf der Holzbank, der Alte hat sie längst entdeckt.

„Ja, guck mal, Männlein, wer sitzt denn da“, hört Hennes sein Herrchen ein bisschen theatralisch sagen. Schwielige Altmännerpfoten drücken einander, Fahrradklammern spielen klingelnd zwischen den Fingern. Zupfen am Blazer, Zeitungwiederauffalten, um sich den Hosenboden nicht an der verwitterten Holzbank zu versauen. Mit dem Handteller klopft einer der beiden Alten dem

Dackel auf die Flanke, weil Hein noch keine Enkelchen hat, denen man saure Drops schenken, und keine Frau mehr, der man den eigenen Platz anbieten könnte.

Nach und nach trudeln die anderen Originale ein, unter ihnen der Schwerhörige und der Frührentner. Carlo kommt frisch vom Friseur, Schnauz und getönte Sonnenbrille, und immer noch verdächtig braun, obwohl das doch schon zwischen den Jahren war, dass er in der Dominikanischen Republik Urlaub gemacht hat. Hein ist es, dem Carlos Gehabe immer am meisten auf den Zeiger geht, und Hein knallt es auch schon mal raus: Der geht bloß auf die Sonnenbank. Dem reicht die Stütze doch nie und nimmer für Fernost, selbst im Winter nicht. Der Lügner, der Sozialbetrüger!

Auch Marlies vom Manderscheider Platz kommt angeradelt, rosa Freizeitanzug, Haare toupiert und zur Abwechslung mal kastanie. Marlies genießt das Privileg, die einzige Lady unter den Kiebitzen zu sein. Außerdem schwärmt sie nicht unbeträchtlich für Carlo. Da kann Hein noch so viel meckern, für sie ist Carlo stattlich und noch ein ganzer Mann: und zwar trotz seiner Behinderung. Carlos Vorname, sein Auftreten, sein, ja, einfach sein Rechthaben – alles so männlich, so italienisch, so *latino*.

„Wenn ich der Toftson wär, ich hätt den Biegel nicht rausgenommen", geht auf einmal derselbe Carlo auf den dänischen Trainer los. „Der is immer gut für dat eine oder andere Kopfballtor, un bloß weil er den Kalinski nich im Griff hatte … wat hatten die den im Sechzehner zu bieten, Mensch, da war doch jedes Mal Endstation …"

Na also. Wie jedes Mal, denkt nicht nur Hein. Carlo fängt schon wieder an mit dem Stänkern. Wär ja auch ein Wunder, wenn der mal nicht querschießen tät.

„Eh, Carlo … der hatte schon Gelb!", schlägt einer die Bresche für den Trainer.

„So schlecht war der doch wirklich nicht …" Marlies zupft sich das Haar. Den Carlo kann sie jetzt nicht hängenlassen; sie lächelt herüber zu ihm, dreht dann verlegen am Deckel ihrer Fahrradklingel.

„Sach mal, biste sicher, dattste gestern im Stadion warst, Carlo?" Hein platzt schon wieder der Kragen. „Meinste nicht, dattste da wat verwechselst? Dat dat gar kein Flutlicht bei dir war, gestern Abend, sondern bloß dat Licht vom Asi-Toaster?"

Die Rentner lachen. Wo der Hein die Ausdrücke her hat!

„Jetzt mal halblang, Oppa.", kontert Carlo. „Was glaubst du sonst, wo ich war?" Die Gemeinschaft der Oppas murmelt. Sollte er besser nicht machen, dieses Herumreiten auf dem fortgeschrittenen Alter von einem von ihnen, bloß weil er fünfundzwanzig Jahre jünger ist. Das trifft irgendwie alle. Und sein Unfall, der ihn zum Frührentner machte, der Unfall, als ihn in der KFZ-Werkstatt der *Kadett* seines Schwagers unter sich begraben hatte, weil die Hebebühne plötzlich defekt gegangen war, wobei es ihm das Hüftgelenk zerfetzt hatte und wer weiß was noch mehr … wenn der Hein fuchsteufelswild wird und wieder damit anfängt, da kann der Carlo aber gleich einpacken.

„Naja …", Hein zögert, der alte Schauspieler. Die anderen bleiben mucksmäuschenstill, einer fummelt hinter seinem rechten Ohr rum und dreht den Ton lauter. Hein nimmt den unwilligen Hennes auf den Arm, piddelt ihm was vom Rücken, sieht kurz auf zu Marlies, senkt dann den Blick wieder auf das Fell und sagt: „Wenn wir nicht wüssten von deiner schlimmen Invalidität, könnte man ja auf den Gedanken kommen …"

„Was?", schnauzt Carlo zurück. „Was willst du mir hier anhängen!?"

„Nu", seelenruhig streichelt Hein weiter die Flanke von Hennes. „Mir han doch Fastelovend. Villeisch, dattste jet met enem lecker Mädche gehatt häss, jestern ovend?"

„Weder Sonnenbank, noch was du da denkst." Carlo streicht sich den Schnauz, um Heins Gefummele an seinem Hund auszugleichen. „Vielleicht, dass du das brauchst, von Zeit zu Zeit, dass du dir vorstellst wie das wär, so mit nem richtig wilden jungen Ding, was Hein? Oder doch schon tote Hose? Der Piephahn bei dir auch schon altersschwach, Hein?“ Die anderen beginnen wegzusehen, suchen mit den Augen die Treppe rauf zum Platz ab nach den Spielern. Marlies starrt auf ihre Fingernägel, das Gesicht jetzt so schweinchenrosa wie ihr Freizeitanzug.

„Um mich musste dich nicht sorgen, Hein. Das mit der Hüfte stört dabei nicht; war mal gerade gut genug, um die Rente durchzukriegen.“

Da kommt er schon wieder damit an, dieser Sozialbetrüger! Der Schwerhörige kichert, weil es gegen Hein geht. Mitleidig schauen die anderen zu Marlies.

„Und überhaupt, Hein ...“, geht Carlo zum Gegenangriff über. „Ich kann dir sogar beweisen, dass ich im Stadion war. Hab dich nämlich von oben gesehen, wie du die ganze erste Halbzeit nach den Ehrengästen gespingst hast.“ Carlos Augen kneifen sich hinter der Tönung der Brille zu Schlitzen zusammen. „Un, hat der Lattek dir geantwortet? Und wieso ist der Howard Carpendale nach zwanzig Minuten so schnell rein? Wollt er nicht mit dem Hein aus Klettenberg durchs Gitter plauschen?“

Das kann Hein nicht ab, diesen Ton. Dass man ihn aufzieht damit, dass er den einen oder anderen Kontakt pflegt.

„Bist doch bloß neidisch“, gibt er kontra. „Kennst keinen außer deinem Friseur und deinen Kegelbrüdern, und vielleicht noch die Putzfrau aussem Sonnenstudio, und dann reißte hier die Schnauze auf!“

„Ja, Mensch, dann geh doch rüber! Geh und klingel den Klunkertz raus, vielleicht dass der uns allen hier ne Runde Klaren schmeißt! Ja, mach doch mal, Hein, mach doch mal!!“

„Ja, mach doch mal ...“, äfft der Schwerhörige Carlo nach. „Los Hein, geh mal hin zum Präsidium und mach die Runde für uns locker!“ Die anderen johlen und auch Marlies grient wieder: Punkt für Carlo. Hein dreht sich weg und lässt sich von Hennes die Finger lecken: warmer Trost von einer warmen Zunge, „Ja, Jung, ja, wat is denn?“ Er kocht. Da musst du aufpassen jetzt, sonst biste gleich wieder bei Zweihundertzehn zu Hundertvierzig. Hennes schmecken die weichen, faltigen Hände von Herrchen wie Leberwurst, wie beleidigte Leberwurst.

„Was is denn, Jungens?“ Mattes, der jüngste der Altersrentner, trudelt ein. Die Gruppe begrüßt ihn kühl.

„Nix“, sagt der mit dem Hörgerät. „Wat soll sein. Der Hein un der Carlo sin sich widder am kabbeln. Sons is nix!“

„Sind se schon draußen?“, will Mattes wissen.

Schulterzucken und eisiges Schweigen. Mattes ist manchmal peinlich, so sehr merkt man ihm an, dass er noch nicht lange dabei ist. Aber er kommt mit dem Auto, und das ist praktisch: wegen des Campingtischs, den er unter dem Arm hält, und der Klappstühle.

„Nee, was!?“ Mattes sieht sich um. „Der Kralle ist grade erst gekommen, hätte mich beinahe überfahren, der Spinner. Hat sich nicht mal entschuldigt. Wo der doch sonst so freundlich immer ist.“

„Sie sind noch nicht draußen“, sagt ein anderer schließlich. „Gib her den Tisch, ich mach dat.“

„Komm, Mattes, holen wir schnell die Klappstühle“, geht Hein dazwischen. „Nimm mal einer solange den Hund!“ Er markiert den kollegialen Kiebitz. Über einwandfreies Sozialverhalten zurück in die Gruppe: Hein ist ein ganz Gewitzter. „Wo haste denn geparkt?“

Hennes schnuppert wieder, Marlies, die ihn nun auf dem Arm hält, kriegt ihn kaum gehalten. Da ist doch was im Unterholz, Kaninchen oder so. Totes Kaninchen.

Mattes kommt schwitzend zurückgeschlurft, ein Pittermännchen vor seinem Bauchansatz schleppend, auf dem Hahn und Hammer schaukeln. Hein kommt mit drei Aluminiumstühlen hinterher.

„Na, wat sacht ihr jetzt? So biestig is der alte Hein doch nich, dass er euch auf den Karnevalssamstag verdursten lässt“, verkündet er, nachdem Mattes wieder abgedreht ist, um die Kölschstangen aus dem Auto zu holen.

„Schlag an, Hein", meint der mit dem Hörgerät. „Rein mit dem Zappes!"

„Nee, soll der Mattes anstechen", Hein klopft sich die Hände sauber. „Der kann das besser!"

„Is ja auch von ihm", murmelt Carlo. Hein grinst und nickt gefällig.

„Oder du, Carlo", schlägt er vor. „Komm, du bist der Jüngste von uns allen, du kannst das sicher noch am besten!" Heins Grinsen wird ganz verschlagen, seine Äugelchen rutschen zu zwei engen Schlitzen zusammen.

„Nee, dat is dem Mattes sein Fass, also soll der …"

„Was is, Leute? Nu stech schon mal einer an!" Mattes, fröhlich zurück, verteilt die Kölschstangen.

„Gib dem Carlo den Hammer", intrigiert Hein. Mattes stimmt eifrig zu: „Los, Carlo. Ich kann so was nicht."

Also muss Carlo ran. Der, denkt sich Hein, hat wahrscheinlich genauso wenig Erfahrung damit wie Mattes. Außerdem weiß Hein ganz genau, wo Mattes wohnt: am Hönninger Weg, direkt am Bahndamm, ganz am Ende einer Stichstraße mit schön vielen Schlaglöchern. Wenn der das Bier freitags abends geholt und heute früh hierherkutschiert hat, musste er also mindestens zweimal damit über die Löcher. Rache ist süß. Hein nimmt Hennes auf den Arm, der soll alles ganz genau sehen können.

Carlo spreizt die Beine. Der Campingtisch wackelt, also müssen zwei andere Kiebitze festhalten. Zweiter Versuch, den Hahn angesetzt … *SPLÄSCH!!!*

Carlo hat sicher lange schon keinen Hammer mehr in der Hand gehabt, aber schwer zu sagen, dass es wirklich daran liegt. Golden schimmernd spritzt der Strahl dem Hahn hinterher, der sich ihm in den Schoß rammt. Vom plötzlichen Schmerz gekrümmt, duscht ihn ein Schwall Obergäriges. Triefend klebt das Seidenhemd auf Kettchen und brauner Bauchhaut; die Hose hat wie die *Ray Ban* nur Spritzer abbekommen.

„O'zapft iss!", meint Hein trocken. „Haste gesehen, Hennes, wat dem Onkel Carlo da Dummes passiert ist!?"

Flink und ohne viel Worte retten die anderen was noch zu retten ist: Der eine schnappt sich den Hahn, der andere zieht sich den orthopädischen Schuh mit dem Holzabsatz vom Fuß und schlägt damit den Bolzen ins Fass. Jubel und Gelächter, so dass die Spieler, die in dem Augenblick zum Auslaufen herauskamen, meinen, es gelte ihnen und kurz herüberwinken.

Hein und Mattes beginnen, die Stangen zu verteilen, während die beiden Ersthelfer den Schaum langsam gebändigt bekommen und Marlies zu Carlo herüberschleicht. Da musste es passieren, und ausgerechnet Hein entdeckt es: Ein dunkler, nasser Fleck hat sich auch auf Carlos Hose gebildet, genau im Schritt.

„Nu, süch ens ahn! Dat is dir aber nahgegangen, das Missgeschick, was, Carlo!?" Die anderen süffeln Schaum und Kölsch und lachen zufrieden: prosten einander zu, stoßen miteinander an.

Carlo, immer noch gebeugt vor Schmerz, humpelt auf das Gebüsch hinter der Holzbank zu. Marlies will hinterher, aber er winkt ab. Dann verschwindet er in den kargen Büschen und stiefelt lange durch das Unterholz, bis er meint, nicht mehr gesehen werden zu können. Tatsächlich, geplatzt!

Adi Pikler, die Stimmungskanone aus Österreich, kommt als Vorletzter aus der Kabine und steuert auf die Rentner mit ihrem Fässchen zu. Er greift nach der frisch gezapften Stange, die Mattes ihm reicht, nimmt sie auf ex, dankt und trabt Kralle Schickedantz hinterher, der lustlos als Letzter über den Rasen auf den Parkweg zum Weiher läuft.

Tragisch: Kaum sind Kralle und Pikler hinter den Bäumen verschwunden, kommt der Schrei.

In Windeseile drehen sich Altmännergesichter um, als es schon raschelt. Carlo, bleich wie die Wand, die getönte Brille auf die Nasenspitze gerutscht, mit beiden Händen den Bund der heruntergezogenen Hose notdürftig festhaltend, kommt zurückgeschlurft.

Was alle geahnt haben: Carlo trägt Tangaslip. Was nur die

Hartnäckigsten, wie Hein etwa (und auch der nur, wenn er spitz auf Carlo war) geglaubt haben: Da war mehr kaputtgegangen, unter dem *Kadett* damals, als nur die Hüfte. Aus einem zerfetzten Urinalkondom tröpfelt Harn auf die Hose, während der gelbe Schlauch des Beutels, in den alles eigentlich hätte fließen sollen, wie suchend nach vornüber baumelt.

Hein will was sagen, wahrscheinlich wieder einen Schauspielerspruch halblaut zu seinem Hund. Ein anderer kommt ihm zuvor: „Mensch, Carlo, was is denn mit dir los? Wat is denn passiert!?"

Carlos Schnauz zittert; er steht da wie vom Donner gerührt und hält die Hände in den Hosenbund gekrampft.

„Da-da-dadadadaddda ...", stammelt er. Marlies hält es nicht aus.

„Carlo, was?", jault sie auf. „Himmel, Carlo, was *ist* denn da? Carlo!!!"

„Da-dada-liegt ne Frau. Da liegt ne Frau. Und die ist ... die sieht aus wie ..."

Die Kiebitze sehen sich an, den Schrecken tief in die Falten ihrer Gesichter gegraben. Hein fasst sich ans Herz, der Schwerhörige dreht den Ton lauter.

„Die bewegt sich nicht mehr ...", stammelt Carlo.

3

Da hatten wir den Salat. Eine Frau, niedergestreckt am Trainingsplatz vom FC. Martina und ich waren am selben Samstagmorgen immer noch am pennen, als die Kripo in Person von Fortunatus Kempf die Szene betrat, sich dabei äußerst ungelenk anstellte und von einem Kölner Boulevardjournalisten richtig schön vorgeführt wurde …

Der dunkle Dienstaudi schoss die Allee entlang, fuhr den Parkplatz vor dem Geißbockheim ab, bog schließlich schwungvoll in eine freie Tasche und hielt. Ein schwarzer Lackschuh setzte sich auf den Asphalt, ein zerknitterter Trenchcoat hob sich aus der Seite des Wagens, die Tür flog wieder zu. Kurzes Nicken unter dem Pepitahut zu John von der Kripo, der vor ihm am Tatort war.

„Herr Kempf, schau an." John knöpfte sich das Sakko zu. „Kollege Pispers ist heute unpässlich?" Kempf reagierte nicht, also kam John zum Punkt. „Der Arzt ist noch da. Er wartet schon eine Weile."

„Ja-eh-ja", stotterte Kempf. „Gut. Zeugen?"

„Eine Handvoll Kiebitze."

„Hä?"

„Trainingszuschauer. Einer von ihnen hat sie gefunden."

„Und sonst?"

„Keiner. Die Spieler waren beim Auslaufen."

Sie gingen an den grüßenden Polizisten und dem stumm flackernden Blaulicht des Notarztwagens vorbei in den Waldweg zu den Holzbänken hinter der Stirnseite des Trainingsplatzes.

„Wo haben sie sie hingebracht?"

„In die Uniklinik. Sie war bewusstlos und ziemlich zugerichtet."

„Kritisch?"

„Der Arzt meint, ja."

„Fortunatus Kempf mein Name." Er lupfte das Hütchen, als er den Notarzt erblickte. „Bitte entschuldigen Sie mein spätes …"

„Doktor Mockel", unterbrach ihn John. „Er hat die Frau erstversorgt."

„Schädelfraktur", übernahm der Arzt. „Dazu die Temperaturen nachts im Februar. Sie muss ein paar Stunden hier gelegen haben."

Kempf kratzte sich am Kopf, wischte sich ein paar Haarschuppen vom Trenchcoat ab und strich mit Daumen und Zeigefinger durch den grauen Kinnbart.

„Sie brauchen mich dann wohl nicht mehr …", sagte der Arzt.

„Ja-eh-ja. Nein. Und vielen Dank für Ihr Warten." Der Arzt verschwand, kopfschüttelnd.

„John, war die Spurensicherung schon …?"

„Die Frau lebte noch", entgegnete John. „Da trauen Sie sich mal die Spurensicherung anzurufen. Am Karnevalssamstagsvormittag in Köln, meine ich." Kempf kratzte sich wieder am Kopf.

„Wo fangen wir an?", fragte er.

„Die Kiebitze warten oben im Geißbockheim-Restaurant. Und Schickedantz ist bei Klunkertz im Büro."

„Wie, Schickedantz? *Der* Schickedantz? Kralle?"

„Genau, Herr Kempf. Es ist seine Frau. Anja."

„Ja, und der ist nicht mit ins Krankenhaus? Der ist hiergeblieben?", fragte Kempf schüchtern, fast ängstlich.

„Klunkertz dachte, Sie wollten …"

„Gehen Sie zu dem Klunkertz und lassen Sie den Jungen zu seiner Frau ins Krankenhaus fahren. Den können wir doch jetzt unmöglich was fragen. Oder warten Sie, John, ich gehe selber …"

John sah ihm nach, wie er die Treppe herunterlief zur Geschäftsstelle, gleich danach wieder herauskam und die Seitentreppe in den ersten Stock erklomm. Schließlich kamen er, Schickedantz und Klunkertz auf den Parkplatz, wo sie auf das Taxi warteten, das irgendwer gerufen hatte, um den Spieler in die Klinik zu bringen. Klunkertz sprach mit Kempf, nachdem er Schickedantz schulterklopfend in den Fond gesetzt und dem Fahrer aus dem eigenen Portemonnaie einen Geldschein in die Hand gedrückt hatte. Klunkertz redete und redete, und Kempf nickte nur.

Girlanden in Rot und Weiß wanden sich die getäfelte Decke entlang quer durch das Restaurant. Die Frau des Hausmeisters hatte Kaffee und Cognac an die schockierten Kiebitze ausgeschenkt, dazu an das Häufchen Spieler, das betroffen an der Theke kauerte, und an den eifrigen Schreiberling vom *EXPRESS*, der als erster Lunte gerochen hatte.

„Fortunatus Kempf mein Name, Kriminalpolizei." Kempf musterte die Runde. Die Spieler drehten sich weg, die Kiebitze schauten gespannt.

„Der hier war's." Hein, wieder die Leine mit Hennes in der einen und die gefaltete Zeitung in der anderen Hand, fühlte sich pudelwohl. Mit ausgestrecktem Daumen zeigte er über seine Schulter auf Carlo, der in eine nagelneue FC-Decke aus dem Fan-Shop geschlagen da saß wie ein Häufchen Elend.

„Ja-eh, wie?"

John verdrehte die Augen; er kam mit zwei Tassen voll Kaffee von der Theke.

„Herr Gummersbach", sagte er, „fand Anja Schickedantz, als ..."

„Als er sich seinen Pissbeutel wieder einstöpseln wollte!", fuhr Hein dazwischen und lachte schallend los. Als er merkte, dass keiner mitlachte, stand er auf und verkrümelte sich Richtung Theke.

„Na, Böcker", stänkerte er dort, und zerrte Hennes zu sich heran, „was liest man? Krisst die Freigabe? Un ablösefrei, ehrlich?"

„Noo, geehn'S, dös is nich der Moment füa Pöbeleien", sagte Adi Pikler.

„Nee, um Himmelswillen.", ereiferte sich Hein. „Ich finds ja schade, nich!?" Er sah in die Runde. „Es ist wirklich schade, dass der letzte Kölsche Jung in dem Trupp jetz auch noch gehen soll." Hein schaute runter zu Hennes. Die Spieler sahen weg, peinlich berührt von diesem unpassenden Kommentar von einem dieser lästigen Rentner. „Aber wer sich so nen Scheiß zusammenspielt, der gehört rausgeworfen!" Hein lächelte triumphierend, kostete die Wirkung seines Nachschlags aus. Das Üble an ihm war, dass er, einmal in Fahrt, nicht mehr aufhören konnte: „Un, wo gehste hin? Nippes Achtundsiebzig? Oder zurück nach Teutonia Widdersdorf? Nee? Sach bloß, der Löring is an dir dran? Is dat wahr – ich dachte immer, die Fortuna wollte irgendwann doch mal wieder Bundesliga …"

„Kommen'S, verschwinden'S, sonst …" Pikler baute sich vor ihm auf.

„Adi Pikler aus Österreich", lästerte Hein, „*Adolf* Pikler aus Österreich. Hüftsteif, lahm wie ein Fußkranker, tapsig wie ein Tanzbär, aber mit der Klappe …"

„Hau ab, Opa, verdammt, hau ab!" Volker Fuchs, die Augen glasig, vielleicht verheult, vielleicht verkatert, schrie wie von der Tarantel gestochen. „Verpiss dich, Mann, oder ich dreh durch!!"

„Fuchs, tss, Füchschen." Hein drehte die Stimme herunter zu einem leisen, mahnenden Belehren, das die Glut noch mehr anfachen sollte. „Ausgerechnet das Füchschen, der Millionenreinfall, der Fehleinkauf."

Hein kam nicht mehr dazu, noch mehr vom Stapel zu lassen. Adi Pikler hatte sich Hennes geschnappt und sengte ihm mit dem Feuerzeug von Andy Fuss den Stummelschwanz an. Die Kreatur winselte und jaulte vor Schmerz, doch der Österreicher hielt ihr mit der freien Hand die Schnauze zu. Der Boulevardreporter schoss ein Foto, grinste dann ermunternd, wollte die Eskalation mit allen Mitteln nicht verhindern.

„Höast nu aaf, Mann!? Höast's aaf!!"

Volker Fuchs beruhigte sich, Fuss und Biegel zogen ihn an den Ellenbogen zurück an die Theke. Hein, die Leine noch in der Hand, stand wie gelähmt da, verstummte. Fuss nahm Pikler sein Feuerzeug aus der Hand, was der geschehen ließ. Pikler warf den Dackel von sich, der Mühe hatte, zwischen zwei Barhockern auf die Füße zu fallen; dann drehte er sich zurück zur Theke und nahm einen großen Schluck aus seinem Cognacschwenker. Konsterniert suchte Hein das Weite.

„Dat is en Protzkopp, der bescheuerte Hein! Dat is en Idiot! Bei uns in der Straße verkauft der Kaufmann dem nich mal mehr ne

Dose Hundefutter, so hat der sich's mit allen verdorben!", keifte der Schwerhörige, der die Szene aus der Halbdistanz beobachtet hatte. Kempf und John hörten schweigend zu. „Der muss bis nach Zollstock, um einzukaufen, weil ihn da keiner kennt! Und der arme Hennes muss daheim gegen's Bonsaibäumchen pinkeln, weil in der Nachbarschaft alle sein Herrchen auf'm Kieker haben und die gleich zur Hand sind mit Anzeige un so. Alles weil der so bekloppt is!"

Marlies hatte sich hinter Carlo platziert, der immer noch zitterte und blass vor sich hin stierte. Sie legte ihre Hände auf seine Schultern, um sie zart zu kneten. Die anderen schlürften Kaffee und schwiegen.

„Sie sind des Öfteren hier, um sich das Training anzusehen?"

Die Kiebitze brummten zustimmend.

„Ja, dann, eh-ja, dann sind sie ja vielleicht wichtige Beobachter, meine Herren, weil sie ja wissen, was sonst so abläuft, vor und nach dem Training, ich meine … vielleicht."

Kempf kratzte sich am Kopf. John verbarg das Gesicht, um nicht zu verraten, wie ihn das Gerede des Kollegen schon wieder nervte. Immerhin, bei den Kiebitzen löste Kempfs Bauchpinselei eine reghafte Diskussion aus, Spekulationen schossen wild ins Kraut.

„Die Anja war ja alles andere als unumstritten. Hat sich überall eingemischt, Vertragsverhandlungen, Mitfahren zu den Auswärtsspielen und so", meinte einer.

„Dass die nicht die Mannschaft aufgestellt hat, war noch alles", sagte der nächste.

„Ich fand das gut, dass die sich gekümmert hat. Ihr Männer glaubt ja immer, Fußball ist bloß nur totale Männersache", fuhr Marlies dazwischen.

„Marlies, bitte." Carlo schüttelte gequält den Kopf.

„Ja, wieso … wat macht denn so'n Stürmer, wenn er nicht trifft, wat macht n Verteidiger, wenn ihm der Gegner Knoten in die Beine spielt? Wat macht 'n Torwart, wenn er die Hütte voll kriecht, na?“ Marlies' Stimme wurde laut, dann überschlug sie sich: „*Aus*heulen tun se sich, bei der Frau streicheln lassen tun se sich!“ Alles schwieg. Marlies wusste nicht, was das zu bedeuten hatte. „Is doch wahr, Mann!“

„Mattes, gehste mal, sachste dem Fräulein Bescheid, nen Kurzen für alle“, orderte der Schwerhörige, der sich und den anderen den gemütlichen Teil der Vernehmung so angenehm wie möglich gestalten wollte. Mattes trollte sich wieder: froh um den Vorwand, bei den Stars aufkreuzen zu dürfen.

„Also, abgesehen von einem vollkommen fußballverrückten Frauenhasser kommt da keiner in Frage, Kollege“, monierte John. „Ich weiß nicht, ob uns das weiterbringt.“

„Sie haben recht, John“, nickte Kempf und blickte streng in die Runde.

„Vielleicht der Fuchs. Drüben an der Theke, der Lange“, schlug ein Kiebitz vor. „Dattse da mal 'n Auge drauf werfen!“

„Wieso? Was ist mit dem?“

„Den hat der Kralle beerbt, sozusagen.“ Carlo konnte schon wieder Witzchen reißen; die anderen lächelten vielsagend.

„Wie, beerbt?“, fragte Kempf.

„Der war bis vor gut zwei Jahren mit der Anja zusammen. Dann hat's *Peng!* gemacht. Lesen Sie keine *EXPRESS*, Herr Kommissar!?“

„Ja-eh-nee. Was, Eifersucht?“

„Nu, immerhin kommt er seitdem alleine zum Training, und rauscht auch alleine wieder ab. Wo der am Anfang der Schwarm aller Mädchen war, hier. Hat denen immer versprochen, er nimmt se mal mit auf ne Spritztour in seinem Porsche und so. Und nachdem dat mit der Anja aus war – nix mehr. Keine Weiber, kein Bierchen mehr nach dem Spiel, und bis auf die Tribüne ist er zurückgefallen, zeitweise“, sagte einer.

„Kucken Se ihn sich doch mal an, wie der dasitzt. Vollkommen fertig is der doch“, meinte Carlo und sah hinauf zu Marlies.

„Ja, der Volker ist echt fertig“, sagte mitfühlend Mattes. „Kurzer kommt gleich. Ganz verheult, der Volker.“

„Das wär zu prüfen“, murmelte John.

„Naja, abwegig wär's schon. Hat er denn Krach mit Kralle, wegen Anja?“, fragte Kempf. „Merkt man was, von außen?“

Die Kiebitze zuckten mit den Achseln: Wisse mer nit! Wenn das Training mal angefangen hatte, wurde in der Regel Skat gedroschen.

„In die Knochen haben sie sich nicht getreten“, bezeugte Mattes, der als einziger dem Kartenspiel nicht soviel abgewinnen konnte wie dem Training. „Hab ich eigentlich immer drauf gewartet, nachdem der Kralle so urplötzlich zur Stelle war und die Anja nach so kurzer Zeit gleich geheiratet hat. Aber nix.“

Die Runde kam. Mattes hatte Gelegenheit, gleich noch einen Satz zu sagen, während die anderen sich bedienten: „Herr Inspektor, da fällt mir etwas Merkwürdiges ein. Der Kralle, der hätte mich heute um ein Haar überfahren. Das kennt man gar nicht, bei dem. Ich weiß nicht so recht, was das zu bedeuten hat …“ Kempf nickte höflich, hatte aber nicht zugehört. Er prostete mit seiner Kaffeetasse den anderen zu und wartete dann, bis alle ausgetrunken hatten.

„Sagen Sie, meine Herren“, holte er aus, „da gab es doch diese junge Dame mit dem roten Golf, die Ela Wolkenheim, die sich das ganze Auto mit Kralle geschmückt hat. Bilder, Autogramme, Schriftzüge und was weiß ich noch alles …“

Die Alten nickten, stumm. John kippte fast aus den Latschen – was sollte *das* denn? Woher kennt der …?

„Kölner Knöllchenkönigin, Kollege“, flüsterte Kempf ihm zu. „Glauben Sie nicht, John, uns von den Vermissten entgehen die Tagesgespräche bei der Verkehrskontrolle. Rückspiegel zugeklebt mit Kralle Schickedantz, Außenspiegel vollgeschmiert mit Unterschrift von Kralle Schickedantz, Heckscheibe verhangen mit Poster von Kralle Schickedantz …“

„Dat jecke Doll!“ Der mit dem Hörgerät tat kund, dass er erkannt hatte, von wem die Rede war.

„Die Verdötschte!“

„Armes Ding", mischte sich ein Dritter ein. „Versuchen Sie ja nicht, der was anzuhängen! Die ist zwar ein bisschen, ja, wie soll man sagen, vernebelt. Tut aber keiner Fliege was zuleide. Schwärmt ein bisschen viel von Kralle, das ist aber auch alles."

„Ich könnt mir das schon vorstellen", meldete sich Carlo wieder. „Die steht schon seit Jahren hier. Wurde immer verrückter, das mit ihrem Tick, erst die Jacke, dann das Mofa, dann der Wagen. Und dann kommt so eine Anja, wackelt was mit dem Hintern, und schon hat sie ihr den Kralle vor der Nase weggeschnappt. Für mich wär das schon ein Motiv, Herr Kommissar!"

An der Theke, bei den Spielern, gab es schon wieder Krach. Diesmal hatte Volker Fuchs den Reporter vom *EXPRESS* am Kragen gepackt und brüllte ihn an. Die anderen gingen dazwischen und trennten die Streithähne. Der Reporter richtete seine Garderobe und kam schlendernd, als sei nichts gewesen, zu den Kiebitzen und den beiden Beamten herüber.

„Wer hat sie gefunden?", fragte der Zeitungsmann.

„Er hier", antwortete Marlies, stolz.

„Gummersbach, Carlo Gummersbach", stellte sich der Angesprochene vor.

„Gleich", sagte der Mann vom *EXPRESS*. „Wann?", fragte er Kempf.

„Am frühen Morgen", antwortete der prompt.

„Wo ist sie jetzt?", setzte der Reporter nach.

„In der Uniklinik."

John traute seinen Ohren nicht. Kempf und der Mann von der Zeitung schienen die Rollen vertauscht zu haben. Hier wurde Kempf kreuzverhört.

„Wird sie durchkommen?"

„Fahren Sie selber hin."

„Wo ist Schickedantz?"

„Keine Ahnung. Wahrscheinlich bei ihr."

„Spuren?"

„Keine, nein. Ja-eh-ja, doch. Schlag auf den Kopf, wenn man das als Spur betrachten will. Mit einem stumpfen Gegenstand, sagt der Arzt."

„Verdächtige?"

„Naja-eh, noch nichts Konkretes. Vielleicht Eifersucht, es gab da eine junge Frau, die wohl ziemlich unsterblich in Kralle verliebt war und nicht zum Zug kam."

„Keine Verdächtigen", fuhr John dazwischen, aber der Reporter schrieb schon eifrig.

„Diese dumme Gans, die immer drei Parkplätze braucht für ihren Kirmesgolf?", fragte er den nächstbesten Kiebitz, der zuerst sein Hörgerät nachjustieren musste.

„Genau die!", half Carlo aus.

„Werden Sie nicht unseriös, ich warne Sie!", sagte John zu dem *EXPRESS*-Reporter. „Hauen Sie nichts Unbedachtes raus."

Kempf sah John streng an.

„Fettnäpfchen, Herr Kommissarsanwärter", spöttelte der Reporter und grinste. John kniff die Finger zur Faust, hielt aber den Mund.

„Danke, meine Herren", beendete Kempf das Gespräch. „Ich muss noch in die Klinik. Sie machen das hier fertig, John. Ich brauche Sie nicht mehr."

4

FC-Star: Frau bewusstlos geprügelt – Lebensgefahr!

Mordanschlag auf Anja Schickedantz nach der Siegesfeier – Polizei glaubt an Eifersuchtsdrama – Ärzte pessimistisch

Schrecken und blankes Entsetzen in den Gesichtern der Kiebitze rund um das Geißbockheim. Starre Mienen bei den betroffenen Spielern, Sprachlosigkeit bei den Offiziellen. Was war geschehen? In unmittelbarer Nähe des Trainingsplatzes findet der Rentner Carlo G., einer der Trainingsbeobachter, im Gebüsch eine bewusstlose junge Frau. Minuten später steht fest: Es handelt sich um die Ehefrau des FC-Stars Karl-Ralf („Kralle“) Schickedantz, der am Vorabend mit zwei Toren noch entscheidender Spieler beim 3:1-Erfolg über den VfL Bochum war. Der Notarzt ordnet die sofortige Einweisung der Bewusstlosen in das Kölner Uniklinikum an, die Kriminalpolizei nimmt die Ermittlungen auf. Erste Untersuchungen deuten auf eine Eifersuchtstat an der attraktiven, in Vorstandskreisen wegen ihrer harten Verhandlungsführung bei den Vertragsgesprächen ihres Mannes nicht unumstrittenen Spielerfrau. Ein weiblicher Fan, die 21jährige Ela W. aus Lindenthal, befindet sich bereits in U-Haft. Aus Polizeikreisen heißt es, die Beweislage sei „ausgesprochen belastend für die junge Dame“. *Alles über das Drama am Geißbockheim im Sportteil sowie auf den Seiten 21 und 22.*

Aschermittwoch rund ums Geißbockheim: Kralle bangt um seine Anja

Frühlingshafte Temperaturen, die Sonne lacht vom blauen Himmel herab auf die bunt kostümierten Spaziergänger und das Häufchen Neugieriger, das nach dem Sieg vom Vorabend auf die FC-Stars wartet. Ein laues Lüftchen trägt die Rhythmen der Veedelszööch herüber zum Geißbockheim.

Doch die Idylle trügt.

Seit gestern früh, 10 Uhr fünfzehn ist beim 1. FC Köln nichts mehr so, wie es vorher war. Seit gestern früh ist hier Aschermittwoch mitten im Kölschen Karneval, tiefster Winter inmitten knospender Blüten. Gestern Morgen fand der Rentner Carlo G. (Bild) im Unterholz, keine zwanzig Meter hinter dem Trainingstor von Tasso Dörfler, den bewusstlosen Körper von Anja Schickedantz, der Frau des derzeit erfolgreichsten FC-Stürmers „Kralle“ Schickedantz.

Uniklinikum Köln-Lindenthal, Bettenhaus, die Intensivstation. Ans EKG angeschlossen, die Blutdruckmanschette um den Oberarm, eine Sauerstoffmaske über das bleiche Gesicht und die fest geschlossenen Augen gezogen, dämmert Anja Schickedantz dem Abendrot dieses Karnevalssamstags entgegen. An ihrer Seite, seit Stunden ihre Hand haltend, sitzt „Kralle“ Schickedantz, streicht ein Haar aus ihrem Gesicht und wirft bange Blicke auf die Instrumente. Die fröhlichen Walzertakte der Tambourcorps, die auch hier durch die Doppelglasscheiben in das Zimmer dringen, hört er nicht. Ständig kommen und gehen Ärzte, er fiebert ihren Diagnosen entgegen. „Es tut uns furchtbar leid für den ‚Kralle‘, aber wir können derzeit unmöglich das Zeichen zur Entwarnung geben. Die Situation ist weiterhin sehr ernst“, meint ein Oberarzt.

Draußen, an der Tür zur Intensivstation, legen Unbekannte, Fans, Freunde des FC-Stars, Kölnerinnen und Kölner spontan Blumengebinde und Sträuße ab. Und am Geißbockheim das gleiche Bild, wo am Spielereingang ein ewiges Licht leuchtet und die Fundstelle über und über mit Nelken, Rosen und Astern in Rot und Weiß bedeckt ist. Ganz Köln trauert, ganz Köln hofft aber auch mit „Kralle“ Schickedantz – ganz Köln bangt um Anjas Leben.

Volker Fuchs: ‚Ich bin total fix und fertig‘

Klaus Klunkertz, Vizepräsident: Eine ganz schlimme Sache. Wer in der Lage ist, so etwas zu tun, von dem distanziert sich der Verein auf das Äußerste. Der ist kein „Fan“ für uns, der ist ein Verrückter, der eingesperrt gehört. Barbarisch, menschenverachtend. Ich habe die Anja als eine harte, aber faire Verhandlungsführerin bei Vertragsgesprächen kennen- und schätzengelernt, sie tut mir unendlich leid. Um den „Kralle“ müssen wir uns jetzt ganz besonders kümmern.

Volker Fuchs, Stürmer: Ich mochte die Anja unheimlich gerne, auch noch nachdem wir uns getrennt hatten. Ich bin vollkommen fix und fertig mit mir und der Welt. Hoffentlich kommt sie da durch!

Andy Fuss, Mittelfeldspieler: Ich bin vom Training gleich nach Hause gefahren, wollte meine Frau sehen; auch der Tasso (Dörfler) und der Adi (Pikler, auf dem Bild mit Hund) haben sofort nach zuhause telefoniert. Wir sind geschockt, einige haben in der Kabine geweint.

Franz Jörrissen („Franz IV.“): Furchtbar, fürchterlich. Und ausgerechnet dem „Kralle“ muss das passieren, unserem besten Stürmer! Mir kann so was den ganzen Rosenmontagszug verleiden, und das ist doch schließlich das, wovon jeder kölsche Jung träumt – ausgerechnet in „meiner“ Session!

Polizei: Ermittlungen deuten auf Eifersuchtsdrama

Kriminalobermeister Fortunatus Kempf zählt sonst zu den Hartgesottenen seiner Branche. Gestern, auf der eilig einberufenen Pressekonferenz im Fall Anja Schickedantz, fehlten auch ihm die Worte. Zu unfassbar war das, was sich in den frühen Morgenstunden des Samstags im Grüngürtel, in unmittelbarer Nähe des Trainingsplatzes des 1. FC Köln, abgespielt haben muss. Nach jetzigem Stand der Ermittlungen hatte eine junge Frau aus Köln, die 21jährige Ela W., mit dem Wagenheber ihres Autos auf die wehrlose Spielerfrau eingeschlagen. Im Laufe des Nachmittags, nachdem die Verdächtige ausfindig gemacht wurde und die Spurensicherung ihre Arbeit verrichten konnte, wurde Ela W. in Untersuchungshaft genommen.

Wie Kriminalobermeister Kempf bekanntgab, fanden sich Blutreste, die nach den labortechnischen Untersuchungen eindeutig Anja Schickedantz zugeschrieben werden müssen, an dem Wagenheber. Zudem gilt es als wahrscheinlich, dass die Abriebspuren von Gummi, die der Ambulanzarzt im Uniklinikum am Schädel der Bewusstlosen fand, von demselben Werkzeug stammten.

Zusätzlich belastet wird Ela W. durch den FC-Vertragsamateur Hans Böcker, der der jungen Dame in der Nacht vom Freitag auf den Samstag bei einer Autopanne auf dem Militärring, keine zweihundert Meter vom Tatort entfernt, geholfen hatte. Böcker äußerte der Kripo gegenüber den Verdacht, dass die Verdächtige die Panne nur simuliert haben könnte. Außerdem habe sich der Wagenheber nicht mit dem Reserverad zusammen im Kofferraum befunden, sondern im Wageninneren.

Auf die Frage nach möglichen Motiven äußerte sich Vizepräsident Klaus Klunkertz, der den derzeit im Urlaub weilenden Präsidenten Boltzenich-Matten vertritt: „Eifersucht, denke ich. Das Mädchen war vollkommen verrückt nach dem Kralle, der wusste sich doch ihren Annäherungsversuchen gar nicht mehr zu erwehren.“ Bei der Kriminalpolizei hegt man ähnliche Gedanken. „Bis jetzt bestreitet sie alles“, meinte Kempf gestern, „aber die Fakten sprechen gegen sie.“

Wurde Anja das Opfer einer eifersüchtigen Schwärmerin für „Kralle“? Möglich, dass erst eine wiedergenesene Anja Schickedantz für Klarheit in diesem mysteriösen Fall wird sorgen können.

5

So ungefähr wird es sich abgespielt haben, und ist dann entsprechend getürkt in den *EXPRESS* gekommen. Sonntagmorgens, ich lag noch im Bett, schwerer Kneipgang am Abend vorher, kam die Martina mit dem Blättchen rein und fragte, ob ich nicht einen Blick in die Zeitung werfen wolle. Martinas Tricks, mich aus der Kiste zu kriegen, sind vielfältig – Eiswürfel in die Schlafanzughose, Frühstücksfernsehen auf siebzig Dezibel, selbst an der Haustür klingeln und dann behaupten, es sei Dampflamm, mein Vermieter, und der wolle mich sprechen. Oder die besonders fiese Masche mit den Morgenschlagzeilen nach Heimniederlagen. Martinas Ziel ist es, mich rauszuekeln, damit sie sich an meinen Schreibtisch vor dem Bett setzen und zu pauken anfangen kann. Auf Martinas Kniffe falle ich in der Regel rein, aber Rache ist süß.

„Dem Kralle seine Frau hat wer niedergeschlagen, Klaus. Schwer verletzt, bewusstlos …"

„Mmmmh-och Mensch, jetzt lass mich." Ich schlug den Kopf, von der Tür und ihr abgewandt, ins Kissen.

„Ausgerechnet der Kralle, wo der so gut drauf war vorgestern …" Martina suchte das Löchlein in meiner Seele. „Wenn es einen gab, der am Freitagabend noch besser war als du, Klausemann, dann höchstens der Kralle." Ablenkungsmanöver, Schmeichelgeseiere. „Nicht, dass der Junge jetzt außer Tritt gerät … fußballerisch!"

Volltreffer! Ins Schwarze. Ich war hellwach. Riss die Augen auf, sah auf das beknackte Geißbockkostüm, das wie ein schlaffer Schlauch neben dem Bett lag und mit dessen Schaumgummikopf ich Gedanken auszutauschen begann. Ohne Kralle, oder auch mit einem Kralle, der nicht voll dabei war, hatten wir keine Chance mehr. UEFA-Cup adé, keiner, der die Tore macht, mit dem umständlichen Pikler und dem schusseligen Fuchs.

„Her die *EXPRESS*!" Ich schwang mich rum, riss ihr die Zeitung aus der Hand. Martina grinste zufrieden.

„Kennst du die Frau von dem?", fragte sie.

Mein Blick raste durch die Zeilen der Zeitung. Es ging ihm schlecht, stand da nur. Es ging ihm schlecht! Er verweigert jede Stellungnahme – auch das noch! Ein „Kopf-hoch“ aus seinem Mund, ein „Jetzt-erst-recht“ … aber nein. Nicht mal ein „Bleich-sah-er-aus-müde-und-mitgenommen-aber-entschlossen-und-kämpferisch“ aus neutraler Reporterwarte. Die Welt ging unter, mir stockte der Atem.

„Kanntest du die?“, drängte Martina. Ich besann mich, blickte sie an.

„Wieso ‚kanntest‘? Die lebt doch noch, Mensch! Die *muss* überleben! Denk doch mal, was der arme Kralle durchmachen muss.“

Martina schüttelte den blonden Lockenkopf, sah mich dann ernst, genervt an.

„Nee“, sagte ich, „nur vom Namen. Anja hieß die. Hatte vor dem Kralle was mit dem Volker Fuchs. Harter Nagel, hat den Vorstand Nerven gekostet, wollte mit ins Mannschaftshotel, zu den Auswärtsspielen, bei den Vertragsverhandlungen dabei sein. Hier, ist ein Bild von ihr.“

„Hee“, hauchte Martina, der es einen Moment die Stimme verschlagen hatte, „hee … aber *ich* kenn die! Mit der war ich zur Schule! Die Anja Schlösser ist das doch! Mit der war ich bis zur zehnten Klasse auf der Elsa-Brandström …“

Jaggut, so ist die Sache damals ins Rollen geraten. Pauken war nicht mehr für Martina, die Altenglisch-Klausur am Aschermittwoch musste ohne Lernerei am Karnevalssonntag klappen. Stattdessen diskutierten wir den Tee kalt, am Küchentisch, bei Toastbrot mit Marmelade.

„Die Anja, das war immer so ’ne Frühreife. Aber nicht unsympathisch. Immer vorneweg mit der Schnauze, aber auch clever, wusste genau, was sie sagte, und wie sie es sagte.“ Martina schlürfte einen Schluck Tee, sah mich an, den Krümel in meinem Schnäuzer. „Du hast da was …“

„Weiter, weiter. Wie kommt die an nen Kicker ran? Und warum? Wegen der Penunze?“

„Frag mich nicht. Keine Ahnung. In der Schule, da gab es immer bloß den Hansi Schmönzes. Den von der *Schmönzes*-Brauerei, der Sohn."

„Schmönzes, die hier aus Sülz? Hinten, die Zülpicher Straße runter zum Gürtel?", fragte ich. „Gibt es die noch?"

„Hansi meint ja", überlegte Martina, „letztens beim Klassentreffen noch."

„Und was hatte der mit Anja zu tun?", drängelte ich.

„Naja, die zwei waren unzertrennlich. Klassisch, wie im Film. War uns damals allen klar, dass die irgendwann mal heiraten würden. Bis der blöde Hansi dann ein Techtelmechtel mit ner anderen anfing, und die ist dann gleich nach zwei Wochen schwanger geworden. Aber sehen tun die sich immer noch, ab und zu, die Anja und der Hansi. Also, taten sie."

„Jetzt mal keine Panik. Mach mich nicht verrückt, die lebt ja noch", moserte ich, stand auf und setzte frisches Teewasser auf.

„Die Anja mit ihrer Traumfigur, und dann der Hansi, stattlich, bodenständig, obergärig. Klaus, was waren wir neidisch!"

„Was sagt denn der Hansi dazu, dass sie mit nem Fußballer ins Geschäft kam?"

„Hat er hingenommen. War's ja irgendwo selber schuld. Darüber geredet hat er jedenfalls nicht."

„Kein Wunder. Wird den Überblick verloren haben. Deine schnuckelige Anja hat's nämlich vor dem Kralle mit dem Volker Fuchs gehabt", klärte ich Martina auf.

„Ach, ja?" Sie tat erstaunt. „Ach, übrigens, wo wir davon dran sind: auf den FC war der Hansi irgendwie spitz."

„Wieso?", setzte ich nach, „Fortuna?". Martina schüttelte teeschluckend den Kopf. Mir kamen ganz düstere Vermutungen. *„Bayer?"*

„Quatsch!", schoss Martina zurück. „Gehen wir heute eigentlich noch wohin? Zug gucken, irgendwo?"

„Moment mal, Schatzi." Ich merkte, dass sie ungeduldig wurde, und ungeduldig heißt bei Martina immer gleich ungemütlich. Also scharwenzelte ich ein bisschen um sie rum.

„Ist doch viel zu kalt für rauszugehen", säuselte ich. „Für die ollen Kamellen und Prinz Jupp den Dreiundzwanzigsten von Junkersdorf lohnt sich das nicht. Los, bleiben wir hier, drinnen, und machen uns nen Gemütlichen."

„Ja, pauken wir. Könntest auch mal wieder was tun für dein Studium", schlug sie vor.

„Na komm, sind doch eh schon so gut wie Semesterferien."

„Nein, ich komme nicht. Will nicht wie du im zwölften Semester noch im Grundstudium stecken ... Klaus, bitte. Nicht jetzt ... Klaus ... bitte!"

Bei der Zigarette danach plauderte mein Schwätzletäubchen weiter, wie gewünscht über den Hansi und die Anja. Vor allem, was sie über Hansi Schmönzes zu berichten wusste, klang interessant. In der Branche gelten die Großbrauereien nicht nur als die wirtschaftlich potentesten, sondern auch als die mit den schmutzigsten Tricks von allen. Dass die ihren Produkten, meinem Hauptnahrungsmittel Bier, irgendwelche Chemikalien beimengten: der Verdacht steht schon seit Jahren im Raum. Verkürzen so die Gärzeit um ein Vielfaches, und Zeit ist Geld. Und was nicht reifen muss, sondern schon durch die Kehlen fließen kann, ist eben schneller verdientes Geld. Das würde, so Hansi, auch den kometenhaften Aufstieg von Brauereien wie *Dorf* erklären, die vormals eine kleine Klitsche von vielen war, aber in den letzten Jahren erfolgreich von Höhenhaus auf der *Schäl Sick* über den Strom nach Ganzköln expandiert ist. Aber weis denen mal was nach! Die anderen, ehrlichen, die sich noch Wort für Wort an das Reinheitsgebot halten, macht so was natürlich über kurz oder lang kaputt. Als *Dorf* dann vor einem halben Jahr mit der Offerte kam und die *Schmönzes*-Privatbrauerei schlucken wollte, kam es fast zum Zähneeinschlagen: Den Juniorchef von denen hat der Hansi eigenhändig am Kragen gepackt und in seinem feinen Zwirn vom Büro im Hof, an den paar Angestellten und den Kesseln im kleinen Sudhaus vorbei, bis auf die Straße getragen und ihn da vor den Passanten in eine Regenpfütze plumpsen lassen. Hat sich schließlich verabschiedet mit der dringenden Empfehlung, sich ja nie wieder bei ihm oder seinem Vater blicken zu lassen. Der Senior von *Dorf* hat dann Beschwerde bei der Zunft eingereicht, und seitdem sind die sich spätestens spinnefeind, die Schmönzes und die von *Dorf*.

Das hat aber noch nichts mit dem FC zu tun. Warum der Hansi auch den auf dem Kieker hat, lag interessanterweise an dessen Vizepräsident, meinem Namensvetter Klaus Klunkertz. Der nämlich, so Hansi Schmönzes zu Martina, hatte entscheidend daran mitgemaggelt, dass *Dorf* doch noch als Trikotsponsor für die neue Saison verpflichtet werden konnte.

Lange Zeit war der Name *KHD* durch *EXPRESS*, *Stadt-Anzeiger* und *Rundschau* gegeistert, die Traumhochzeit zwischen den Kölner Elefanten im Sport und in der Wirtschaft schien greifbar nahe. Alles stimmte soweit, Angebot des Konzerns und die Versprechen für die Gegenleistungen des Vereins hörten sich proper an: gegen drei Millionen Mark pro Jahr sollten sich Dörfler, Pikler und vor allem, als ehemaliger Azubi in Deutz, „Kralle" Schickedantz zu Saisonbeginn im Werk blicken lassen, ein bisschen was mit den Arbeitern an den Drehbänken plaudern und den Ruhm des Unternehmens mehren. Dann aber, für alle überraschend, kam es doch nicht zum großen Deal von *KHD* und FC. Während der Präsident und diverse Vorständler bereits höchstpersönlich die bevorstehende Vetragsunterzeichnung mit den Herren vom *Klöckner*-Vorstand verkündeten, muss Klunkertz hinter den Kulissen alles hintertrieben haben. Jedenfalls war *KHD* von heute auf morgen nicht mehr an einer Zusammenarbeit mit dem 1. FC Köln interessiert. Warum es Klunkertz war, der da gedreht hatte an der ganzen Sache, wurde den Kennern bald klar: Flugs zauberte der nämlich den Rettungsanker aus dem Hut, und der hieß *Dorf*-Kölsch. Die aber – und das wusste eben nicht jeder – erhielten einen Teil der Rohstoffe für ihr Bier vom Unternehmen eben jenes Vizepräsidenten Klaus Klunkertz. Und ein Geschäft zum beiderseitigen Vorteil war es deswegen für *Dorf* und Klunkertz, so munkelte düster Hansi Schmönzes, weil die Brauerei für läppische zwei Millionen auf die Spielertrikots kam und die Klunkertz-Chemikalien KG ihr Sauzeug, nämlich eben diese Pülverchen, die den Gärungsprozess beschleunigen, sozusagen als Gegenleistung exklusiv an *Dorf* zu vertreiben begann. Vorher, vermutete Hansi, vorher, da war irgendeine Firma aus dem Ruhrgebiet der alleinige Zulieferer für den Kölschkatalysator, aber fast auf den Tag mit der Vertragsunterzeichnung von *Dorf* und dem FC begann deren Bier anders, noch schlechter zu werden: noch liebloser gebraut, noch weniger nach Hopfen und Malz schmeckend, dafür mehr nach Terpentin. Für Hansi war der Fall klar: Solche Schweine wie Klunkertz und die von *Dorf*, die finden sich. Überall, immer wieder. Aber eben ganz besonders einfach, wie am unsichtbaren Schnürchen gezogen finden sie sich im heiligen Köln. Und die Redlichen, die hart arbeiten und noch Qualität abliefern, die Malocher und Handwerker, die gelernt haben, wie man's macht – die gucken in die Röhre.

„Mit dem Klunkertz ist auch die Anja schwer aneinandergeraten, bei den Verhandlungen um den neuen Vertrag. Egal wie scheinheilig der sich jetzt, wo ihr was passiert ist, über sie äußert", dachte ich laut nach. „Stinkt ja nach nem Zusammenhang."

Martina zuckte mit den Achseln.

„So sehr für die Interna von diesem Club interessieren tu ich mich nicht, Klausemann", sagte sie.

Das Telefon klingelte. Es war die Isetta, Martinas Bruder. Er wollte noch vor die Hütte, fand aber niemanden, der sich mit ihm treffen wollte. Seinem Zivi hatte er für den Abend freigegeben, und jetzt langweilte er sich. Es war schönes Wetter, fast richtig lau draußen, also verabredeten wir uns im *Podium*.

Geht man von unserer Dachgeschossbude in der Sülzburgstraße am Café *Samowar* vorbei, ein paar Meter in Richtung Bettenhaus der Uniklinik, kommt man auf die Zülpicher, die hier eine wunderbare Mixtur aus belebter Veedels-Einkaufsstraße und gedehntem Dorfmarktplatz ist. Je weiter man man stadteinwärts flaniert, umso mehr spürt man die wohlige Nähe der Universität: noch mehr Cafés zum Seminarschwänzen, Copyshops und Tippagenturen, die dir deine Arbeiten in die Maschine hacken, soweit sie deine Sauklaue lesen können. Der Rinnstein strotzt vor Dreck, jeder Quadratzentimeter der Litfaßsäulen ist vollgepackt mit politischen Pamphleten und Einladungen zu öffentlichen Uni-Feten. Dann am Weyertal das *Keldenich* und schließlich der Campus: heute überall Jecke, wo sonst Studierende zur Mensa hasten. Am Institut für Gentechnologie haben wir damals gegen die Freilandversuche demonstriert und ein paar Schritte weiter, in der *Station*, den Erfolg der Aktion ausdiskutiert, bis uns schließlich das Flaschenbier und die schärferen Sachen den Schädel vernebelten. Der Südbahnhof immer noch das klamme, dreckige Pflaster, wo es sich Samstagnacht von Günter Gras so herrlich Joints schnorren lässt. Bockmayers *Filmdose*, das *Ferkulum*, das über all die Jahre die beste Pita mit Tzaziki machte. Auch hier Jecken allüberall. Noch rüber auf die andere Straßenseite.

Im *Podium* war nichts los, ein paar nahmen in der hereinbrechenden Dämmerung ihr Frühstück ein. Nebenan, im Gang durch zum *Piccolo*-Theater herrschte eine Art verspätete Weiberfastnacht: Hexen, Conférencière-Damen und Unmaskierte mit Modebrillen, die aussahen wie die Rückansicht amerikanischer Straßenkreuzer, tobten durch den Hausflur.

„Wohin?“, hörte ich eine fragen.

„Wieso? Gehen wir aus?“, antwortete eine andere frohlockend.

„Kommt nicht in Frage“, konterte straff die mit der gestrengen Brille. „Wir gehen das Stück nochmal durch. Die *Message* ist mir noch nicht genügend in eurem Bewusstsein präsent, und wenn es da nicht ankommt wird, wie soll das dann bei Zuschauerinnen klappen. Also los!“

„Also, psychologisch täte uns ein Päuschen glaub ich ganz gut“, seufzte eine.

Martina hatte den Klön auch mitbekommen. Interessiert reckte sie ihren Hals vor, blieb stehen. Ich zog sie in das Café, hielt nach der Isetta Ausschau, der noch nicht da war.

„Was willst du von denen?“, pflaumte ich und orderte zwei Cappuccinos.

„Dusel?“, konterte sie frech. „Oder was anderes? Sprich, mein Herr und Gebieter.“

„He, he, mach mal halblang. Keinen Emanzenstress auf Karneval“, knirschte ich.

„Ich will aber nicht auf euren scheiß Maskenball!“, brüllte sie provokant. „Bloß, weil du zweiter Schatzmeister bist, muss ich mich von allen anstieren lassen. Die alten Säcke können doch ihre Pfoten nicht bei sich behalten!“

Ich glotzte sie an. Was sie erreichen wollte, war klar wie Rheinwasser: Die Tanten da draußen sollten auf sie aufmerksam werden. Sie griente mich unverschämt an.

„Hat mir gereicht, wie mir letztens diese Pottsau ...“, setzte sie nach. Ich schlug die Hände vor dem Kopf zusammen – verdammt! Es wirkte, der Tross Hexen kam im Gänsemarsch angetrappelt, allen voran die Regisseurin. Sie hatten es durch die aufgeklappte Fensterfront mitbekommen.

„Gibt's Stunk, Schwester?“, fragte sie, die Türe offenhaltend, von der Schwelle aus.

„Naja ...“, kokettierte Martina.

„Alles in Ordnung“, lächelte ich gequält.

„Wenn der was von dir will, brauchst nur zu sagen. Einmal mit dem Besenstiel ins Schwarze, und der lässt dich in Frieden.“

Ich sah mich um und tat so, als rede man da gerade nicht über mich. Gelangweilt polierte die Kellnerin Gläser, ein paar Zeitungen hingen auf Halter aufgezogen an den Kleiderhaken, ein paar Spätökos süffelten Grapefruitsaft.

„Capito, Alter?“, drängelte die Emanze. Ich sah sie erstaunt an, als bemerkte ich sie erst jetzt.

„Ja, sicher. Alles paletti, Frau." In meiner Not machte ich mit Zeige- und Mittelfinger ein Paar Hasenohren. „Peace!"

Plötzlich verlor eine der Hexen das Gleichgewicht und fiel rückwärts in Richtung Bürgersteig, wo in dem Moment die Isetta angefahren kam. Das arme Ding fiel ihm genau in den Schoß.

„Heirassa, das nenn ich aber mal ne Begrüßung", sagte er und schwang die Arme um die Frau, die sich alleine nicht mehr befreien konnte.

„Lass die Elke los, hier!", schrie die Anführerin, eingeklemmt wie sie war zwischen Tür und dem Elektrorollstuhl von der Isetta, der die ganze Breite des Eingangs blockierte.

„Tät ich ja, aber ich krieg sie nicht mehr los. Hat sich genau auf meinen kleinen Rudolf gesetzt und steckt jetzt fest", konterte die Isetta cool. Ich grinste, Martina schwieg.

„Mal wieder typisch. Echt vollkommen typisch", half eine Conférencière mit kurzem, pomadigem Haar ihrer Anführerin. „Statt Minoritätenbewusstsein zu entwickeln und sich dabei intellektuell vom mediokren *Mainstream* abzusetzen, macht der Arsch den Scheiß mit und ist sexistisch wie jeder andere. Wie im Buch, echt. Wie in der Statistik!" Dann visierte sie mit nacktem Zeigefinger die Isetta an, zog die Augen zu Schlitzen zusammen, legte die Stirn in Falten: „Wenn du fetter Arsch wüsstest, wie repräsentativ du den Querschnitt aller …"

„Aber hallo! Und ob ich anders bin wie der normale Querschnitt!", dröhnte ihr die Isetta das Wort ab. „Der normale Querschnitt kann nämlich *nicht*. Aber ich! Und frag nicht nach Sonnenschein, du blöde Kuh!"

Die Isetta, die Hexe immer noch im eisernen Griff, fuhr den Rollstuhl ein Stück zurück und machte Anstalten, mit ihr zu verschwinden. Sah ein bisschen aus wie King-Kong und die weiße Frau. Sein Opfer kreischte markerschütternd.

Die Weiber rannten ihrer Schwester hinterher, doch die Isetta hatte sie wieder freigelassen und schmetterte den Furien ein donnerndes, hämisches Lachen entgegen. Wie gebannt starrten sie auf ihn, der regungslos auf dem Bürgersteig dastand, die Arme auf den Lehnen, den Finger am Joystick, mit dem er seinen Rollstuhl steuerte. Dann schlichen sie, hinter ihrer Anführerin verschanzt, langsam näher. Die Isetta hob den Kopf, sie zuckten. Sie wagten noch einen Schritt. Die Stille war unerträglich. Plötzlich schob er kurz den Joystick an, der Rollstuhl bewegte sich surrend ein paar Zentimeter nach vorn. Der Schreck ließ die Emanzen einen Augenblick stumm, bevor sie kreischend in alle Himmelsrichtungen davonstieben, begleitet von Isettas kehligem Gelächter.

Dann rollerte er zu uns, zog vor den Kellerblechen die Bremsen an und orderte durch das offene Fenster eine Runde für uns drei. An der FH am Ubierring, wo er im zweiten Stock Sozialpädagogik zu studieren versuchte, hatte er im dritten Semester endlich seinen ersten Schein geschafft – zwar erst in der Mündlichen, bei Zimttee im Raum seines Professors, aber immerhin. Es gab also was zu feiern.

„Wenn ich's hochrechnen soll, brauch ich für das ganze Studium zirka achtundvierzig Semester", rief er und nahm einen Schluck Weizenbier.

„Ist halt so." Ich prostete ihm zu, trank an meinem. „Gerade Sozialpädagogen müssen reifen."

„Wenn Mama dich sehen würde, die würde bekloppt", sagte Martina.

War ein schwieriges Verhältnis, das die Isetta zu seinen Eltern hatte. Vor dem Unfall war er angeblich ein braves, strebsames Muttersöhnchen, aber wer ihn heute sah, konnte sich das absolut nicht mehr vorstellen: eine speckige Jeansjacke, die er sich ständig umnähen lassen musste, weil er aus allen Nähten platzte; fettige Strähnen über dem dreckstrotzenden Kragen und eine ungewaschene schwarze Lederhose. Dazu immer eine nette Beleidigung oder ein kleines Schimpfwort auf den Lippen.

„Verschon mich mit diesen, ärgs, Rabeneltern!", konterte die Isetta. „Was die sich so alles rausnehmen gegenüber ihrem eigenen behinderten Kind, ganz, ganz schlimm." Er lächelte linkisch, trank in einem Zug das Halbliterglas bis auf eine kleine Neige leer. „Und dann noch immer rumnöseln."

„Na, kommt, Leute", versuchte ich zu schlichten, „sind ja jetzt bald Ferien. Und außerdem Karneval."

„Scheiß Karneval!", moserte die Isetta flapsig, „telefonierst dir die Finger wund, weil alle Nutten ausgebucht sind."

„Such dir was Festes", schlug ich vor und nahm Martina in den Arm. Die wand sich aber sofort wieder raus.

„Hast du 'n Vertrag beim Toftson", wechselte ich das Gesprächsthema, „als zwölfter Mann? Hat bestimmt zwei Minuten gekostet, bis dass der Ball wieder im Spiel war."

„Tja, gewusst wie", raunzte die Isetta geschmeichelt.

„Was sagst du zu Anja?", schaltete sich Martina ein. „Die musst du doch auch gekannt haben, die große, schlanke Brünette aus meiner Klasse."

„Hart. Echt hart. Hoffentlich steht der Kralle da drüber."

Womit wir bei der Sache waren. Schweigend hörte die Isetta sich an, was Martina mir über Hansi Schmönzes und *Dorf* erzählt und was der Vize Klunkertz damit zu schaffen hatte.

Auch er musste gleich an die Sache mit den Vertragsverhandlungen vor ein paar Monaten denken, als sich Anja und der Vorstand, allen voran Klunkertz, über die Presse schwer bekriegten. Das war alles andere als sauber gewesen, das war teilweise schwer unter der Gürtellinie. Die Anja war ein Luder, gut, aber dem Klunkertz sollte man mal so nen Haufen Weiber wie grad vorhin auf den Hals jagen, der alten Chauvi-Sau! „Schindertrine", „Beutelschneiderin", alles Sprüche vom Klunkertz damals – inoffiziell kursierten sogar „Stürmernutte" und „Kickerquetsche."

Gut, immerhin haben sie ja die mutmaßliche Attentäterin, steuerte ich bei. Die Bescheuerte, nee, meinte die Isetta. Die habe er zwar ganz besonders lieb, weil sie ihm und seinem Rollstuhl ständig die Zufahrt von der Jahnwiese zum Marathontor mit ihrem Prunkwagen zuparkt. Aber so was tut die nicht. Für die Isetta war der Fall damit noch lange nicht erledigt. Da ist was faul.

„Habt ihr gelesen, wer da ermittelt?“, fragte er sinister.

Naja, gut, den Kempf, von dem hatten wir auch eine Vorstellung. Eigentlich ein Schnüffler aus dem Vermisstendezernat, erinnerten wir uns, Typ „Dienst nach Vorschrift“. Dazu mit Hang zum blinden Aktionismus, wie bei der Farce mit der kleinen Jessica, die von ihrer Stieftante als vermisst gemeldet wurde und in Wahrheit bloß ins Ferienlager nach Österreich verreist war. Kempf hatte sich von den schwammigen Erinnerungen der Tante kriegen lassen, die aus Klein-Jessicas Mund zu hören geglaubt hatte, dass man doch eiligst frischen, gelben Raps pflücken müsse. Im Hochsommer, wo die Blüte längst vorbei ist! In der Wahner Heide, wo es weit und breit keinen einzigen Rapshalm gibt! Einmal losgelassen, ließ Kempf ganze Hundertschaften gelben Raps und einen leblosen Kinderkörper in der Einflugschneise vom Kölner Flughafen suchen. Oder flehte potentielle Entführer über *WDR* und *Radio Köln* an, sich doch bitte zu melden – nur lag der Telefonhörer bei den Eltern des Mädchens tagelang neben der Gabel, was die *Telekom* den Reportern vom *EXPRESS* bestätigte. Kempf war, kurz, eine ganz üble Fehlbesetzung. Aber eben verbeamtet.

„Und wisst ihr, was das Schärfste ist?“, fragte die Isetta. „Die Alte von dem Kempf, die ne ganz üble Schlucknudel ist, morgens früh schon ne Tasse *Jack Daniels* und so – die liegt seit Monaten in der Privatklinik Kutschhoven.“

„Kutschhoven?“, erkannte ich die Brisanz in Isettas Worten. „Der Schatzmeister vom FC? Und monatelang liegt die da schon, sagst du?“

„Du kennst doch den Skaterjupp“, holte die Isetta aus. „Der bei mir auf'm Geburtstag war. Der Kampftrinker.“

„Der beidseits Amputierte? Der sich nachher den Rollstuhl bepisst hat?“

„Genau der.“ Er schob sich den Rest Bier in den Rachen. „Jedenfalls, der war auf Kassenkosten einen Monat in derselben Klinik, der Skaterjupp. Probeweiser Entzug. Antesten, ob sich bei ihm der Abstich lohnt."

„Bei Kutschhoven? So was zahlt die Kasse? Sechshundert Mark am Tag, oder was der nimmt?"

„Naja", sagte die Isetta, „es gibt da wohl eine Quote für ganz normal sterbliche Nichtreiche, sonst gehen dem Kutschhoven irgendwelche Subventionen flöten. Also, der Skaterjupp hatte ne Freifahrt in der Luxusklinik. Und beim Gruppenschwoof mit den anderen Schluckis hat er die olle Kempf kennengelernt. Bisschen gebaggert, Skaterjupps Amputiertencharme: Im Park, beim Spazieren, fragt sie, *Wollen wir noch sitzenbleiben, oder gehen wir noch ein Stück!?*, und er sagt, *Ich bleib sitzen!*, und so, die üblichen Behindertenscherzchen. Na, und irgendwann hat sie ihm geklagt, wie furchtbar teuer sie und ihren Mann das alles zu stehen komme. Frisst die ganzen Rücklagen auf, er nur Beamter in leitender Position und nicht Präsident, und bloß wegen ihrer dummen Trinkerei."

„Wie, keine Beihilfen? Staat zahlt mal nicht?"

„Nee, *so* lange nicht. Mit anderen Worten: die Kempfs stehen mit jedem Tag, den sie in der Klinik hängt, bei Kutschhoven mehr in der Kreide. Und weit und breit kein Land in Sicht. Das bringt einen Beamten schon ganz hübsch in die Bredouille."

„Fühl ich ja direkt mit", jammerte ich zur Schau und dachte an all die *netten* Beamten, die ich in meinem kurzen Leben bisher kennengelernt hatte: den schrumpeligen Spätachtundsechziger vom Bafög-Amt und die nymphomane Politesse, die mal in Ehrenfeld auf dem Rücksitz anfing, meine Privatparkuhr zu kontrollieren.

„Stinkt aber gewaltig zum Himmel", schlussfolgerte Martina. „Es gab mal ne *Kojak*-Folge, da hing auch alles an nem korrupten, abhängigen Bullen, dessen Frau an der Flasche hing."

„Also, ich weiß nicht", sagte ich.

„Doch doch", meinte die Isetta und nippte bedeutungsschwer an seinem neuen Weizen.

„Na, was?", staunte ich.

„Ich weiß bloß zweierlei. Das aber weiß ich. Erstens, dass ich es dieser bescheuerten Ela nicht zutraue, die Frau vom Kralle beiseite zu schaffen. Und zweitens, dass das mit Kempf nicht koscher ist. Der ist doch kein Schwerkriminaliker, der ist doch im Grunde nur ein gängiger Vermisstenspürhund. Warum sie den an so nen Fall lassen, ausgerechnet den – da ist was gedreht worden! Nicht unbedingt der Kutschhoven selber, denn der ist doch mehr so was wie ne graue Eminenz im Verein. Aber … na, ich weiß auch nicht."

Tja, da waren sie, die Ungereimtheiten. Vielleicht, dass wirklich was faul war, vielleicht auch nicht. Wir hätten's auch gleich wieder bleiben lassen können. Keine Ahnung, warum wir drangeblieben sind, was eigentlich der Grund dafür war, *ernsthaft* an irgendeine krumme Tour zu glauben. Irgendwie verschwendest du einen Gedanken daran, und noch einen, und bald, wenn du's nicht schleunigst wieder drangibst mit deinem Gegrübel – dann hängst du plötzlich mittendrin. Hast einen Tick zu viel nachgedacht und glaubst deinen eigenen zusammengeschusterten Theorien. Bist sogar bereit, übers müßige Nachdenken hinaus was zu machen. Den Hintern hochzukriegen, mal nachzufassen bei denjenigen, die vielleicht etwas mehr wissen konnten. Wir vertagten uns auf den Dienstag, bei Kölsch und Schnittchen in der Bude von der Isetta. Es waren ja schließlich bald Semesterferien, und untätig rumzuhängen – nee, das musste nicht unbedingt sein.

6

Einmal den Herren von Da Ganz Oben ein Bein stellen – diesen miesen, aalglatten Fratzen, die sich die Pöstchen gegenseitig zuschieben und alle ihren Schnitt dabei machen! Das war ziemlich bald meine ganz persönliche Version davon, ein „einzig Mal ein schmucker Prinz" im rauschenden rheinischen Blätterwald zu sein. Klar ging's auch um Kohle, Enthüllungsgeschichten machen schließlich reich. Aber irgendwo war da, bei der Isetta von Tag zu Tag mehr, bei mir zumindest *am Anfang*, auch was von *Gerechtigkeit* mit drin. Da standen so Typen wie Hansi Schmönzes oder die mir damals noch absolut unbekannte Ela Wolkenheim, die nix konnten dafür, wo sie der kölsche Herrgott hingeboren hatte, gegen den Klüngelverein aus dem Hahnwald, aus Marienburg und Junkersdorf.

Aber Vorsicht. Die da oben würden, wenn sich als begründet erweisen würde, was wir da so als Vermutungen und krumme Touren zusammentrugen, nicht zimperlich sein. Die würden sich zu wehren wissen, ohne sich selbst die Finger schmutzig zu machen. Wir, die Robin Hoods der Stehplätze, mussten verdammt vorsichtig sein. Keine überstürzten Aktionen, kein spektakuläres Herumschnüffeln. Vieles, wahrscheinlich alles hing davon ab, still zu halten bis zum letzten Augenblick. Die Kiste musste als die ganz große Bombe hochgehen, auf ein Mal, als *Der Große Schock*. Wir hier unten hatten keine andere Chance.

Die Isetta wohnt Parterre. Wo sonst. Die Leute draußen in Rodenkirchen hatten sich irgendwann an die fette Kröte in seinem fahrbaren Untersatz gewöhnt, die er darstellt, wenn er gemächlich die Schillingsrotter Straße zum Markt hin runterzuckelt, das Surren seines elektrischen Rollstuhles ein vertrautes Geräusch auf den Wegen unten am Rhein, in den engen Gassen, die hinter Haupt- und Weißer Straße zu den Sandbuchten und Anlegern führten.

Die Isetta feierte noch, als wir am Dienstagnachmittag klingelten. Ihm gefiel es, wenn seine Schwester sich echauffierte, weil er sich mal wieder danebenbenimmt. Denn Martina hat eine unangenehme Eigenschaft: Sie, die brave Tochter, das gute Kind, petzt. Möglich, dass die Isetta die Nutte extra für Martina engagiert hatte.

„Marcel, bringste das der Chantal noch ins Bad?“ Er ließ uns herein, drückte Marcel Maiser, seinem Zivi, ein schwarzes Negligé in die Hand. Der spurte wortlos, schloss die Badezimmertür hinter sich, so dass Martina nicht spingsen konnte. Die Isetta selbst hatte den alten, pastellgelben Frotteeanzug an: Zeichen dafür, dass er es sich gemütlich zu machen gedachte.

„Woher kannst du dir das leisten?“, fragte Martina.

„Fit?“, entgegnete ihr Bruder freundlich. „Für die Klausur morgen, mein ich.“

Die Tür zum Schlafzimmer hatte er absichtlich offen gelassen. Martina hatte so einen Panoramablick auf das breite Bett mit der gewaltigen Kuhle, die der massige Körper von der Isetta über die Jahre in die Matratze geformt hatte, auf die zerknaulten Laken, das Seidenplumeau und die zugeknotete rosa Tüte mit der milchigen Flüssigkeit auf dem Läufer davor.

„Na, wunderbar“, fing Martina auf Kommando an. „Du bräuchtest einen, der für dich Geld verdienen geht, um deine Weiber zu bezahlen, Rolf. Alleine dafür bräuchtest du einen!“

„Wieso? Marcel und ich haben zusammengelegt. Und jetzt ist er dran.“

Ich grinste. Das war’s, was mir so sehr an der Isetta gefiel: dieses *Normale*. Er rollerte in die Küche, setzte einen Tee auf. Unter der tiefhängenden Küchenlampe rauchten wir, bis Marcel und die Nutte endlich fertig waren. Martina knabberte beleidigt an den paar Kamellen und Pralinen, die der kurze Lindwurm des Rodenkirchener Veedelszochs in die Wohnung von der Isetta gelaicht hatte.

„Noch jemand!?“, hauchte lasziv die Nutte, als sie mich in der Küche entdeckte. „Habt ihr mit meinem Stenz nen Sonderrabatt ausgemacht?“

Marcel lachte, zündete sich sein Pfeifchen danach an.

„Nein, äh, ich“, stammelte ich. Martina drehte sich beleidigt weg. „Nur auf Besuch. Nein, danke. Wirklich sehr freundlich, aber ich *bin* bedient, sehen Sie ja. Trotzdem, sehr freundlich, danke!“

„Na, denn: Tschüss, Jungens“, verabschiedete sich das Nüttchen und übte schon wieder das Hüftschwingen. „Dürft mich gerne wieder anrufen …“

„Tja, Adi Doppelpack. Kriegste nicht alle Tage geboten, so was!“, triumphierte die Isetta. „Nur wo FC draufsteht, ist auch FC drin!“

Wir, Martina und ich, sahen uns an, stumm, rätselnd. *Wo FC draufsteht!?*

„Hat sich nen Geißbock auf die Arschbacke tätowieren lassen, der Idiot“, meinte trocken Marcel. Martina war so verschämt über ihren Bruder, dass sie rot anlief.

„Warst du dabei?“, fragte ich den Zivi. Marcel ließ gemütlich den Pfeifenrauch aus den Nasenlöchern quellen.

„Mhh“, grinste er, „vor drei Wochen. Donnerstags.“ Er lächelte, weise, Rauch kauend: Marcel Maiser, der ganz normale homo intelligenticus. „Ihr wisst, was das heißt, donnerstags …“

Wir stellten uns doof: Martina aus Frack, ich aus Interesse. Schulterzucken.

„*Frei*tag ist Badetag. Aber der Typ vom Tattoo-Studio hatte nur den Termin. Die Isetta hat gestunken, sag ich euch.“

„Blut, Schweiß und Tränen“, lachte die Isetta. „Vor allem Schweiß. Der wollte erst gar nicht. Dann hat er's gegen Aufpreis doch gemacht. Und nur mit Chirurgenmaske. Ist aber trotzdem schön geworden, hat sich am Riemen gerissen, der Kerl.“

„Hast ja auch kaum gebläht“, frotzelte Marcel.

„Weniger als zuhause“, verteidigte sich die Isetta. „Marcel, ich glaub, ich muss mal …“

Strafe muss sein. Für's aus dem Nähkästchen Plaudern. So anschwärzen ließ die Isetta sich nur ausgesprochen ungern. Der Zivi verdrehte die Augen hinter seiner John Lennon-Brille, schüttelte genervt den Kopf, dass sein langer Zopf wedelte.

Immerhin, so ganz am Arsch wie bei der Isetta war der FC noch nicht. Die Mannschaft schien den ersten Schock einigermaßen überwunden zu haben, jedenfalls hatte sie am Morgen planmäßig trainiert und alles sah aus wie immer. Die Jungens waren mit Eifer dabei: Kralle fehlte natürlich noch, aber Volker Fuchs flachste mit Adi Pikler, Tasso Dörfler schob die Abwehrmauer eigenhändig zurecht. Derweil hatten die FC-Offiziellen versucht, das nächste Spiel, auch ein Heimspiel, zu verschieben. Doch unser nächster Gegner, die lieben Freunde vom Niederrhein, lehnten ab, was dafür sorgte, dass ich einen mittelschweren Anflug von Gladbach-Hass kriegte. Hatten die doch gar nicht nötig, diese Tricks – sie standen zwar ein paar Punkte hinter uns, aber dass wir das letzte Mal gegen die unser Heimspiel gewonnen haben, das war doch noch unter Daum! Das war doch schon gar nicht mehr wahr, so lange ist das her.

„Sauerei“, presste ich raus. „Scheiß Gladbach!“

„Ganz schlimm, so was“, sagte die Isetta, vom Klo zurück.

„Ich find's okay“, sagte Marcel. Wir beäugten ihn skeptisch. „Wenn sie's dieses Jahr wieder nicht schaffen mit dem UEFA-Cup, meine ich. Mir wär's durchaus recht, echt. Keine Lust, schon wieder die fette Sau da durch halb Europa zu chauffieren.“

„Und ich wünsch uns beiden Trondheim in der ersten Runde, du Arschloch“, konterte die Isetta. „Oder Tirana. Wo's nix zu fressen gibt und ich dann notgedrungen auf meinen Zivi zurückgreifen muss!“

„Glasgow, damals, in der super verkorksten Saison, das war das Letzte“, sagte Marcel. „Die Isetta hat auf der Kanalfähre dermaßen alles vollgekotzt, der Stewart wollte uns ernsthaft über Bord werfen.“

„Da kennst du die Story von Akranes nicht.“

Marcel saugte Rauch, schlug die Lider zu, fragte mit geschlossenen Augen, seelenruhig:

„Was ist, bitteschön, Akranes?“

„Island. Viel heißes Wasser, viel teures Essen, viel kalte Frauen.

Kennen Fußball nur von der Flaschenpost. Na gut, ist jetzt schon bestimmt zehn Jährchen her. Im Laderaum haben die uns dahingeflogen, weil die Fähren von Irland rüber ausgebucht waren. Stellt euch vor, im zugigen, saukalten Laderaum, ich, mein Rolli und mein Zivi, und bloß ein kleines Heizöfchen von der Fluggesellschaft. Das waren noch Abenteuer! Dagegen sind zehn Stunden Stau bis Dresden gar nichts." Wir starrten die Isetta ungläubig, halb staunend, halb kopfschüttelnd an. „Ist eben ganz was anderes, der UEFA-Cup. Dafür lohnt's sich schon, wenn man sich was langmacht. Das müssen auch die Spieler wissen."

„Der arme Arbeiter Samariter Bund", sagte Marcel. „Bei uns bist du schon so was wie Mister Unbeliebt!"

„Der arme Steuerzahler!", setzte ich nach.

„Na, komm. Gerade du!", hielt die Isetta dagegen. „Bafög, WBS, Stütze, Sozialhilfe, jahrelang Halbwaisenrente – überall kennen sie Klaus Vogel schon, bloß das Finanzamt ist noch ahnungslos."

Ehe wir uns richtig in die Haare kriegen konnten, beurlaubte die Isetta seinen Marcel für den Rest des Abends, weil dessen Freundin anrief und so lieb darum bat. „Wenn du meinst, Schätzchen, aber versprich dir nicht zu viel von deinem Marcel heute Abend", hatte er in die Muschel intrigiert und dann gönnerhaft seinem Zivi, der vor Wut schnaubend im Türrahmen stand, den Wohnungsschlüssel zugeworfen. Die Isetta, kaum alleine mit uns beiden, fing wieder mit Anja und den Ungereimtheiten um Ela Wolkenheim und die Vorständler an. Anja war noch am Leben, aber verbessert hatte sich ihr Zustand nicht. Die Presse meldete monoton das Unveränderte, hackte dafür umso nachdrücklicher auf Borussia Mönchengladbach herum.

„Der Marcel ist ne ganz giftige Nudel. Der muss noch nicht alles wissen. Früher oder später kommt der sowieso dahinter."

„Ja und? Schadet uns das?", wollte ich wissen.

„Nee, Quatsch. Im Gegenteil. Die Freundin von dem arbeitet bei *RTL*, in der *Explosiv*-Redaktion. Könnte für uns noch mal nützlich werden, wenn wir die Story an den Mann bringen wollen." Die Isetta ließ sich von mir Tee nachgießen. „Und sonst?", fragte er, „gibt's was Neues?"

„Ihr seid zwei Kindsköppe", schoss Martina trocken ein. „Holmes und Watson in Unterformat. Das glaubt ihr doch im Ernst nicht, dass da was bei rausspringt."

„Frauen sind ganz schlechte Kriminologen", beschied ihr der große Bruder. „Schon deswegen sind wir kein schlechtes Team."

„Und du? Was sagt Inspektor Heller?"

Ich wiegte grübelnd den Kopf, ignorierte das Keifen und Ans-Bein-pinkeln Martinas, kam lieber zur Sache.

„Wir Freizeitkojaks haben natürlich nur dann eine Chance, wenn wir uns einschießen auf einen Verdächtigen. Und den ganz ausloten. Beim Klunkertz mal gründlich nachgraben. Wir alle, so richtig. Dazu müssten wir den Hansi Schmönzes nochmal interviewen, dann ein Brainstorming zu Klunkertz, Kutschhoven und den anderen vom Präsidium machen. Um diese Ela müssten wir uns kümmern, vielleicht, dass die was weiß und sich bloß nicht traut. Und natürlich den Kempf. Aber dazu habe ich schon den Anfang."

Die beiden schauten auf. Ich spielte mit meinem Fetzen Information, den ich am Morgen aufgeschnappt hatte.

„Nu, was?", grummelte die Isetta ungeduldig.

„Ich war beim Training heute früh." Ich zündete mir aufreizend langsam eine Zigarette an.

„Na? Und?"

„Hab mitbekommen, wie sich zwei Bildreporter unterhalten haben. Über den Kempf. Eigentlich hatte ein gewisser Pispers Bereitschaft, der war aber randvoll zugeknallt oder so, Polizeikostümball. dass der Kempf da aufgetaucht ist an dem Samstagmorgen, das hätte gar nicht passieren dürfen. Der andere von den Ermittlern hat denen das gesteckt. Johann, oder so."

„Ja und?", motzte die Isetta. „Was du da erzählst, das kann man sich doch an fünf Fingern aus dem raussaugen, was die Zeitungen schreiben!"

„Rhetorisch ungeschickt“, sagte ich. Er sah mich stumpf an. „Naja, zwei Redewendungen durcheinanderzuwerfen ist rhetorisch ungeschickt“, erläuterte ich. „Entweder du saugst dir was aus den Fingern, oder du zählst dir was an fünf Fingern ab. Shakespeare hat das zwar auch gemacht, Isetta. Aber der *konnte* das!“

„Ich saug dir gleich alle elf Finger ab, wenn du die Verarsche nicht drangibst!“

Ich rauchte. Na gut, er war kein Redner. Na gut.

„Na gut.“

„Aufgabenverteilung“, ordnete die Isetta kühl an. „Martina kümmert sich um Hansi. Vielleicht, dass wir den mal kennenlernen sollten. Der müsste doch auch ein Interesse daran haben, wenn die Connection Klunkertz-*Dorf* hochginge.“ Martina schluckte, wollte was sagen. Die Isetta überging sie. „Und du hängst dich mal an den Klunkertz dran, Klaus“, sagte er. „Wenn ich mich recht entsinne, war doch da mal was auf der Geschäftsstelle mit dem, Tätscheln und Tittengrapschen und so, was dann später hübsch unter den Teppich gekehrt worden ist.“ Keine Ahnung, wie ich so was nachprüfen sollte. „Lass dir was einfallen. Bist doch Geisteswissenschaftler.“

Die Isetta selbst wollte nochmal mit Skaterjupp, seinem beinamputierten Spezi reden, wie wasserdicht die Sache mit Kempfs Frau und den Schulden in Kutschhovens Privatklinik wirklich war. Und er wollte mal aushorchen, wo sie Ela hinverfrachtet hatten.

Martina wollte früh heim, wegen ihrer Altenglischklausur. Also ließ ich sie ziehen, jede halbe Stunde fuhr schließlich eine Sechzehn bis Barbarossaplatz oder eine Fünfzehn bis Zülpicher, und umsteigen in die Achtzehn oder Neun konnte sie selbst. Sie war sauer deswegen, aber ich verstand kaum noch was von dem, was sie moserte, weil die Isetta langsam Rum in den Tee zu kippen begonnen hatte. Ich glaube, ich habe sie an der Haltestelle Universität aussteigen sehen, als ich am nächsten Morgen mit der neuen Neun und einem richtig dicken Kopp heimwärts zuckelte. Martina war strebsam, echt.

7

„Kralle" verzweifelt an Anjas Krankenbett

Sechsundneunzig Stunden zwischen Hoffen und Bangen liegen hinter ihm, sechsundneunzig Stunden Wachen am Krankenbett, ohne dass sich Wesentliches getan hat am Gesundheitszustand seiner Ehefrau Anja: „Kralle" Schickedantz ist mit den Nerven am Ende. An Training ist nicht zu denken, der UEFA-Cup-Platz ist aus seinen Gedanken verschwunden, die Torjägerkrone, die mögliche Berufung zum Sichtungslehrgang von Bundestrainer Berti Vogts, alles. Nur noch Anja zählt, und der zermürbende Krieg gegen das Koma, in das die Ärzte sie nach dem Mordanschlag vom Samstag versetzt hatten.

Unterdessen waren die Kollegen da, Dienstagmittag, nach ihrem Training. Der Vorstand ließ einen Präsentkorb abliefern, besorgte Fans und Freunde belagern noch immer den Eingang zur Intensivstation. Ganz Köln nimmt regen Anteil am Schicksal des Stürmerstars und seiner Frau – auch in der sechsundneunzigsten Stunde ihres Martyriums.

Fußball-Krieg: Kußmauls Kampf-Fohlen rüsten zum Sturm auf das Müngersdorfer Stadion

Auf ihren Nummernschildern liest man MG, BIT, HS, BM, EU oder MYK. In den Hutablagen liegen schwarz-grüne Schals. An den Autohecks klebt eine schwarzweiße Raute. Borussia Mönchengladbach und seine Fans: Fußballverrückte vom Land, die nicht wahrhaben wollen, dass die Musik nicht mehr auf dem provinziellen Hügel des Bökelbergs spielt, sondern sich längst verlagert hat in die großen Metropolen des Landes. Geblieben ist dafür etwas anderes: die Gewaltbereitschaft unter den Fans, denn Misserfolg macht neidisch und aggressiv. Blutende Zuschauer, überforderte Hundertschaften der Polizei, mit abgeschlagenen Flaschen und Pflastersteinen um sich schleudernde Anhänger sind am Mönchengladbacher Bökelberg längst zu einem gewohnten Anblick geworden. Die Spieler Boninsegna und Oliver Kahn können ein Lied singen von den rüden Attacken, mit denen sie als Gäste empfangen wurden. Längst gilt der Bökelberg als Deutschlands übelster Pöbelberg.

Und wie das Gescherr, so auch der Herr. Aggressiv und ohne Rücksicht auf die besonderen Umstände, die in diesen Tagen in Köln herrschen, pöbeln die Fohlen vom Niederrhein.

Gladbachs Manager Holm Kußmaul gab diese Woche den Ton vor. Mit einem kategorischen „wir spielen auf jeden Fall“ reagierte er auf das Anliegen seiner Kölner Kollegen, eine Verlegung des Spiels aufgrund der grauenhaften Vorfälle um die Ehefrau von „Kralle“ Schickedantz zu erwirken. Kußmauls Spieler, die nicht zum ersten Mal vor dem allmächtigen Ex-Schalker kuschen, singen brav nach. „Sonst sind wir bald soweit, dass Spiele abgesagt werden, bloß weil die Oma vom rechten Verteidiger einen Hustenanfall hat“, findet Abwehrhaudegen Mischa Pimpelt.

Ganz offensichtlich geht es der Borussia darum, die für ihren Kontrahenten nachteilige Situation auszunutzen. Ein Fußballkrieg steht der Müngersdorfer Arena ins Haus. Die Reihen werden auf beiden Seiten gut gefüllt sein: Kölns Schatzmeister Kutschhoven rechnet mit einem ausverkauften Haus.

„Fanaten-Ela“: Durchgedreht – Einweisung in Psychiatrie
Blutspuren an ihrem Wagenheber stammen eindeutig von Anja Schickedantz – Auch Vertragsamateur Hannes Böcker belastet die Verdächtige

Neues von der dringend der Bluttat an Spielerfrau Anja Schickedantz verdächtigen Ela W. (21) aus Köln-Lindenthal: Als feststand, dass die Blutspuren an dem Wagenheber, den die Spurensicherung der Kölner Kriminalpolizei in ihrem Fahrzeug sichergestellt hatte, eindeutig von der Ehefrau des FC-Stars „Kralle“ Schickedantz stammen, erlitt die junge Frau einen Nervenzusammenbruch. Aus der Untersuchungshaft, in der sie sich seit vergangenem Sonntag befindet, wurde sie daraufhin in eine geschlossene Abteilung der Klinik in Köln-Merheim verlegt. Wie ihr Anwalt mitteilte, stehe sie dort unter medikamentöser Kontrolle. Weiterhin verweigert sie jede Aussage.

Dabei sprechen immer mehr Indizien gegen „Fanaten-Ela", wie viele FC-Anhänger die junge Verkäuferin inzwischen spöttisch nennen. Im Verlauf einer von ihrem Anwalt anberaumten Anhörung des FC-Vertragsamateurs Hannes Böcker, von der sich die Verteidigung eine Teilentlastung ihrer Klientin versprochen hatte, bekräftigte der Fußballer seine Aussage vom Sonntag. Er habe am Samstagmorgen gegen halb drei das Restaurant „Zum Geißbockheim" verlassen, sei auf den notgeparkten Golf der Verdächtigen auf dem Militärring aufmerksam geworden und habe sich angeboten, den defekten Reifen des Fahrzeugs zu wechseln. Die Blutspuren am Wagenheber seien ihm trotz der Dunkelheit sofort aufgefallen, doch habe er sich darüber zunächst keine Gedanken gemacht. Erst am Abend des folgenden Tages sei ihm bewusst geworden, woher sie mit großer Wahrscheinlichkeit stammten. Böcker wie auch der ermittelnde Kriminalobermeister Kempf begreifen die Tatsache, dass Ela W. dem Fußballer den Wagenheber in die Hand gegeben hat, als heimtückischen Versuch der Spurenvernichtung.

Volker Fuchs brennt auf seinen Einsatz

Hört man sich im Kreise der Mannschaft um, wird schnell deutlich: Mental fühlen sich die meisten der FC-Profis nicht fit für das Schlagerspiel am kommenden Samstag gegen den niederrheinischen Rivalen Borussia Mönchengladbach. Nicht einmal die Sticheleien des Gegners (siehe nebenstehenden Bericht) können in irgendeiner Weise für Motivation sorgen. „Wenn man uns zwingt", so Mannschaftskapitän Andy Fuss, „werden wir auflaufen, und natürlich werden wir versuchen, Fußball zu spielen und alles zu geben. Aber man wird uns bestimmt nicht in der Luft zerreißen, wenn es schiefgehen sollte. Es kann niemand von uns verlangen, die Gedanken an das, was vorgefallen ist, einfach abzuschalten."

Dass sich inzwischen Ex-FC-Spieler kritisch zu Wort gemeldet haben und dezent auf die „Weichheit" und „Sensibilität" der Profis von heute hingewiesen haben, kontern diese mit der sagenumwobenen Anfälligkeit der Kölner Kicker von einst in der „fünften Jahreszeit." „Da gingen denen doch selbst die leichtesten Spiele in die Hose", verteidigt Mittelfeldbiene Fränkie Greinmann sich und seine Kollegen, und Hans Holtz pflichtet ihm bei: „Immerhin haben wir es geschafft, das abzustellen, wie man gegen Bochum gesehen hat."

Immerhin gibt es einen, der auf das Spiel am Samstag brennt. Volker Fuchs will die Chance, die sich ihm durch das Fehlen des Stürmerstars „Kralle" Schickedantz bietet, beim Schopfe packen. „Es sind schlimme Umstände, aber das muss für die neunzig Minuten nach ganz hinten im Kopf", gibt er sich kämpferisch. Fuchs hofft, dass ihn Trainer Toftson im Sturmzentrum neben Adi Pikler aufstellt. „Ich werde jedem einzelnen vor dem Spiel tief in die Augen sehen und entscheide dann, wer aufläuft", lässt sich der dänische Trainer jedoch noch nicht in die Karten schauen.

Anja Schickedantz und der FC: Chronik eines schwierigen Verhältnisses

Ganz Köln bangt um das Leben und die Gesundheit von Anja Schickedantz, der jungen Frau von FC-Stürmerstar „Kralle": Spieler, Fans und Prominente – und der Vorstand. Dabei war es bis dato ein äußerst schwieriges Verhältnis zwischen dem Opfer des heimtückischen Anschlags vom vergangenen Samstag und den Herren von Präsidium und Aufsichtsrat. Erst unter dem Eindruck der schlimmen Vorfälle keimt ein Mitfühlen auf, das vorher lange Zeit unmöglich schien: Anja Schickedantz war den Bossen eine Spur zu unbequem. Eine Chronik der Ereignisse:

* September 1990. FC-Stürmer Volker Fuchs soll den Verein verlassen, seine Leistungen sind im Keller, die Mannschaft grenzt ihn aus, eine langwierige Verletzungspause hatte ihn weit zurückgeworfen. Der Spieler war mit einer frühzeitigen Vertragsauflösung einverstanden – bis sich seine Freundin einschaltete: Anja Schickedantz, die damals noch ihren Mädchennamen Schlösser trug. Gesinnungswandel, Fuchs erklärt, seinen Vertrag dennoch erfüllen zu wollen.

* Sommer 1992. Der UEFA-Cup-Platz ist in letzter Minute erreicht worden – mit einem vollkommen indisponierten Volker Fuchs auf der Tribüne. Diesmal plant der Vorstand, den Spieler zum Sportinvaliden zu machen, denn die alte Verletzung ist mittlerweile drei Jahre alt und behindert den Stürmer noch immer. Der Spieler signalisiert sein Einverständnis, schließlich verdient auch er nicht schlecht dabei. Wieder ist es Anja, die den Deal zum Platzen bringt. „Den motiviert nur eins, aber dann auch richtig – ich!“, behauptet sie und verweist auf das Beispiel Bodo und Bianca Illgner.

* Herbst 1992. In der vollkommen verkorksten Saison fehlen die Alternativen zu dem kantigen und ungelenken, aber wenigstens hin und wieder erfolgreichen Volker Fuchs. Zögerlich und gegen den erklärten Willen einiger Vorständler, die wenige Tage vorher auf der Jahreshauptversammlung ihren Verbleib in den Ämtern noch mit der Forderung nach Nichtverlängerung des Vertrages mit Fuchs verknüpft hatten, laufen die Vertragsverhandlungen mit dem Stürmer an. Mit am Tisch: Anja Schlösser. Die Forderung der Vereinsführung: Fuchs solle ins benachbarte Belgien umziehen, durch das sogenannte Doppelbesteuerungsabkommen eine Art Steuerparadies für Sportler und Künstler. So müsse der Verein brutto nicht zulegen, und der Spieler kassiere netto dennoch mehr. Am Widerstand Anjas scheitert alles: Fuchs behält seine Wohnung in Frechen bei Köln, die Fuchs-kritischen Vorstandsherren ihre Posten. Der neue Vertrag sieht eine Verbesserung der Bezüge vor; Anja Schlösser legt sich dafür sogar mit Aufsichtsrat Dr. Wolfhard

Berms an, F.D.P.-Politiker und Staatssekretär im Finanzministerium. Diesem wirft sie indirekt vor, den Besserverdienenden Steuertricks aufzuschwatzen und den gemeinen Steuerzahler auszunehmen. Reaktion von Berms: „Mit Schlampen und Zicken lege ich mich nicht an. Die Vorwürfe lasse ich selbstverständlich unkommentiert, diesen Schwachsinn!" Dennoch gewinnt Anja Sympathiepunkte beim Anhang.

* April 1993. Völlig überraschend erfolgt die Trennung von Volker Fuchs und Anja. Offiziell nimmt keiner der beiden Stellung. Anja wird kurz darauf das erste Mal zusammen mit „Kralle" gesehen.

* Sommer 1993. Anja heiratet den FC-Stürmer. Kurz danach macht sie wieder von sich reden, weil sie Trainer Toftson öffentlich auffordert, Spielerfrauen mit zu den Auswärtsspielen in die Mannschaftshotels mitzunehmen und die übliche Übernachtung im Kölner *Hyatt* vor den Heimspielen zu streichen. „Der Fall Littbarski hat doch gezeigt, wie lächerlich selbst den Spielern diese Kasernierungen erscheinen", rechtfertigt sie sich. Pierre Littbarski nutzte Ende 1992 eine dieser Übernachtungen dazu, spätabends heimlich das Quartier zu verlassen, um eine „Spritztour" an die Mosel zu unternehmen; seine „Flucht" war aufgefallen, weil er auf der Autobahn einen Unfall verschuldet hatte.

* Dezember 1993. Ein halbes Jahr nach der Eheschließung wird Anja „Kralles" Managerin, führt die Vertragsverhandlungen mit den Verantwortlichen des Clubs. Wieder gibt es böses Blut, doch dringen keinerlei Interna an die Öffentlichkeit. Hauptkontrahenten waren, so hieß es, die streitbare Spielerfrau und FC-Vize Klunkertz.

8

Mit Recherchieren kannst du dich so und so anstellen, und ich entschied mich für die letztere Variante. Als Student kommt man selbstverständlich zuerst auf die Idee, dass es alles über die krummen Geschäfte von Schatzmeistern, Vorständen und Aufsichtsräten des eigenen Lieblingsvereins in zusammengetragener und hübsch geordneter Form als Buch zu kaufen geben muss. Faul wie ich bin also zuerst in die *Universitätsbibliothek*, weil die am nächsten ist: nichts. Die *Stadtbibliothek* am Josef-Haubrich-Hof: das gleiche. Der ganze Donnerstagvormittag ging dafür drauf.

Wenn man schon mal in der Nähe ist, warum nicht gleich in die großen Buchhandlungen? Die *Mayersche* war bemüht, aber in der Sache eine Pleite. *Bücherstube am Dom*: freundliches Altbuchhändlerlächeln über zuckenden Schultern. *Gonski*?

„1B, oder 2A. Oder vielleicht auch 3A, beim Sport", gibt der muffelige Schnauzbart im Erdgeschoss Auskunft. Im dritten Stock heißt es, „Ich bin die Schulbuchabteilung. Und außerdem FCK-Fan aus Kaiserslautern. Vom FC weiß ich nur, dass ihr ständig gegen uns verliert." Bloß wieder weg hier.

In der Abteilung Regionalia gibt es nur die offiziellen FC-Jubelbücher. Also 2A, wo mich ein volontierender Theaterwissenschaftler erst in die 3B schicken will, weil da der Geschäftshool sitzt, dann gnädigerweise doch mal bibliographiert, natürlich nichts findet, aber wenigstens das Trostpflästerchen parat hat, es doch mal in den diversen Archiven zu versuchen. *RTL*, auf der Aachener Straße etwa. Oder, wenn alles andere nicht klappt, im Pressehaus des *Stadt-Anzeiger*, wo auch der *EXPRESS* seine fett geletterten Schlagzeilen und dünnen Berichtchen bunkert. Dann fängt dieser Aushilfsmensch beim *Gonski* an, zynisch zu grinsen.

„Was is!?", haue ich ihn an.

„Nüx. Für was brauchen Sie 'n das? Journaille?", bohrt er. Ich nicke, vorsichtshalber.

„Tja, die nehmen jeden, heutzutage", sage ich.

„Und was?“, hakt er linkisch nach.

„Wie, *was*?“

„Naja, welcher Sender?“

„Wieso Sender?“

„Na, mal ehrlich“, meint er, „so unterinformiert wie Sie ist man sonst nur bei *Welle Köln 106,8*.“ Er mustert mich von oben bis unten, dann: „Die nehmen wirklich jeden.“

Mir schwant endlich, was er meint. Nein, nein, erkläre ich mit einem Lächeln, so offen und entwaffnend, wie ich nur kann: Stadtzeitung. Die haben eben kein eigenes Archiv.

„*Prinz*? *Stadt-Revue*?“ Er lässt mich zappeln. Ick bün schon do, die Tour.

„Schaun mer mal“, sage ich. „Schreibe als freier Mitarbeiter. Wer's eben grad abnimmt. Wem die Story gerade passt, nicht wahr!“

„Gibt's den Krummhügel noch?“, setzt er mich endgültig schachmatt. „Beim *Prinz*, meine ich.“ Er grinst diabolisch.

Ich nehme wortlos einen teuren Schinken in die Hand, der zufällig auf dem schwarzen Caféhaustisch liegt, blättere drin rum, klappe ihn wieder zu. Keiner da außer mir, günstige Gelegenheit. Ich lasse die Schwarte fallen, genau auf die Ecke am Einband.

„Oh, das tut mir aber jetzt leid“, entschuldige ich mich betont aufgesetzt.

„Der *Zöller* war das, Standardwerk“, säuselt er. Dann bedrohlich: „Zivilprozessordnung. Zweihundertfünfundsiebzig Eier. Darf ich Ihnen Ihre Klamotten dafür pfänden lassen?“

Also muss ich auch noch den kleinen dicken, orangefarbenen Kommentar hinterherschicken.

„Thomas Putzo, auch ZPO“, flüstert er respektvoll. Dann grinst er freundlich, endlich. „Naja, nicht mein Geld, mit dem der eingekauft worden ist.“

Damit war das Eis gebrochen. Ich ließ ein paar vage Andeutungen raus, wozu ich die Informationen über die FC-Bonzen brauchte, und er, der alte Theater- und Film- und auch Fernsehwissenschaftler, verriet mir, wie ich am komplikationslosesten ins *EXPRESS*-Archiv gelangte: als Student getarnt, der eine medienwissenschaftliche Rezeptionsstudie über „Wetten, dass ..?“ in der Boulevardpresse anfertigt. Habe er selber mal machen müssen. Furchtbarer Job, stickige Luft, alle Artikel auf Mikrofiche, und die Archivarin …

„Dann rufen Sie doch mal da an, für mich!“

„Wenn's sonst nichts ist. Im Mittelpunkt all unserer Bemühungen steht der Kunde. Wen darf ich der Dame avisieren?“

Dann, tja, dann rief er tatsächlich erst die Auskunft und schließlich das Archiv im Pressehaus in der Breite Straße an. Morgen früh, am Freitag, könne ich kurz vorbei kommen, zum Reinschnuppern erst mal. Vielen Dank, das nenn ich Solidarität zwischen Aushilfen und Langzeitstudis!

Frau Schmitzbackes litt an fortgeschrittener Isolationsneurose. Vierzig Stunden die Woche unter Neonlicht eingelagert im Keller des Pressehauses, fristet sie, die hochtoupierte rassige Rote mit den zugekleisterten Fältchen und der mit Brilli-Imitaten besetzten goldenen Brille am Band, ein trostloses Dasein. Ganz selbstverständlich, dass sie dem jungen Herrn Audienz gewährt, wo er doch auch vom Theaterwissenschaftlichen Institut der Universität kommt. Ein paar Redakteure, die gleich wieder flüchten, und abends die druckfrische Erstausgabe, das ist ansonsten so ziemlich alles, was hier so den lieben langen Tag über passiert.

„Das mit ‚Wetten, dass ..?‘ scheint ein Lieblingsthema von der Frau Krützen zu sein. Sie kommen doch von der Frau Krützen, oder?“

Schon wieder dieses „Name-dropping.“ Na gut. Barg ja auch Chancen.

„Die schickt mich. Muss im Grunde auch nur eine Sache recherchieren, weil meine Vorgänger das Feld schon so vorbildlich bearbeitet haben.“

„Sagen Sie, sitzt der Herr Malteserkreuz noch an seiner Dissertation über uns?“

„Ja, ich glaub schon. Überaus interessantes Projekt übrigens, das."

„Hat mir versprochen, mich namentlich zu erwähnen im Vorwort. Und ein Extraexemplar soll ich bekommen", protzte sie.

„Werde ihn dran erinnern."

„Wunderschönes Thema, ‚Jüdisches Leben im Spiegel der Kölner Boulevardpresse'. Sie müssen wissen, ich bin selber Halbjüdin."

Sie grinste. Ah, ja. Schmitzbackes. Alter jüdischer Name. Ich spielte mit.

„Schalom! Welch ein Zufall. Ich habe mal ein paar Monate in einem Kibbuz gearbeitet."

Sie war begeistert, wollte alles ganz genau wissen. Also habe ich in der Nähe von Tel Aviv Apfelsinenkisten zusammengezimmert. Und der Chauffeur von Thomas Gottschalk sei auch Jude. Und glücklicherweise gebe es sogar beim FC wieder einen Vertragsamateur aus Israel. Sie war begeistert, Frau Schmitzbackes war begeistert. Alles ist auf dem besten Wege, wieder gut zu werden. Meines Wissens hat sogar der Vizepräsident Klunkertz jüdisches Blut in den Adern, bemerkte ich. Sie begeisterte sich langsam in einen Rausch. Irgendwann gab es doch mal einen Artikel darüber, sogar hier, im *EXPRESS*. Die Schmitzbackes entzückte sich wie wild. Das könne man doch mal schnell überprüfen. Selbstverständlich, lachte sie mich breit an. Dann muss man sich doch nicht so einsam und allein fühlen, hier und heute. Ich sah zuerst das trübe Oberlicht an der kahlen, schmucklosen Decke an, dann sie.

„Ja. Sie haben recht. Was für ein Glück, dass Sie recht haben!", sagte ich mit großem Pathos.

Dann wühlte ich zwei Stunden lang die Mikrofiches durch. Das Archiv ist wirklich ausgesprochen sorgfältig geführt: drei Jahre Vizepräsidentschaft, dazu die Vorstandsjahre waren minutiös aufgeführt. Ich durfte von den Artikeln Kopien ziehen. Leider fand ich den Artikel über die jüdischen Wurzeln von Klaus Klunkertz nicht, aber das machte der Frau Schmitzbackes nichts. Sie würde selber einmal die Fiches durchforsten, irgendwann. Ich zog ab mit dreißig Kopien voller belastendem Material aus den Federn diverser *EXPRESS*-Schmierfinken: selbst wenn man den Yellow-Press-Bonus abzog, blieb noch eine ganze Menge übrig. Mysteriöses, Halbwahrheiten, uneinsichtige Klüngeleien.

Alles hatte damit angefangen, dass Klunkertz seinen Betrieb, den Lebensmittelchemieladen, als KG, also Kommanditgesellschaft laufen ließ, wobei er seiner eigenen Ehefrau die Rolle der Komplementärin übertragen hatte. Das hieß, die clevere Gütertrennung der Eheleute vorausgesetzt, dass bei einem eventuellen Schiffbruch der Giftküche auf der Schäl Sick seine Frau mit ihrem gesamten Privatvermögen haften müsste, während Klaus Klunkertz als Kommanditist lediglich seine vergleichsweise geringe Einlage verlöre. Ein ideales Instrument, den Macho raushängen zu lassen war das: Klunkertz' Frau Gabi war wirtschaftlich mit Haut und Haaren ihrem Göttergatten ausgeliefert. Einmal mucken, weil der füllige Klunkertz nicht immer zuhause speiste, ein kleines, zu lautes Ehekrächchen – und schon konnte Kläuschen seiner Gabi ganz fies einen reindrehen.

Das war aber nichts, was einem Blatt wie dem *EXPRESS* groß auffallen könnte. Denen ist Klunkertz vielmehr ins Visier gerutscht, als die Zeitung im Rahmen einer Serie „Klüngel – die Tricks der Kölschen" die Froschperspektive einnahm und schonungslos investigativ die Größen der Stadt ins Visier nahm. Moniert wurden die wackeligen Beine, auf denen der Klunkertzsche Betrieb von immerhin an die fünfzig Arbeitnehmern stand. Kein Kavaliersdelikt, so was. Kann ganz schlimm enden, so was. So verwerflich wie die Steuerfluchtpraxis der FC-Kicker nach Eupen. *EXPRESS* deckt auf.

Dann gab es vor zwei Jahren, im Hochsommer, mal Rummel wegen Eis am Stiel, das irgendwelche Langnesokokken in sich hatte. Dutzende von Kindern mussten in der Uniklinik ambulant durchgecheckt werden, weil ihnen nach Verzehr von Himbeereis schlecht geworden war, ein paar von ihnen musste sogar der Magen ausgepumpt werden. Die Ursachenforschung verlief selbstverständlich im Sand; immerhin traute sich ein Redakteur vom *EXPRESS*, eine Stimme aus Klunkertz' Firma wiederzugeben, die lau eingestand, dass der Geschmacksverstärker, der dem Speiseeis zugemischt war, einer fehlerhaften Charge entstammte. Das Dementi folgte prompt, und Klunkertz' schmierige Visage während der Pressekonferenz zierte Seite 3: Da wolle jemand seine Kandidatur für die erneute Vizepräsidentschaft beim 1. FC Köln hintertreiben, das sei alles.

Und Klunkertz war tatsächlich umstritten innerhalb der versammelten FC-Mitgliederschaft. Acht Monate vorher, während der Jahreshauptversammlung in den Deutzer Messehallen, kam er erst nach einer Kampfabstimmung gegen den 83jährigen Verlegenheitsgegenkandidaten Hans-Josef Machet, den Ersatztorhüter beim allerersten Pflichtspiel nach der Fusion des Vereins im Jahre 1948, durch. Den Machet hatten verzweifelte Vorständler in letzter Minute ins Rennen geschickt, weil sie den Lebensmittelchemiker verhindern wollten (es hieß, man habe Machet extra aus seinem Altenheim nach Deutz karren müssen; es hieß, Machet habe bis zuletzt geglaubt, man unternehme mit ihm eine Kaffeefahrt). O-Ton einer der Funktionäre: „Mag sein, dass Klunkertz eine bittere Pille für den einen oder anderen von uns ist. Aber immerhin hat er es verstanden, sie gut zu zuckern." O-Ton Fränkie Greinmann: „Grüß Gott, tritt ein, bring Geld herein" – ein ungemein flotter Spruch für einen Fußballer. Seltsamerweise begannen unmittelbar nach Klunkertz' Amtsübernahme von Seiten des DFB verstärkte Dopingkontrollen zwischen den Wettkampfphasen. Einem, dem inzwischen ausgemusterten Mittelfeldmann Kevin Kirchengeil, wiesen sie sogar was nach – irgendein indiziertes Karotinpräparat, das nach längeren Verletzungspausen den Muskelaufbau fördern soll. Klunkertz war zu der Zeit in Urlaub und kam erst wieder, als sich die Wogen geglättet hatten und Kirchengeil und der FC mit einem blauen Auge davongekommen waren. Auch hier vermutete der *EXPRESS* kurz was, hielt sich dann aber bedeckt. Man durfte das Lieblingsdauerthema der Sportredaktion ja nicht kriminalisieren. An den Karren pinkeln, Entlassungen fordern, Andy Fuss einen Versager schimpfen, Toftson den Rücktritt nahelegen, dem Vorstand pauschal Unfähigkeit attestieren – das ging. Aber nicht kriminalisieren; das war wie am eigenen Ast sägen.

Schließlich, vor ein paar Monaten erst, die Sache mit den Grapschereien auf der Geschäftsstelle. Auch hier blühten für kurze Zeit die Schlagzeilen, ehe ganz offensichtlich wieder jemand die Korrespondenten zurückpfiff. Es habe sie gegeben, die Übergriffe auf das Hoheitsgebiet Oberweite. Wer den Verein und seine mausgrauen Angestellten kennt, der weiß: Es konnte im Grunde nur die eine, die so ungemein adrette Brünette gewesen sein, der irgendwann einmal der Kragen geplatzt sein muss. Der *EXPRESS* witterte schmutzige Wäsche, gab ordentlich Butter bei die Fische – *Sex-Skandal im Geißbockheim* – köderte zudem die Betroffene und wollte sie zum Auspacken bewegen. Irgendwer, vielleicht Gabi Klunkertz, vielleicht eine der lieben Kolleginnen, ließ ein paar Namen fallen – Klunkertz, Schatzmeister Kutschhoven – und die Sache kam so richtig nett ins Rollen. Krach hinter den Kulissen, wie ich später aus erster Hand, nein: aus erstem vollen Kussmund erfahren sollte, aber nach außen hin Ruhe. Die begrapschte Maus und die andere Seite, die in der Presse schon richtig schön als notgeiler „Klu-Kutsch-Clan" betitelt wurde, arrangierten sich. Den Boulevardreportern entzog man für ein paar Spiele die Akkreditierung für den Stadioninnenraum, und auch das wirkte: Von der Nordkurve, vor allem vom Hoolpool im Oberrang aus, berichtet es sich eben doch ein wenig umständlich (steckte mir später ebenfalls die Maus).

Nun, das war's. Zwar macht das alles Klunkertz selbstredend noch nicht zum Drahtzieher oder gar zum Attentäter auf Anja Schickedantz. Aber es zeichnet eben doch ein Charakterbild. Skrupellos. Mit allen Wassern gewaschen. Und vielleicht hier und da angreifbar, sollte es mal soweit kommen. Ein bisschen enttäuscht war ich ja doch, als ich raus auf die Breite Straße trat und mir erst mal eine ansteckte. Klunkertz hatte niemanden nachweislich meucheln lassen, Klunkertz' Weste war offiziell eben doch blitzsauber. Dann sagte ich mir aber, dass doch genau diese Tatsache es sei, woran wir arbeiten, wo wir mal dran kratzen wollten. Die zweite Fluppe, auf dem Weg zum Appellhofplatz, schmeckte schon wieder besser.

Martina hatte ein ungutes Gefühl, was ihre blöde Klausur anging. Dementsprechend ungenießbar war sie am Aschermittwoch und sogar noch donnerstags und freitags. Die Isetta erwischte ich erst telefonisch am Samstagmorgen, kurz bevor er und Marcel sich zum Stadion aufmachen wollten.

Wir verabredeten uns für den Abend; ich wollte ins *Hard Rock Café* oder irgendwo ins Belgische Viertel, aber die Isetta wollte komischerweise ins *Dom Hotel.* Und er konnte stur sein, also gab ich nach. Wir verabredeten uns sicherheitshalber erst für halb sieben, denn die Isetta fürchtete, nein, *erwartete* nach dem Spiel Komplikationen mit Gladbachern, denen er dann zur Strafe mal über die Füße fahren oder mit der Fußstütze in die Hacken düsen musste.

Aber der Reihe nach. Ganz Köln war an dem Samstag wieder einmal, wie jedes Jahr, schwarzgrün verseucht vor lauter Gladbachern. Menschen vom Niederrhein mit flachen Hinterköpfen und Solidarchaoten aus der Eifel rempelten mich an, als ich mich (alleine, Martina streikte schmollend immer noch) im Pulk zur Straßenbahn hin über die weite, feuchte Wiese schob. Ein Scheiß-Regenspiel war es gewesen. Bindfäden. „Schnürl", wie der Adi Pikler sagen würde.

Einen Elfmeter hat er vergeigt, die dumme Nuss. Hart, aber unplatziert. Das war die Riesenchance, so kurz vor Schluss. Ansonsten keine Spur von wegen „mental nicht in der Lage" bei den Unseren. Richtig gut haben sie gespielt, und der Volker Fuchs hat gerudert und geackert wie ein Wilder, als Toftson ihn für die letzte halbe Stunde endlich brachte. Hat aber keinen Schrank gemacht. Tja, so hat sich der FC dann einen weiteren Konkurrenten um den UEFA-Cup-Platz aufgehalst, denn mit dem 1:0 kommen jetzt auch noch die Zombies aus Ostholland in Frage.

Aber auch jedes Mal gegen Gladbach, und schon wieder der Manfred Enzian. Das dunkle Kind aus dem Ruhrpott (schnell, geschmeidig, ja ja, Oberschenkel wie Baumstämme. Vater in der *U.S. Army*, ist dann durchgebrannt, und Frau Enzian blieb zurück in Wanne-Eickel mit ihrem dunkelhäutigen Spross. Wenigstens den Namen hätte der Ami ja zurücklassen können, aber nee – so hieß der tatsächlich Manfred Enzian). Aber gut: abhaken. Nach vorne blicken. Das Fußballspielen haben sie nicht verlernt. Andy Fuss wieder genial, Greinmann eifrig. Und nächsten Samstag wieder Heimspiel, Nachholbegegnung, HSV: der liegt uns eigentlich.

Ich mich also durchgeschlagen durch den dunklen Wald in Schwarz und Grün. Grün, und unsere Hools kneifen, mischen überhaupt nicht auf. Grün sogar auf der Straße; eine Minna begleitet den Viehtransport die Aachener rauf bis zum Gürtel. Dann biegt die blöde Straßenbahn doch tatsächlich ab, von wegen gleich zum Hauptbahnhof! Die karrten mich und die Borussenheinis um mich rum raus nach Ehrenfeld! Miese Bullenstrategie so was, um die Gladbacher nicht alle gleichzeitig auf die Domplatte lassen zu müssen. Ich wurde also zum Sonderopfer des Verkehrsamtes, das seine Touristen nicht vergrätzen will. Auch das noch. Es tröpfelte unablässig, und ich ohne Schirm.

Klar, dass die im *Dom Hotel* mich nicht reinlassen wollten. Ich sah ja aus wie ein nasser alter Aufnehmer. Das ansonsten wohlgelegte, weiche Haar in klebrigen Strähnen über Wangen und tief in den Nacken. Der gemeinhin fein gestutzte Schnauz voller Straßendreck und feuchtem Rotz. Schuhe, aus denen das Wasser auf die Läufer im Foyer lief. Die gute, mit Domestos gepflegte Designerjeans bis auf die letzte Pore durch.

Der Page verständigte den diensthabenden Chef von der Rezeption, der holte den Vize von dem ganzen Laden und ein paar andere Pagen, falls ich Widerstand leisten sollte. Kronleuchter glitzerten fein, in tausend Lichtpunkte zerfallen durch die Linsen meiner müden, nassen (ich wußte auch nicht, wieso: jedenfalls nassen) Augen. Ich war drauf und dran, wieder abzuziehen. Ein körperbehinderter Gast im Rollstuhl befinde sich nicht im Restaurant, sagte man mir. Aber es ist doch schon sieben, sagte ich zurück. Bedaure, da ist niemand. Und jetzt ...

Hinter mir, der ich mich verteidigend mit dem Rücken zur Glastür aufgebaut hatte, surrte gemütlich ein elektrischer Rollstuhl. Die Isetta blickte sofort, was da im Gange war mit den Hotelbediensteten und mir.

„Diskriminierung! Das ist ja unglaublich, was heutzutage Behinderten und ihren Betreuern angetan wird! *Immer noch* angetan wird!!“, brüllte er.

Die Herren in den Livrees blickten verdutzt. Ich schwieg. Lass das mal die Isetta machen.

Der drehte sich, scheinbar sehr in Rage, zu Marcel um, der nun Laientheater spielen musste.

„Herr Neven DuMont, wenn Sie es mir bisher auch nicht haben glauben wollen – das ist die Realität! Das ist Köln und sein toleranter (er sagte: tole*ran*ter), liberaler (er sagte: libe*ra*ler) Umgang mit anderen!“

Marcel hüstelte bloß und blickte betont bedröppelt drein. Die Herrschaften vom Personal sahen sich untereinander an, stumm.

„Nehmen Sie bitte für jetzt und für Ihre zukünftige Journalistenzeit zur Kenntnis“, dozierte die Isetta zu Herrn Marcel Neven DuMont junior, „wie es wirklich aussieht in dieser scheinheiligen, eitlen, verlogenen Stadt! Das erste Haus am Platze ist das hier! Führt das Wahrzeichen der Stadt in seinem Namen!“ Dann wurde er doch tatsächlich noch ein wenig pathetisch. „Fürwahr, ein veritables Abzeichen der Mentalität dieser Metropole, Ihr Verhalten, meine Herren!“

Sieg, wenigstens einer heute. „Veritabel“, manchmal muss selbst ich noch über die Isetta staunen. Ich war mit einem Mal sein Sozialpädagoge, als ob jeder Querschnitt, jeder Apoplex, jeder Demente seinen persönlichen Referenten besitzt, mit dem er ab und zu schick ausgeht! Naja, die Herren vom Hotel glaubten es ihm. Der Aperitif ging auf Kosten des Hauses, dafür platzierte man uns unauffällig, ein Stück weit weg von den anderen Gästen: wohl in der Hoffnung, dass wir alsbald, sprich, bevor sich der Laden füllt, wieder abziehen würden.

Wir ließen dem Aperitif ein gepflegtes Kölsch für jeden folgen. Marcel, das Pfeifchen wie üblich wieder im Mundwinkel, fragte vorwitzig, ob man ihm einen Halven Hahn zubereiten könne, aber die Kellner nahmen seinen Wunsch nur naserümpfend zur Kenntnis und drehten sich dann wieder weg. Die alternativ unseren Gaumen offerierte Ochsenschwanzsuppe schlugen wir im Gegenzug aus. Dann bitte Kölsch bis zum Abwinken.

„Wie war's im Archiv?", wollte die Isetta wissen. Ich sah ihn an und schwieg, denn ich wusste ja nicht, was Marcel von all dem mitkriegen sollte.

„Na komm, Kläuschen. Marcel ist doch nicht blöd", raunte die Isetta. Der Nicht Blöde grinste stumm, hob dann abwehrend die Arme.

„Nee nee, werd mich da nicht einmischen. Das sollt ihr man hübsch unter euch ausmachen. Find ich aber sehr gut, dass sich da mal einer drangibt. Sehr gut find ich das!", sagte er mit nicht zu überhörender Ironie und nahm einen genüsslichen Zug an seiner Pfeife.

Ich blickte ins Weite. Und hatte dann nichts Handfestes zu bieten, bloß die paar Scherzchen aus der Zeitung.

„Na, was willst du?! Ist doch was!", meinte die Isetta heiter. „Stell dir doch bloß mal vor, wir zapfen die Alte von dem Klunkertz an, die Gabi. Kann ja gut sein, dass die nen Aggress auf ihren Ollen hat, weil der rumhurt oder bei sich im Verein nicht die Finger bei sich halten kann."

„Hab ich mir auch schon überlegt.", grübelte ich laut. „Aber wie willst du an so ne Prachtkuh rankommen? Die wird nicht gerade durch die Straßen von Sülz rennen, flennen und ne starke Schulter zum Ausheulen suchen!"

„Wird schon, wird schon, wird schon. Hab so was im Urin, Klaus. Übrigens, Marcel …"

Die Blase von der Isetta schien irgendwie mit seinen Gedanken rückgekoppelt zu sein. Immer, wenn er vulgärsprachlich aufs Thema kam, musste er gleich pinkeln. Selbstverständlich war das Nobelhotel abortmäßig nur unzureichend auf Rollstuhlfahrer eingerichtet, also kamen die beiden zurückgetrottet und gerollt, die Isetta laut motzend, „Ja, scheiße, der Laden hier, was macht ihr eigentlich, wenn der *Schäuble* mal bei euch logiert, häh?!"

Also musste Marcel in der Jutetasche kramen, die im Netz hinter der Rückenlehne von der Isetta baumelte, und die Urinflasche hervorbugsieren.

Ich, sein Sozialpädagoge, beobachtete beunruhigt, was sich da zuspitzte. Die Isetta, unbekümmert wie dieser Sonnenschein von Mensch nun mal ist, ließ sich – gut einsichtig für die übrigen Gäste – die enge, schmierige Lederhose runterpellen, zog sich mühsam die Unterhose vom massigen Leib, ließ seine stolze, fettgepolsterte Blöße im gedämpften Licht der Lüsterlampen und Wandleuchten erstrahlen. Das Windchen, das ihm dabei abging, konnten die Damen und Herren über ihren Hors d'oeuvre noch überhören, wenn sie sich anstrengten: das plätschernde Gestrulle in die leere Plastikflasche nicht mehr. Indigniert schauten Augenpaare auf, Monokel wären in tausend Scherben zerklirrt, hätte sie nicht ein dünnes Band im Sturz abgefangen. Silberlöffel klickerten, kraftlos fallengelassen, auf Porzellan. Schon winkte einer der Herren mit der zu großen, weiß gestärkten Serviette einen Kellner zu sich und flüsterte ihm erbost ein paar harsche Worte ins Ohr. Der Kellner sah kurz zur Isetta rüber, suchte dann den Blickkontakt zu den Seinesgleichen.

„Herr Neven DuMont, diese Stadt ist prägend!", brüllte die Isetta herunter zu Marcel, der zwischen seinen Beinen kniete und eher gelangweilt das Bächlein ins Fläschlein rinnen ließ. „Der Tourist vergisst die Eindrücke nicht, die er von den Sehenswürdigkeiten hier mitnimmt. Der Freak die Szene, der Schwule die

Klappen nicht. Und der Journalist nicht die geballte Ansammlung an Medien aller Art. Und den FC-Fan prägt der Geißbock!"

Die Isetta hatte ausgepisst, hievte sich an den Lehnen seines Rollstuhls in den Stand, die herabgelassenen Hose noch zwischen den Beinen. Dann drehte er sich gemächlich um.

„Wir sind Kölner! Asoziale Kölner! Wir schlafen unter Brücken. Oder in der Bahnhofsmission!", sang er den standardmäßigen Gästerefrain auf links gedreht und präsentierte den erschütterten Gästen seine Tätowierung auf dem blassen Hinterteil. Die Blähungen, die diesmal kamen, konnte keiner mehr ignorieren. Eine der Damen spuckte ein wenig unfein in ihren Suppenteller, einer der Herren schlug vor, spontan eine Art Besitzstandsbürgerwehr ins Leben zu rufen, worauf ihm schallende Zustimmung von den anderen Gästen entgegenschlug. Dann kamen die Pagen wieder, und die Kellner.

Ich rieb mir den Hinterkopf; es schmerzte immer noch. Marcel hatte es am schlimmsten erwischt; er fürchtete, dass er doch noch ins Krankenhaus musste, die Schulter wieder einrenken. Die Isetta, stur und ignorant, verbat sich das verweichlichte Gejammere und orderte beim Köbes vom *Früh*, in das wir halb umgezogen waren, halb umgezogen *worden* waren, noch drei *Früh*.

„Dafür, datt ich jedes Mal rauskommen muss zu euch hier in die Kälte, dafür kriech ich aber auch eins!", bettelte der Köbes. Wir saßen draußen, an einem der ansonsten hochgeklappten Tische, den Heinzelmännchen-Brunnen neben uns, den *Tonger* vor uns, die Ahnung vom *Dom Hotel*, unserem Kriegsschauplatz, um die Ecke.

„Wat willste eijentlisch, hat doch aufgehört mit dem Sicken!", machte die Isetta ihn an. „Kriss 'n Abzeichen von mir, wenn de jetz schön dallidalli machs mit dem Bier! Ein FC-Abzeichen. Gut?"

„Ham doch verloren, nich?", der Köbes schleimig jetzt. „Die ganze Bude war voll Gladbacher, nach dem Spiel. Schlimme Menschen, die!", bemerkte er. Mir war er damit schlagartig sympathisch. Aber die Isetta war nachtragend.

„Nee, echt, 'n Abzeichen vom FC. Wennste schnell machs!"
Marcel sah weg, massierte sich die Schulter. Stumm, aber neugierig, blieb der Köbes einen Augenblick stehen.
„Ich spring dir mittem Arsch ins Gesicht, und dann haste dein Abzeichen!", brüllte die Isetta.
„Der hat da ne Tätowierung", erläuterte Marcel müde und pflichtbewusst. Zur Isetta: „Jetzt mach mal nicht so'n Wind mit deinem scheiß Bock; willste, dass wir hier auch noch rausfliegen?!"
„Sind wir denn irgendwo *drin*?!"
„Dass die uns hier auch den Hahn abdrehen? Nochmal ne Keilerei?" Zum Köbes: „Entschuldigen Sie, mein Querschnitt hier wird zuweilen schon mal ein wenig jähzornig. Er wird nicht mit seiner Behinderung fertig, wissen Sie! Der meint's im Grunde nicht so."
Der Köbes zog ab, brachte uns aber dann irgendwann das Bier. Marcel und ich tranken extra langsam. Bummelstreik gegen die Isetta.
„Mein guter Kompagnon, weißte, was mir viel mehr Sorgen macht als das Beschaffen von Informationen aus den höheren Vereinskreisen?", säuselte die Isetta. Wenn er merkte, dass die anderen gegen ihn Stimmung machten, schaltete er um auf Schmusekurs. Kompagnon! Marcel musste grinsen. „Dass wir voll daneben liegen mit unserem Tipp", fuhr er fort. „Dass es in Wahrheit ganz anders abgelaufen ist! Das quält mich, Kumpel. Das!"
Dann plauderte er, und was das Schlimmste war: Marcel bestätigte es mit schlaffem Nicken. Den Volker Fuchs, kaum eingewechselt, hatten seine Mannschaftskameraden seltsam auf dem Kieker gehabt, vorhin im Spiel. Kriegst du ja auf den Rängen nicht so mit, aber die Isetta sitzt unten gleich am Rechtsaußen. „Mach den Enzian auch tot!", schrien seine Mannschaftskameraden, und „Verstand so groß wie Eier!", wenn er sich unglücklich verheddert hatte in den gegnerischen Abwehrmaschen. Volker Fuchs, den Anja damals verlassen hatte! Ich kapierte überhaupt nichts mehr.

9

Martina war immer noch sauer und angespannt. Bloß wegen einer Klausur im wichtigen Altenglisch, die sie vermutlich mal nicht mit einer *Eins* oder *Zwei* bestanden haben würde, sondern vielleicht nur knapp mit *Vier*. Sie ließ morgens das Teewasser verkochen und die Baguettes zu lange zum Aufbacken in der Ofenröhre, schmiss mich deswegen dann aus dem Bett und jagte mich zum Bäcker, vier Etagen runter, in die kalte Montagmorgenluft raus, und dann wieder vier Etagen rauf.

„*EXPRESS*?", fragte ich, außer Puste, und rührte den Kandiszucker in meinen Tee.

„Wann reparierst du mir mein Fahrrad? Macht's nicht mehr lange", fragte sie zurück, unbeteiligt. Nicht unbedingt so, als erwarte sie eine Antwort.

„Wo du die *EXPRESS* hast!?", setzte ich energisch nach.

„Ach, scheiß drauf!", raunzte sie zurück. Sie hatte keine Zeitung geholt, morgens. Sie hatte keine Zeitung geholt! „Hol dir dein Mistblatt gefälligst selber!"

Sie hatte keine Zeitung geholt! Ich hätte es mir denken können, ich hätte es merken müssen. Es gibt sonst keine aufgebackenen Baguettes, jedenfalls nicht montags.

Völlig außer Atem schleppte ich mich zum zweiten Mal die Treppen hoch. Dass Martina mir daraufhin wie beiläufig verklickerte, dass der Kostümverleih in der Konradstraße gerade angerufen habe und sein Geißbockkostüm anmahne und man die Kaution einbehalten würde, wenn ich es nicht umgehend zurückbrächte, haute mich als nächstes um. Das durfte alles nicht wahr sein.

„Du gehst!"

„Nö."

Ich wurde wütend.

„Na klar gehst du. Ich hab das Ding geholt, du bringst es weg!", sagte ich.

„Nö."

Mir dämmerte, dass sie am längeren Hebel saß. Die Kaution hatte *ich* bezahlt.

„Komm, bitte. Tinchen!", flehte ich. „Dampflamm steht unten, der hat eben schon so böse geguckt."

„Na, wenn du bei dem auch mit drei Monatsmieten im Rückstand bist ..."

„*Wir.*", versuchte ich zu präzisieren.

„*Du*!", präzisierte Martina zurück. „Meinen Anteil an der Wohnung hast du gekriegt. Und es ist überhaupt nicht meine Sache, wenn du ihn dann versäufst. Deine Untermieterin zahlt *pünktlich*! Der Rest ist ne Sache zwischen Dampflamm und dir."

Ich überlegte einen Augenblick. Sie drückte mich an die Wand, dieses Biest drückte mich an die Wand!

„Der war wegen was anderem sauer. Seine Kohle treibt der schriftlich ein. Wenn der mich so mustert wie eben gerade, ist's wegen was anderem."

„Aha?", meinte Martina uninteressiert.

„Wohl, weil du am Freitag die Straße nicht gekehrt hast."

„Na, um so logischer, dass du gehst und den Fetzen wieder wegbringst", konterte sie. „*Ich* kann dem dann doch unmöglich unter die Augen treten, wenn ich sein Trottoir nicht gefegt habe."

Ich trollte mich, das schlaffe Geißbockkostüm unterm Arm. Ein scheiß Tag, eine scheiß Woche, die schon so anfing.

Den Sonntag, den Tag nach dem Gladbachspiel, war ich zum Training: wollte wissen, was dran war am Ohrenzeugenbericht von der Isetta von wegen Stimmung gegen Volker Fuchs. Nichts. Nach dem Auslaufen noch ein bisschen müder Kick für die ersten Elf, während die Ersatzspieler Fünf-gegen-zwei Spielchen spielten. Kein Anpflaumen in Richtung Volker. Ein ganz normaler Trainingsalltag, sieht man mal davon ab, dass einer von den Kiebitzen auf einmal seinen Cholerischen kriegte und sich mit einer schauspielerisch eindrucksvollen Schimpfkanonade auf den FC-Sturm an seinen Hund wendete.

Dann, nachmittags, kurze Telefonkonferenz mit der Isetta, der gerade aufgewacht war, nachdem er sich am Abend vorher, nach *Dom Hotel* und *Früh*, noch auf ein paar Absacker ins Quartier *Latäng* hatte kutschieren lassen. Die Isetta war mies gelaunt. Sein Marcel hatte ihn in Unterhemd und Schlafanzughose vor den Küchentisch gerollt und war dann wortlos zum Kiosk raus, Bier kaufen und Toastbrot: wahrscheinlich die Retourkutsche für die Schrammen von den Pagen am Abend vorher.

„Ja, und? Wo ist das Problem?", wollte ich wissen.

„Nirgends ist das Problem. Außer dass es hier in der Wohnung schweinekalt ist, weil die seit Donnerstag an der Heizung am flicken sind."

„Roll dich doch zum Schrank und zieh dir was über!", schlug ich vor.

„Das könnte allerdings ein Problem werden, du Klugscheißer!", maulte die Isetta. „Der Schrank steht so nah vor meinem Bett, dass ich da mit dem Hausrolli nicht dazwischenpasse ..." Er meinte: *mit dem, was rechts und links am Rollstuhl runterhängt, da nicht dazwischenpasse.*

„Raffiniert, der Marcel", staunte ich.

„Ja, und morgen, also heute, ist Wachablösung. Da muss es der arme Hans-Erich dann ausbaden, wenn der Marcel mir ne Erkältung einbrockt."

Hans-Erich kannten wir auch schon, Martina und ich. Einer von der Sorte, die nebenbei, obwohl das Zivildienstleistende gar nicht durften, fleißig Chemie studierte. Aber immerhin einer, der klaglos zu jedem Auswärtsspiel mitfuhr, manchmal sogar, wenn er gar keinen Dienst hatte.

„Das mit dem Volker Fuchs, das hat mich schon gestört", beichtete ich der Isetta.

„Wird schon." Auf einmal war er derjenige, der auf Zuversicht setzte. „Übrigens, hab den Skaterjupp gesprochen. Hat mir alles so nochmal bestätigt: die Alte vom Kempf kuriert sich auf Pump bei Kutschhoven in der Privatklinik!"

„Äändzückend!", zitierte ich.

„Hast du ne Ahnung, ob es was es Neues von der Anja gibt?"

„Null", sagte ich. „Wie geht's weiter?"

„Haste gelesen, wie die das Mädchen jetzt zur Bestie hochpumpen? *Fanaten-Ela!* Haben die mal geschrieben, wo sie die hin verlegt haben?", wollte er wissen.

„Nein. Na, wohl doch nach Merheim. Wohin sonst!?"

„Werd mich mal drum kümmern. Vielleicht, dass wir uns mit der Elefantennaht mal unterhalten sollten."

„Wie willste das anstellen?", fragte ich skeptisch.

„Lass mich nur machen. Setz du inzwischen die Martina noch mal auf Hansi Schmönzes an."

Das war der Sonntag. Martina verhielt sich wie erwartet, als ich sie auf diese Spur zu setzen versuchte: sie bockte. Also, fürchtete ich, half nur rohe männliche Gewalt, um sie zur Räson zu bringen. Mal abwarten, was sich da an Gelegenheiten ergab. Erst einmal bin ich ihr aber, nachdem ich das bescheuerte Kostüm zurückgebracht hatte, hinterher in die Uni gefahren, schön langsam mit dem Rädchen die Zülpicher rauf.

In der Seminarbibliothek, zwischen lauter neonlichtbeschienenen, anämischen Anglisten stöberte ich sie auf, in einen ganzen Berg von aufgeschlagenen Schwarten versenkt, in denen sie gleichzeitig zu lesen schien.

„Ainen Tä, säschzik Fännick!", imitierte ich die Kassiererin in der Mensa.

Was wie eine Einladung zur Kunstpause gedacht war, missriet vor Martinas Augen zur Farce.

„Zisch ab, Klaus!", flüsterte sie gereizt.

„Ain Schmenzeskelsch, macht ainsfinfzick, bittascheen!"

„Lass mich mit eurem bekloppten Rumgeschnüffele in Frieden! Ich geh nicht mehr zu Hansi – der lacht mich aus!", brummte sie. Die Bibliotheksaufsicht sah auf und musterte uns über den

Rand ihrer Brille. Auch die wenigen Studenten, die sich jetzt, in den Semesterferien, noch hier blicken ließen, sahen auf, und nur eine – nett, gut gebaut, schnuckelig – musste grinsen. Ich lächelte zurück.

„Verschwinde jetzt, du störst", raunzte Martina mich an. Da war er, dieser Anflug von Eifersucht in ihrer Stimme.

Das war es! Das war *die* Idee!

Dampflamm persönlich hatte sie immer hämisch grinsend bis in die Dachgeschosswohnung heraufgebracht, die Briefe mit der Zustellungsurkunde, die als roten Stempel einer Frankiermaschine den Geißbock trugen. Klunkertz persönlich pflegte seine zackige Unterschrift drunterzusetzen: anscheinend schien der Chef vom Ganzen, Präsident Boltzinger-Matten, sich um so was zu drücken. Die letzte war erst vor gut vierzehn Tagen gekommen: die Aufforderung, die säumigen Raten für die Dauerkarte zu überweisen, zuzüglich Mahngebühr. Das wäre doch eine hervorragende Gelegenheit, überlegte ich, den Damen in der Geschäftsstelle mal einen Besuch abzustatten. Vielleicht hatte ich ja Glück und die eine Maus war da, die einzige gutaussehende unter lauter Vetteln, die die Vetternwirtschaft auf die begehrten Pöstchen in der Verwaltung eines Großvereins geschoben hatte.

Ich knöpfte draußen vor der Seminarbibliothek mein Portemonnaie auf: Ebbe, wie immer. Nur ein Zwanziger und ein Zehner, die Kaution vom Geißbockkostüm, dazu etwas Silbriges und ein paar Groschen. Reichlich wenig für Mitte Februar. Also mussten doch die eisernen Reserven dran glauben. Ich nahm mein Rad, steckte mir eine an, drehte vor dem Philosophikum den Schlenker am altehrwürdigen Albertus Magnus mit seinem bronzenen Clownsgesicht vorbei, rotzte ihm im Vorbeifahren einen Gelben auf die Nasenspitze und zog dann am Evangelischen Krankenhaus entlang ins Weyertal, bis zur Berrenrather Straße, wo ich links abbog zu meiner Hausbank.

Ich hatte Glück: ein paar Azubis dösten ihren Mittagsschlaf am Schalter aus. Keiner der Filialchefs war in der Nähe, die mich gerne schon mal streng musterten. Auch der Kontoauszug zeigte Rot, aber noch nicht sehr Rot: Ich hatte also Grund zu der Annahme, diese Semesterferien ohne Job überstehen zu können. Und wenn unsere Sache erst mal anlief und uns *SPIEGEL* und *Focus* und die Fernsehmagazine und Talkshows mit ihren Honoraren köderten: das waren doch mal Aussichten. Ich strapazierte meinen Dispo-Kredit und hob anderthalb Hunnis ab.

Dann wieder aufs Rad und weiter stadtauswärts und rüber übern Militärring, die Zufahrt zum Geißbockheim rein und abgestiegen. Den Drahtesel gegen einen Baum gelehnt, abgeschlossen, mit den Fingern schnell durchs Haar, die widerspenstigen Büschel hinter die Ohren gesteckt. Eine Taktik ausgedacht, Luftholen. Und rein in die Geschäftsstelle.

Die Maus war da, alleine hinter dem Geschäftsstellentresen. Mit dem Rücken zu mir stand im Trainingsanzug ein Amateurspieler, der gerade dabei war, sie anzubaggern, aber abließ, als ich mich neben ihm aufbaute. Und der dann verschwand. Ich war alleine mit ihr. Sie strahlte mich an – jedenfalls lächelte sie, als sie mich fragte, was sie für mich tun könne.

„Meine Dauerkarte abstottern will ich. Habe schon wieder ne Mahnung von euch gekriegt!"

In meinen Worten schwang das Geschäftliche, im Blick das unendlich Traurige die Schmerzen des geschundenen Armen, das Mitleidheischende.

„Das müssen Sie uns aber überweisen", ließ sie sich auf meinen pathetischen Tonfall ein.

„Bitte, nehmen Sie's so. Ausnahmsweise. Sonst geb ich's auf dem Weg zur Bank wieder aus!"

„Ich *kann* kein Bargeld annehmen. Seitdem wir den Fan-Shop haben und da die Karten verkaufen, habe ich überhaupt keine Kasse mehr hier!"

Ich schwieg, sah ihr tief in die Augen: Sie trug einen fusseligen, grauen Angorapullover als überaus gelungene Verpackung dessen, was sich darunter üppig, aber nicht zu groß abzeichnete. Schmale Taille in Jeans und, soweit ich taxieren konnte, ein reizendes Hinterteil. Wenn Klunkertz da dran getatscht und gegrapscht hat, so muss man zumindest seinen Fingern einen guten Geschmack attestieren. Ich lächelte, legte allen Weltschmerz in mein Lächeln, fror es ein zu einem gequälten, sehnenden Blick.

„Ich habe zwei Klausuren verpasst, um mir die Kohle zu erkellnern. Und jetzt wollen Sie sie nicht. Ooooh", ich lächelte wieder, „das wird nicht Ihr Ernst sein!" Es hörte sich an wie *Dos wörd nöcht Öhr Örnst sooooin*, schön tief und verspielt. Sie begriff.

„Ein Bettelstudent! Na, Sie Armer aber auch." Sie lachte, offen, mit blendend weißen Zähnen.

„Ja, und Sie können sich gar nicht denken, wie *schwer* das manchmal ist mit dem Kellnern!"

„Och Jott", sie spielte weiter mit, „*so* schwer!? Die vielen schweren Kölschstangen und so, was!?"

Ein SUPERJOKE. Ich lachte, als würde ich im nächsten Augenblick abbrechen. Ein rheinisch gefärbter, irrer Kracher!

„Naja, es ist nicht so schwer, ein Tablett durch den Schankraum zu bugsieren, selbst nicht, wenn der brechend voll ist. Aber was einem dabei so alles passieren kann." Ich hielt inne, wollte zuerst schauen, ob ich sie neugierig gemacht habe. Sie schaute aus großen Rehaugen, gespannt; ihr Brustkorb hob sich, ich beneidete das tote Kaninchen, das zu ihrem Pullover gemacht worden war.

„An die Geldkatze gehen die Leute einem, wenn man in beiden Händen einen Kranz hält! Kitzeln tun einen die Witzbolde. Und die älteren Damen, Weiberstammtische und so – patsch! Die flache Hand auf den Hintern klatschen die. Oder kneifen. Oder tasten!"

Ich musterte sie; ihr fiel der schelmische Ausdruck zum Glück nicht wieder aus dem Gesicht. Ich holte zum großen Schlag aus.

„Ganz e-kel-haft, diese blöden Weiber. E-kel-haft. Und nicht nur die Stammtischmöhnen. Wenn Sie wüssten, wer alles sich da was rausnimmt!"

Sie guckte, ihr Stupsnäschen neugierig vorgeschoben, den Kopf mit den braunen Löckchen lustig zur Seite geneigt.

„Hier, neulich erst, die …“ Sie wartete. Ich ließ kurz hängen, dann: „… die Gabi Klunkertz! Die Frau vom Vizepräsidenten, bei der Weihnachtsfeier von der Belegschaft von ihrem Chemieunternehmen, bei uns unten auf der Kegelbahn! Schmeißt ne Runde und meint dann, Grapschen wär mit im Preis inbegriffen!“

Mein Mäuschen schwieg. Sagte nichts, die Miene plötzlich ernst. Treffer!

„Ist was? Hab ich was Falsches gesagt? Oh, das wollte ich nicht, ganz bestimmt nicht!“ Ritterlich, ritterlich. Jetzt kam nämlich die Sache mit dem Stimmung Drehen. Dem Umschwenken auf *Jetzt-wird's-persönlich-Baby-wenn-du-wüsstest-was-ich-alles-weiß*.

„Du, äh …“, stotterte ich. Sie sah nicht entrüstet auf: Kontakt hergestellt!

„Was ist denn? Kennst du … äh, Sie … wegen der Frau Klunkertz? Na, verrat … en Sie mich bloß nicht, dass ich hier so was erzähle! Kennste … ich meine: kennen Sie die?“

Klaro kannte sie die. War ja ganz offensichtlich. Damals, der *Sex-Skandal auf der Geschäftsstelle*, wo die Herren Klunkertz und Co. sich auf der ehrenamtlichen Arbeit das holten, was ihnen zuhause lange schon nicht mehr so schmuck dargeboten wurde. Und die olle Klunkertz hat tatsächlich die Große Eifersüchtige Unternehmergattin gespielt, wie es schien.

„Flüchtig“, haspelte meine süße Bürokraft. „Auch … auch von … äh … Weihnachtsfeiern, ja …“

„Na, dann weißt du ja, was das fürn schlimmer Besen ist. Hässlich wie die Nacht, feist, aber eben *Establishment*.“ Sie sah mich an, die Stirn in Falten. „Gute Gesellschaft“, übersetzte ich ihr.

Sie blickte mich an, stumm, leidend. Ich wollte schmelzen. In ihr gärte es, ihr Atem wurde schneller. Sie kämpfte wohl damit, sich mir zu offenbaren, was dem toten Kaninchen einige wohltuende Dehnübungen bescherte. Ich also ganz Angorapullover, als sie dann doch den Rückzieher versuchte.

„Die einzige Alternative wäre, du lässt mir nen Euroscheck hier", sagte sie. *Du.*

„Sieht aus, als habe sie uns beiden schon ne Menge Unangenehmes verursacht, die blöde Klunkertzkuh. Was!?" Ich fixierte sie mit den Augen, die Wangenmuskeln angespannt, den Mundwinkel zu einem Lächeln angehoben. Yeah. „Ich meine, dir doch ganz offensichtlich auch ..."

Pause. Schweigen. Sie senkte den Blick, legte dafür die Hände auf den Tresen. Ich riskierte alles.

„Euroschecks hab ich keine, bloß die Barkohle. Und die fühlt sich in meinen Händen immer extrem unwohl. Bietet sich immer selbstlos an, eingetauscht zu werden gegen was Schönes. Verstehst du?"

„Was kann es Schöneres geben", konstatierte sie, „als seine Schulden zu begleichen?"

„Naja", zögerte ich. „Dich auf nen Kaffee einzuladen, zum Beispiel."

„Auf deiner Kegelbahn!?"

Na, Mädel, woran du aber auch gleich denkst.

„Wann hast du Feierabend?"

Dann wartete ich. Wartete, wartete, wartete. Die Profis hatten ihren freien Montag. Eigentlich unverständlich, dass der trainingsfreie Tag nach Heimniederlagen nicht gestrichen wird. Wenn ich hier eines Tages mal Trainer bin, dann aber hallo. Zur körperlichen käme dann auch die geistige Ertüchtigung, für die Intelligenzminderleister in Fußballschuhen sicher komplettes Neuland. Lesen Sie den *Fußballkrieg*, meine Herren, damit Sie auch etwas von der soziologischen Relevanz, der politischen Dimension Ihres Tuns begreifen lernen. Nach dem Motto *mens sana in corpore sano*. Tja, *mens*, darauf tät ich Wert legen. *Mens*, meine Herren, darauf hat schon der alte Rehhagel geschaut, dass die vorhanden war. Mens?, fragt da einer, Mens? Das ist doch, wenn man ne ganze Woche lang nicht kann, oder? Oooh Mann., Fuchs! Volker, dass *du* damit nix anzufangen weißt, wundert mich nicht. Ruhe, meine Herren, *silentium*. Keinen Streit. Herr Schickedantz, halten Sie sich zurück.

Moment mal, raste es mir durch den Kopf. Volker Fuchs, der ewig Kränkelnde, der Dauerverletzte, nimmt irgend so'n Zeugs, um wieder auf die Beine zu kommen. Was zwar riskant ist, wegen der Dopingkontrollen gerade beim FC, wo der Vizepräses Chemiekant ist, aber in der Regel nicht auffällt, außer bei so blöden Idioten wie dem Kirchengeil. Also, hochgedopt ist der Volker Fuchs. Und dann verlässt ihn seine Freundin. Und heiratet gleich darauf nen anderen, blöderweise auch nen FC-Spieler. Warum hat sie den Volker Fuchs verlassen? Weil er ein Arschloch ist? Weil er in Frechen wohnt? Alles hinreichende Gründe, aber nicht unbedingt notwendig wasserdicht, so was. ‚Verstand so groß wie Eier', haben sie ihn angepflaumt, die eigenen Mitspieler am Samstag im Stadion, sagte die Isetta. Eine Indizienkette: Volker Fuchs schluckt irgendein Aufbaupräparat, was als Nebenwirkung auf die Po*tenz* schlägt, was Freundin Anja verprellt, weil im Bett nichts mehr *ein*schlägt, woraufhin es die zu Stürmerkollege Kralle *ver*schlägt, was Volker Fuchs derart auf den *Magen* schlägt, dass er sie schließlich *er*schlägt. Stringent. Scheiße. Wenn das so gelaufen ist, dann gute Nacht, Amateurdetektiv und Privatschnüffler. Zweimal bin ich um den Decksteiner Weiher geradelt, habe die Fakten hin- und wieder hergeschoben. Ja, verdammt, es konnte so gewesen sein.

Dann kam sie, und wie weggeblasen waren all meine Sorgen. Das Kaninchen war jetzt im Stall, unter einer Freizeitjacke aus der Kollektion des FC-Ausrüsters verborgen. Sie hatte sich gerade von ihren Kolleginnen verabschiedet, als sie mich entdeckte.

„Hey, du hast echt gewartet!?" Naja. Ja. Hab ich, Baby.

„Kaffee?", schlug ich vor.

„Eigentlich hab ich Hunger."

„Eigentlich muss ich das Geld auf die Bank bringen!" Kontern, immer sofort kontern! Nie hinten reindrängen lassen, kontern!

„Eigentlich hab ich zuhause noch *eine* Tiefkühlpizza!", gab sie zurück.

„Okay, Kompromiss. Erst Kaffee, und dann was essen. Na!?"

Sie grinste. Wir waren zu ihrem Fiesta geschlendert.

„Woher", lächelte sie, „weißt du eigentlich, dass ich nicht von jemand anderem erwartet werde!?"

Ich überlegte.

„Der Beifahrersitz in deinem Wagen hat keinen Fellbezug!", sagte ich schließlich. Und dachte mir *sie* ohne Fellbezug. Ohne lästiges Kaninchenfell. Jamjam.

„Und wenn *er* sein eigenes Auto fährt?", stocherte sie nach.

„Dann kann es keine besonders glückliche Beziehung sein. Jedenfalls keine, in der es noch die gewissen Kicks gibt", antwortete ich.

„Wieso?" Diese so furchtbar normale FC-Angestelltenmiene auf diesem putzigen Körperchen!

„Weil ihr's dann nie im Auto treibt!"

Sie überlegte, ernst. Vielleicht doch ein bisschen zu weit gegangen, dachte ich. Sie sah mich an, nicht erfreut, aber auch nicht entrüstet. Neutral eher, ernst. Dann endlich lächelte sie.

„Bingo! Richtig kombiniert. Vollkommen richtig!"

10

Den Mokka wollten wir im *Café Krümel* nehmen. Meine Begleitung, die gleich vor dem Café im Weyertal einen Parkplatz gefunden hatte, fand's ein bisschen arg *studentisch* da, wie sie sagte. Aber ansonsten urig. Wir schlängelten uns durch den Qualm und die chaotische Anordnung der Tische und peilten den direkt am Fenster an, gleich bei den bollernden Heizkörpern, von denen ich mir erhoffte, dass sie mein Mausekind dazu verleiteten, sich ihres Jäckchens zu entledigen.

„Auch 'n Kaffee, ääh … wie heißt du eigentlich?"

„Ja, Kaffee", sagte sie und lächelte.

Ich fuchtelte mit der Hand in der Luft, bis die Bedienung meine Zeichen nicht mehr ignorieren konnte. Währenddessen ging mein Komplott mit dem Fensterplatz auf: im Sitzen zippte sie den Reißverschluss auf, zog die Jacke mit beiden Händen über die Schulter zurück, entbarg dabei einen sagenhaften Anblick. Dabei sah sie mir tief ins Gesicht, ein wenig neckisch und sehr verführerisch. Absicht, das war Absicht! Ich lächelte zurück, unsicher und ertappt.

„Bedienung muss gleich kommen", stammelte ich.

„Monika heiße ich. Für meine Freunde bin ich aber die Moni."

Moni. Wie sie das sagte, der Lippenstiftmund zu einem knallroten Ring verzogen unter den hübschen braunen Locken, um sich dann mit der zweiten Silbe zu einem breiten, das Weiß der Zähne entblößenden Lächeln zu öffnen. HUU-AHH!

„Klaus. Für meine Freunde der Klöös!", antwortete ich.

„Wat kricht denn der Klöös?", fragte die Bedienung, die sich von hinten an unseren Tisch angeschlichen hatte. Hannelore, verdammte Hacke! Martinas beste Studentinnenfreundin. Und eine alte Jugendsünde von mir, erstes Semester. Ein ziemlicher Emotionslastwagen war das damals mit ihr. Drei Wochen, dann war der Ofen aus und ich geheilt.

„Tachchen, Hannchen", stammelte ich. „Äääh, Ferienjob?"

„Mache mich um die Kölnische Gastronomie verdient. A dirty job, but someone's got to do it!"

Hannelore war ein arrogantes Streberchen durch und durch, zudem bisweilen ziemlich hinterfotzig. Und einsneunzig groß. Jetzt musterte sie eindringlich meine Begleiterin. Moni schaute verwirrt. Mir wurde warm, und nicht wegen der Radiatoren. Hannelore brachte es fertig und schmierte mich hier an – fragte nach Martina, und wie's denn so liefe und solche Sachen.

„Kölnische Gastronomie, ja, hehe. Hihi." Ich sah zu Moni rüber, die das noch ganz amüsant zu finden schien. „Ich auch, so'n bisschen Gastronomie", stammelte ich, um die Notlüge mit der Kegelbahn, die ich Moni auf der Geschäftsstelle untergejubelt hatte, hier nicht gleich platzen zu lassen. „Ja dann, zwei Kaffee", versuchte ich, Hannelore loszuwerden.

„Wie, du? Du und Gastronomie? Ja ... als Kunde!" Sie bleckte ihre gemeinen Zähne.

„No, äh, no, the same dirty job as you." Vielleicht, dass sie uns in Frieden ließ, wenn ich auf ihr elitäres Englischgelabere einstieg.

„What gets then the Klöös? Two coffees?", zog sie uns auf. „Und sonst? Biste umgestiegen auf Soziologie? Machst Feldstudien am ripuarischen Semidebilobjekt?" Zu Moni: „Sehen Se sisch ja vor, dat is 'n ganz schlimmer Koafföristenvernascher!"

„Aha", sagte mein Häschen. „Meinen bitte mit Milch, aber ohne Zucker!" Recht so, Baby.

„Milchen tut Se der Klöös dann, was? Der olle Sallonglöwe. Macht dat ganz auf die indische Tour, Mantajana. Jenießt alles, was mit M anfängt – Maria, Miriam, Melanie, und wie hieß noch neulich die, Martina?!"

„Is doch Café Krümel hier, oder?", schnauzte ich. „Also verkrümel dich!"

„Mitgift, Maniküre, Mittelscheitel. Minipli ..."

„Mann Hannelore, jetzt reicht's!" Ich war aufgesprungen. Moni begriff allmählich, dass Hannelore sie in die Friseusenecke steckte. Sie griff nach ihrer Jacke, wurde rötlich ums Näschen. Ich langte nach Hannelores Handgelenk, aber sie riss sich los, versetzte mir einen Schubs, dass ich zuerst auf den Stuhl, dann auf dem Boden landete.

„Ihr Ärsche!“, resümierte Moni und sah dem kellnernden Kleiderschrank kurz, aber hasserfüllt in die Augen, zog dann auf tackenden Absätzen davon. Ich rappelte mich auf.

„Den Zeltinger wünsch ich dir an den Hals!“, schnappte ich.

„Grüß das Tinchen“, säuselte sie mir hinterher.

Moni hatte schon den Motor an, konnte aber nicht rückwärts raussetzen, weil sich vor der roten Ampel eine Schlange gebildet hatte. Ich klopfte an das Seitenfenster; sie schaute nicht mal rüber.

„Moni, Mensch, mach keinen Scheiß! Lass mich rein!“ Ich rüttelte an den Türgriffen. Sie zeigte mir ihr entblößtes Mittelfingerchen, grazil in die Höhe gereckt: der Gladbachergruß. Aus der Geborgenheit der Faust herausgerissen, in die feindliche Welt hinausgestreckt. Ich wollte es beschützen, dieses Fingerchen. Und ich *musste* kriegen, was da an dem Fingerchen sonst noch dranhing.

Die Autoschlange kam in Bewegung und sie kuppelte in den Rückwärtsgang. Wie ein Verrückter zerrte ich an der Tür, klopfte auf das Dach. Passanten blieben stehen, Alte mit Einkaufswägelchen, junge Mütter mit Kinderwagen – mir war alles egal. Ich musste in diesen Fiesta rein!

Sie fuhr an und war mit einem Ruck aus der Parklücke raus. Mich warf es auf den Asphalt, ich raffte mich auf, sprang ihr auf die Straße nach. Sie kämpfte einen Augenblick mit der Kupplung, die herzzerreißend aufschrie. Mein rechtes Handgelenk schmerzte; beim Anfahren hatte ich die Hand am Türgriff nicht rechtzeitig fortziehen können.

Wieder auf den Beinen, stand ich jetzt hinter dem Wagen und krallte mich mit der Linken in die kleine Rinne am Dach ihres Wagens, in der man sonst den Dachgepäckträger befestigt, und suchte mit der Rechten auf der anderen Seite Halt. Kaum hatten sich meine beiden Daumen in den schmalen Rinnen verankert, da fuhr sie los, nahm die Ampel bei dunkelgelb. Mir blieb, wollte ich meine beiden Finger nicht verlieren, nichts anderes übrig als dem Fiesta hinterherzurennen. Ich brüllte vor Schmerz und rannte mit den kurzen Schritten, die mir die Stoßstange vor meinen Knien gestatteten, dem laut aufheulenden Wagen hinterher, über die Kreuzung Zülpicher Straße das Weyertal hinunter.

An der Ecke zum alten jüdischen Friedhof, vor der Universitätsbibliothek und dem Krankenhaus, war die Ampel glücklicherweise auf rot. Aus der Puste und mit schmerzenden Beinen stand ich wie Jesus da, gekreuzigt von der Heckklappe eines Ford Fiesta, und atmete den grauen Odem eines Kleinwagens, der noch keinen geregelten Katalysator kannte. Die letzten fünfzig Meter war ich nicht mehr mit Trippelschritten gerannt, sondern nur noch gehüpft. Gehüpft wie ein Känguru, um solange wie möglich mit den Beinen in der Luft zu bleiben! Ich war alle. Da sprang die Ampel um.

In Panik ruckte ich an meinen Daumen: nichts zu machen.

„Martina!!! Du bringst mich um!", brüllte ich in größter Verzweiflung. Dann sprang ich mit letzter Kraft auf die Stoßstange in der Hoffnung, dass sie nicht schon durchgerostet war. Sie hielt.

„Martina!!" Ich richtete mich auf, während wir die buckelige Kopfsteinpflasterstraße herunterjagten, und versuchte meine eingeklemmten Finger zu befreien. Vorne hatte sie das Fenster heruntergekurbelt.

„Du Arschloch!", hörte ich sie flennen. „Von wegen Martina!"

„Ääh Scheiße … ja, Moni. MONI!!! Halt an!"

Sie schaltete hoch in den dritten Gang, der Motor heulte. Moni ließ sich eine neue Schweinerei einfallen, schaltete den Heckscheibenwischer ein, dass mir, mit den Oberschenkeln fest an die Scheibe gepresst, für einen Moment Hören und Sehen verging.

„AAAH, bist du bescheuert! Meine … mein Reißverschluss!!!"

„Schönen Gruß an Melanie!", keifte Moni aus dem Seitenfenster. „Und an Miriam, und Maria!"

Dann spritzte sie mir aus der Düse am Scheibenwischer Wasser auf die Hose. Ich hämmerte mit der Stirn auf das Wagendach.

Wenn wir noch länger so herumfuhren, würde sie mir auch noch die Heckscheibenheizung anmachen und mich damit ansengen.

Dann, kurz vor dem Krankenhaus, bekam ich endlich meinen rechten Daumen frei. Als erstes blockierte ich mit der freien Hand den Scheibenwischer. Die Pranke tat höllisch weh. Moni hatte mittlerweile damit angefangen, mir durch das Seitenfenster mit der Linken Enteisungsspray in die Augen zu sprühen, während sie immer noch Vollgas gab. Wir bretterten auf eine Fußgängerampel zu, an der ein paar Studenten standen und auf grün warteten. Tatsächlich sprang die Ampel auf gelb für uns: Moni würde anhalten müssen.

Die aber dachte nicht daran und brauste weiter. Ich brüllte, die Studenten, die uns heranjagen hörten, blieben auf dem Bürgersteig und glotzten. Ich sah, dass auch Mädels dabei waren, und von hinten kam, aus dem Fußweg zur Universität, eine angeradelt, die aussah wie … Martina!

Wir preschten mit achtzig Sachen über die Ampel, die für uns längst rot zeigte. Mir, so hintendraufgequetscht wie ich war, fiel nichts Blöderes ein als mit der gerade erst befreiten rechten Hand huldvoll zu winken, als nähme der Papst persönlich auf dem Heck eines klapperigen Fiesta kauernd die Ovationen der Gläubigen entgegen. Martina sah mich so, erkannte mich, starrte nur wie vor den Kopf gestoßen. Ich bekam noch mit, wie die Gruppe Studenten die Köpfe zusammensteckte, um die unglaubliche Erscheinung auszudiskutieren, dann zwang mich ein Schlenker Monis dazu, wieder mit beiden Händen Halt zu suchen. Immerhin, lange konnte es nicht dauern, dann würde ich auch den linken Daumen wieder freibekommen.

Und dann kam die Ampel zur Bachemer Straße in Sicht. *Die* konnte Moni unmöglich ignorieren, es sei denn sie plante, uns beide in einen Freitod zu schicken. Und ja: sie bremste ab.

Je weniger es mich rüttelte, desto rascher befreite ich auch meine andere Hand. Kaum konnte ich es riskieren, sprang ich herunter und hechtete an die Fahrertür. Moni hatte sich eingeschlossen, aber seit der Aktion mit dem Enteisungsspray ihr Fenster offengelassen, so dass ich die Tür aufreißen, sie losschnallen, auf den Beifahrersitz rüberschubsen und mich selbst hinters Steuer setzen konnte.

„Vielen Dank für die Stadtrundfahrt, Liebes. War wirklich ein Erlebnis!“, keuchte ich. Sie zog ihre Füße nach, setzte sich gerade auf, rieb sich ihren Oberschenkel, den sie sich am Schaltknüppel gestoßen hatte, sah mich an und schwieg. Ich massierte meine geschundenen Finger.

„Ihr Typen seid alle nur Arschlöcher“, sagte sie leise, fast tonlos, als wir über die Universitätsstraße zurück zur Berrenrather fuhren.

Ich wollte aufbrausen, den cholerischen Autofahrer spielen, sie anschnauzen mit „*Wieso* bin *ich* ein Arschloch!?“ Stattdessen fuhr ich mir vorsichtig mit der gestauchten Linken übers unrasierte Gesicht und wischte mir das klebrige Spray so gut es ging aus dem Haar. Mit Brüllerei kam ich nicht weiter. Besser ein wenig nachgeben.

„Wer denn noch?“, fragte ich in der Hoffnung, dass sie einen Nervenzusammenbruch bekam und alles nur so aus ihr rausströmte: das mit Klunkertz vor allem. Aber sie blieb gefasst.

„Wer war das?“, wollte sie wissen.

„Hannelore?“, fragte ich freundlich. „Mannelore? Ach Gott.“ Ich sah durch die ungeputzte Windschutzscheibe in die Ferne; ums Uni-Center herum setzte allmählich die Dämmerung ein. Komm, Junge, komm schon, irgendwas wird dir doch einfallen!

„Ich hab dir doch von der Kegelbahn erzählt, wo ich jobbe“, begann ich. „Die Hannelore hat da auch mal gearbeitet. Deswegen kennen wir uns. Das Blöde an der Sache war, dass sie gleich vom ersten Tag an wie ne Bekloppte hinter mir her war. Und kannst dir ja denken, wie das ist, wenn so eine zudringlich wird. An der Durchreiche, hinterm Tresen, im Gang zu den Kegelkabinen: ständig war die am fingern, tatschen, grapschen. Wie die ollen Kegelschwestern, von denen ich dir erzählt habe, genauso. Nur dass ich ihr *andauernd* übern Weg gelaufen bin. Hat mir nach

Feierabend aufgelauert, mich beim Umziehen überrascht, ist mir sogar aufs Personalklo hinterhergeschlichen …"

„Du erzählst mir doch was!", sagte Moni. „So wie ich das verstanden hab, kennt ihr euch von der Uni!"

„Stimmt", meine Stimme schwoll an, „zum Schluss hat sie sich sogar eingeschrieben, um mir auch in der Uni keine ruhige Minute mehr zu lassen. In jedem Seminar, das ich belegte, setzte sie sich auch dazu. Und jedes Mal neben mich." Ich sah rüber zu Moni. Ihr Gesicht war ernst, noch voller Unglauben. Aber wenigstens lächelte sie wieder ein wenig.

„Das Dumme mit Hannelore war", fuhr ich fort, als wir in die Berrenrather eingebogen waren, „dass sie mir Geld geliehen hatte. Du kennst meine Problemchen mit dem richtigen Umgang mit der Kohle inzwischen ja. Naja, Hannelore jedenfalls, die hatte mich damit in der Hand. Und ich konnte nichts tun. Geldschulden sind Ehrenschulden. Also für mich zumindest. Dann …"

Ich zögerte. Eher, weil ich mit einem Auge noch den Bürgersteig abspähte, da ich nicht unbedingt mit Martina zusammentreffen wollte, die bei ungünstigem Verlauf auf ihrem Weg zurück in die Wohnung mit ihrem Rädchen genau *hier* hätte aufkreuzen können. Moni sah mich dabei an, gespannt.

„Na? Dann?", drängelte sie. Ich schaute sie an, ließ kurz und effektvoll den Kopf durchhängen.

„Sie sagte mir, alle meine Schulden bei ihr seien getilgt, wenn ich's einmal mit ihr machen würde. Einmal, nur ein einziges Mal."

Stille. Und was für eine. Man konnte den Staub über das Armaturenbrett rutschen hören.

„Na, und dann", hob ich wieder an. Moni stierte. Ich bog in eine Seitenstraße ein. „Sie wollte mich übers Ohr hauen."

„Wie?", platzte es aus Moni heraus. „Habt ihr, oder habt ihr nicht?"

Ich schaute sie an, tief und lang. Dann wieder nach geradeaus. Dort vorne war tatsächlich ein freier Parkplatz!

„Es war so schrecklich!", brüllte ich, halb hysterisch, halb zerbrochen, und *sehr* theatralisch. „Und diese blöde Kuh konnte nicht genug kriegen. Sie sagte, meine indischen Techniken seien das Wunderbarste, was ihr jemals in ihrem Leben widerfahren sei. Zum Schluss musste ich regelrecht fliehen. Als sie im Bad war, bin ich über den Balkon …“

„Klaus“, unterbrach mich Moni. Ich setzte zurück, rein in die Lücke.

„Was?“ Ich machte den Wagen aus, massierte noch mal meine Handgelenke.

„Ich glaube dir kein Wort!“, sagte sie. Aber sie lächelte.

„Auch nicht das mit dem indischen?“, wollte ich wissen, augenzwinkernd.

„Wäre zumindest dasjenige, was ich gerne glauben *würde*!“, hauchte sie. Oh Mann! *BABY*!

„Na gut.“ Ich grinste sie an. „Und ich würde gerne wissen und dann vielleicht auch glauben, warum Männer alle Arschlöcher sind!“ Wir stiegen aus, gingen die paar Meter bis ins *Hermes*.

Drinnen legte sie los. Wir holten den Kaffee aus dem *Krümel* nach, ließen dann die Karte kommen. Zu dem Endlosband Bouzouki-Musik, bei der ich nie genau sagen kann, ob sie sich nach einer Stunde wiederholt oder schon nach einer Minute, von der ich aber ganz sicher bin, *dass* sie sich wiederholt, packte Moni aus. Ihr Vortrag wäre ein gnadenloser Männerverriss geworden, wäre nicht hier und da eine Art Untertitel mitgelaufen, auf dem stand: „Wenn ihr Kerle doch nur aus diesen zwanzig Zentimeterchen bestehen würdet, dann wäre alles gut.“

Zuerst ihr Ex-Freund: unter der Woche Heizungsinstallateur, am Samstagmorgen Installateur an der Steuer vorbei, am Samstagnachmittag ins Stadion, am Sonntag wenn nicht den ganzen Tag durchpennen, dann auch Schwarzarbeit. Anfangs die große Liebe, richtig so mit Ausgefallenem, im Sommer in den Kornfeldern und so. Einen netten Body hat er gehabt. Solide deutsche Wertarbeit, nix indisches, aber auch so in Ordnung. Dann, als er bei Moni eingezogen war, das Abkühlen. Einkaufen ging nur noch Moni, der Haushalt blieb an ihr hängen, weil abends die Fußballkumpels kamen, und im Bett schaltete er drei Gänge runter. Nur eines gab es, worauf er spitz war wie Nachbars Lumpi: die Freikarten für die Heimspiele, die Moni für ihn und seine Kumpels auf der Geschäftsstelle abzweigte. Komische Burschen waren das, trugen am Anfang alle diese Doppelberufsjacken: außen olivgrün wie ein Hubschrauberpilot, innen knallorange wie ein Müllkutscher. Später kamen sie mit teuren *Chevignon*-Dingern an, und auch die Umgangsformen wurden anders, härter. Raufereien häuften sich genauso wie die Besäufnisse danach in Monis Wohnung. Und dann die Protzereien mit ihren Heldentaten. Wenn Ahmet, die Matte, im Laufduell mit einem Bochumer Fan seine Pharaonenhaarpracht im Wind spielen ließ, den armen Ruhrpöttler einholte und derbe mit der Stirn gegen das Stadiongitter hämmerte, wurde das aufgekocht und noch mal bejubelt. Oder wenn Kurt, der Kuttenklatscher, den Südkurvenfan, also immerhin einen Anhänger der eigenen Mannschaft, in den Schwitzkasten nahm und eine Tonsur verpasste, bloß weil der geschrien hatte, dass Hools keine Fans seien. Moni saß dabei und wurde immer wütender auf ihren Freund und die feine Gesellschaft, die er zu ihr nach Hause anschleppte. Der Kuttenklatscher-Kurti zum Beispiel, das wusste sie von ihrem Job auf der Geschäftsstelle, der hatte seit anderthalb Jahren Stadionverbot. Dreimal erwischen ihn die Ordner vom Wachdienst und schmeißen ihn mit fünf Mann raus, aber beim vierten Mal schafft er's dann doch wieder und ist drin im Stadion. Na, und in solchen Kreisen verkehrst du selbst – nee, Monika! So geht das nicht weiter. Sie teilte ihrem Freund mit, dass sie ihm ab sofort keine Karten mehr besorgen würde. Der antwortete: keine Karten, keinen Sex. Das war der Anfang vom Ende, endgültig Schluss war dann letzten Sommer.

„Seitdem sitzt du auf dem Trockenen?“, wollte ich wissen. Vor uns dampfte nun der heiße Reis neben den Souvlakispießen und die köstliche Moussaka. Es war noch ziemlich früh, etwa sieben, und wir waren alleine im Raum.

„Ist das indischer Reis?", stellte Moni die Gegenfrage und schob sich eine Gabel voll Hackfleischauflauf in den Mund.

„Nee. Beflügelt aber eben diese Phantasien", sagte ich.

„Die Fußballer sind auch alles nur Schweine. Egal, ob Profis oder Amateure!", fuhr sie fort.

Was folgte, war Teil Zwo der Abrechnung: Moni, das Verhältnis. Zuhause die Gattin und der Blag, oder deren zwei. Aber mal so richtig auf ihre Kosten kommen, das wollen die Herren Ballzauberer sehr wohl auch. Ein Alfred Biegel geht genauso schon mal aus essen wie die Mittelfeldstars Greinmann und Holtz. Adi Pikler mag's gern vorher süß, und währenddessen sondert er unablässig seinen österreichischen Schmäh ab. Der Kralle Schickedantz war früher auch so einer, aber seit ihn die Anja an die Leine gelegt hat, ist der kusch. Die arme Anja, jammerte Moni, und ich wusste nicht, ob sie es ernst meinte oder nicht. Ich beschloss, ihr vorerst nichts zu sagen von unserem Vorhaben.

„Also nicht so ganz auf dem Trockenen", resümierte ich.

„Habe halt auch meine Manfreds, Martins und Michaels", lächelte sie.

„Eigentlich sollte ich dir jetzt gleich ne Huckepack-Tour auf deinem Fiestaheck verpassen. Einmal quer durchs linksrheinische Köln", spaßte ich.

„Die Scheiße anfangen tun immer die Männer", stellte sie kategorisch fest. „Ist bei dir auch nicht anders, schließlich hast du mich hierher eingeladen!"

„Sag mal, war da auch was mit Volker Fuchs?" Das quälte mich ja doch. Sie verneinte. Das quälte mich ja doch noch mehr.

„Nicht mein Typ", sagte sie knapp.

„Weil er nicht kann?"

„Wie kommst du darauf? Nee, bei dem stimmen einfach die Proportionen nicht. Und ne hässliche Fresse hat er, wie'n Breitmaulfrosch."

Nun gut. Moni schien wirklich nicht zu wissen, ob da potenzmäßig was nicht stimmte bei dem Fuchs. „Bist aber anspruchsvoll. muss ja alles an der richtigen Stelle sitzen und durchtrainiert sein bei dir", stellte ich fest.

„Oder eben indisch", säuselte sie.

„Nee, wart mal. Also, durchtrainiert bin ich auch. Fast wie'n Profi. Und woran sich Profis untereinander erkennen, weiß ich auch!"

„Aha?"

„Jaggut. Jaggut, jaggut. Fangen jeden Satz an mit *jaggut*. Siehste, ich wär doch ein prima Profi, oder? Komm, ich geb dir ein Autogramm – haste'n Stift?"

Moni lachte, dann kramte sie in ihrem Handtäschchen, zog einen dicken Edding hervor.

„Immer gerüstet. Du wärst ein Superfan, Moni. Eine zweite Ela Wolkenheim", sagte ich und nahm den Filzer.

„Na, *die* tut mir leid", stöhnte sie. Das klang ehrlich, ehrlicher als eben das mit Anja Schickedantz.

„Warum? Ist doch bewiesen, dass sie es war, denk' ich?"

„Ich glaub das nicht ..."

„Augenblickchen. Schön der Reihe nach", sagte ich. „Erst das Autogramm, und dann erzählst du mir, warum du das nicht glaubst. Wohin soll ich's schreiben?"

Sie blickte um sich.

„Da, auf das Trikot an der Wand". Sie zeigte auf ein Eishockeytrikot, das der Sülzer KEC-Stammtisch zusammen mit *Haie*-Wimpeln an die Wand gepinnt hatte. „Ich steh solange Schmiere!"

Also stand ich auf, ging zu dem Trikot mit den Unterschriften des gesamtem *Haie*-Teams rüber und setzte mein „Gustav Goldfisch" dazu. Moni betrachtete die Unterschrift, grinste. Ich wollte ihr den Stift zurückgeben, aber sie lehnte ab.

„Kannst du behalten. Oder warte ..."

Sie nahm mir den Stift doch wieder aus der Hand, holte roten

Nagellack aus ihrer Tasche, zog damit einen breiten Strich über die Filzerblechhülle und fragte mich nach meinem Nachnamen. Dann ritzte sie mit der Spitze ihres Autoschlüssels „Für K. Vogel, für daßelbe“ in den frischen Lack und legte das gute Stück zum Trocknen auf die Papierserviette neben meinem Teller.

Ein Geschenk, ein persönliches Vorausgeschenk. Eine legasthenische Liebesgabe. Ein Präsent, gemacht im wilden Taumel der Vorfreude, im Rausch der Lüste.

Der Anfang vom Ende!

Aber nichts überstürzen. Moni erzählte mir vorher nämlich noch, warum sie nicht daran glauben wollte, dass Ela Wolkenheim das Attentat auf Anja Schickedantz begangen haben soll. Und das hing eng mit dem dritten Teil ihrer Hasstirade auf die Männerwelt zusammen.

Moni hielt Ela W. für zu simpel gestrickt für ein derart verruchtes Verbrechen. Also fing sie an zu grübeln. Wer sonst hätte ein Interesse daran haben können, Anja Schickedantz verschwinden zu lassen, aus der Welt zu schaffen? Moni kam auf die gleiche Idee wie wir: Klunkertz und Co.

Wie durchtrieben der war, hatte sie am eigenen Leib erfahren müssen. Besser gesagt, an der weichen Wölbung, die sich in perfektem Doppelschwung von den Achselhöhlen zu ihrem Brustbein rundete. Klunkertz war es gewesen, der ihr da mal hin gefasst hatte. Das Ganze wiederholte sich, und immer war sie gerade alleine in der Geschäftsstelle, wenn der schmierige Klunkertz sich näherte. Dass er es unterlassen solle, habe sie ihm gesagt, ihn gebeten, angefleht, gedroht damit, es anderen zu erzählen: keine Wirkung. Klunkertz grapschte weiter. Hinzu kam, dass keine der Kolleginnen etwas beobachtet haben wollte. Also entschloss sich Moni zu einem riskanten Alleingang. Sie fing einen der vielen Journalisten ab, die um das Geißbockheim herumwimmeln, und steckte ihm ihre unangenehmen Erfahrungen mit dem Vizepräsidenten. Die Sache kam ins Rollen. Klunkertz dementierte heftig, dann machte er Moni für kurze Zeit die Hölle heiß. Schließlich entsponn sich daraus ein heiteres Dreiecksspiel, denn Gabi Klunkertz, die frustrierte Gattin, bekam Wind von den Unanständigkeiten ihres Mannes und rief irgendwann abends bei Moni an. Und setzte ihr ebenfalls die Daumenschrauben an. Moni solle plaudern, intrigierte die Alte, um so ihren Mann, Klaus Klunkertz, in der Stadt unmöglich zu machen. Sollte Moni nicht mitspielen, drohte Gabi K. damit, die Presse zu kontaktieren und Moni der Verführung ihres ach so sorgenden und guten Gatten zu bezichtigen, Motto: geldgieriges junges Ding spannt wohlbetuchten Mann seiner bemitleidenswerten Frau aus. Moni, vollkommen in Panik, wandte sich tatsächlich erneut an den Journalisten und vereinbarte mit ihm, Beweise liefern zu wollen: aus einem Versteck heraus geschossene kompromittierende Fotos zum Beispiel. Dann aber roch Klunkertz Lunte. Frau Gabi Klunkertz wurde erst nach zwei Wochen wieder in der Öffentlichkeit gesehen, und noch immer schimmerte ein dunkelblauer Rand um ihr rechtes Auge. Moni scheuerte er zwar keine, doch erinnerte er sich der Sache mit den vielen Freikarten, die sie sich bis zum vergangenen Sommer verschafft hatte. Das wäre ein Kündigungsgrund, meinte er. Moni resignierte. Sie ging zu dem Journalisten, der die Sache in seiner Boulevardzeitung schon mal als Probeballon hatte steigen lassen, und gestand ihm, alles erstunken und erlogen zu haben. Der glaubte ihr zwar kein Wort, war aber andererseits bewandert genug in den Praktiken Kölscher Schadensbegrenzung, um nicht zu wissen, dass die Story wohl tot sei. So wurde alles unter den Teppich gekehrt. Moni behielt ihren Job, die Klunkertz noch eine Weile ihr Veilchen und Klunkertz selbst – wenigstens etwas mehr als vorher – seine Pfoten bei sich.

Also, so ein Arschloch war Klunkertz. Geahnt haben wir's ja immer schon, aber schockt doch ganz hübsch, wenn man's so aus allererster Hand nochmal vor Augen geführt bekommt. Und so einer soll nicht in der Lage sein, einer Anja Schickedantz, die er selbst als „Kickerquetsche“ bezeichnet hatte, einen lebensbedrohenden Denkzettel zu verpassen?

„Na, so einem traut man dann ja noch ganz andere Dinge zu", steuerte ich vorsichtig auf die ominöse Karnevalsnacht am Geißbockheim zu. „Ich sag nur, die Nacht der langen Wagenheber!"

„Na, da ist irgendwie alles komisch gewesen", stieg Moni zu meiner klammheimlichen Freude direkt drauf ein. „Fängt schon damit an, dass der Klunkertz, den wir sonst schon mal wecken müssen, weil er an seinem Schreibtisch einschläft, die Nacht über mit ausgesprochen wenig Schlaf ausgekommen ist", sagte sie und nippte an ihrem Samos. Mach mal leer das Glas, und dann noch nen Ouzo und dann biste auch vom Kopf her soweit, dachte ich. Sagte aber:

„Äääh, wieso?"

„Am nächsten Morgen war er schon um achte wieder in seinem Büro, kurz nach mir. Und das auf einen Tag nach einem Spiel *und* am Karnevalssamstag – wo sonst überhaupt nichts läuft."

„Naggut, aber das ist doch nicht verwunderlich bei *der* Gattin", sagte ich.

„Bei Klunkertz schon. Und erst recht, weil dieser Mensch, der ansonsten die größte Schlafmütze des Vereins ist, am Abend vorher als letzter das Clubheim verlassen hat."

Das wurde interessant. Ich versuchte, meine überquellende Neugier hinter einem großen Schluck Retsina zu verbergen.

„Woher weißt du das?"

„Unsere Sicherungsanlage. Der letzte, der geht, muss abschließen. Und wenn er den Schlüssel in das Schloss steckt, registriert die Anlage, wer da gerade zuschließt. Im Schlüssel ist so ein persönlicher Code eingegeben, den kann die Anlage identifizieren, verstehst du!?"

„Und das war Klunkertz?"

„Um halb zwei. Morgens krieg ich immer die Protokolle der Anlage zum Abheften rein."

„Und da stand dann ..."

„*Vizeklu.* Das ist sein Codename. Ohne die Eingabe ist das Heim praktisch nicht abgeschlossen, nachts."

„Und Klunkertz ist als allerletzter raus?“, fragte ich.

„Ja, zusammen mit Kutschhoven und Hannes Böcker. Der Wirt hat's mir am nächsten Tag erzählt, weil er da selber noch total übernächtigt war und irgendwann mittags schon wieder kellnern musste, weil alles kam und schnüffelte, weil sie die Anja ja morgens gefunden hatten.“

Weil, weil, weil. Na, egal; der Hammer war eher das mit Hannes Böcker.

„Wann war das, sagtest du?“

„Halb zwei etwa.“

Aha. Fehlte eine Stunde zu den Angaben, die Hannes Böcker laut *EXPRESS* gemacht hatte: da war es halb *drei* gewesen. Wo war der in der Zwischenzeit gewesen? Anja umnieten, vielleicht zusammen mit Vizeklu? War nicht gerade plausibel. Und womit auch? Metallener Gegenstand, zudem teilweise aus Gummi, wie es in der Presse hieß – sollte Böcker Anja mit einer *Ballpumpe* traktiert haben? Alles ungereimt, genauso wie die Tatsache, dass ein Vertragsamateur, den der Verein am liebsten wieder loswerden will, zusammen mit dem Vizepräsidenten eben dieses Vereines am längsten durchzecht.

Moni kam auf die Tatnacht zurück. Sie selbst war zwar vorher nicht im Stadion gewesen, aber zum Thekenauslaufen danach gehe sie durchaus schon mal hin, seitdem sie daheim keine Hools mehr zu bedienen hat: dem Wirt helfen, die Tische zu decken, dem Koch beim Soßenbinden zugucken, plaudern und hier und da einen trinken. Bevor der Tross mit Mannschaft, Trainer, Präsidium, Edelfans und den Journalisten eintraf, kam Anja mit dem Schreiberling von der *Bild* und suchte sich den besten Platz aus: den in der Nähe des Banketts. Der Schmierfink nickte ihr, Moni, stumm zu und grinste hämisch: Er war es, der damals an Monis Story über Vizeklus Belästigungen dran war und den sie dann so plötzlich hatte abblitzen lassen müssen. Anja und er redeten angeregt miteinander, es ging um eine *Homestory* über Kralle, den Star des Abends mit seinen beiden Toren. Die beiden verabredeten sich für den trainingsfreien Sonntag, und Moni bekam mit, wie Anja dem Reporter den einen oder anderen Knaller in Aussicht stellte. Seltsam, seltsam.

Dann kamen die Triumphatoren und es wurde gespeist. Klunkertz war sichtlich genervt von Anja Schickedantzens Anwesenheit und ihrem Köpfezusammenstecken mit diesem Journalisten. Auf seine Ansprache verzichtete er, hob nur ein volles Glas Kölsch, prostete allen, und ganz besonders seiner Erzrivalin Anja zu mit den Worten „Auf den FC und *Dorf*, denen wir dieses Spitzenbier verdanken!“, setzte sich dann wieder hin.

Gegen halb zwölf gingen die ersten, auch Kralle. Anja wollte scheinbar zunächst mit ihm gehen, aber der Reporter ließ nicht locker; also ging Kralle alleine. Klunkertz und Kutschhoven persönlich nahmen ihn in den Arm, klopften ihm auf die Schultern und lotsten ihn so von seiner Frau weg. Feierabend, sagten sie, unser Juwel gehört jetzt wieder in den Tresor: ein richtiger Profi wisse immer, wie lange er zu feiern habe.

Ein paar verbale Reibereien also, der Verdacht, dass Anja mit dieser *Homestory* auspacken würde. Und vielleicht war es blanke Absicht von Klunkertz, Kralle früh in die Federn zu schicken, um ihn so von seiner Frau loszueisen. Und wer weiß, der Reporter mit seinem brennenden Interesse an Anjas Geschichten, spielte der nicht auch dem Klunkertz und seiner Sache in die Karten, die Schickedantzes an diesem Abend voneinander zu trennen?

Über den Rest der Nacht wusste Moni nichts, nur ein paar Kleinigkeiten aus dem hastigen Erzählen des müden Wirts am Tag danach. Draußen, vor dem *Geißbockheim* gab es irgendwann Krach, der Hund habe wie blöde angeschlagen: wahrscheinlich wieder ein paar Hools, die sich mit den abziehenden Edelgästen anlegten. Klunkertz sei persönlich runter; als er wieder raufkam, war Ruhe. Anja sei gegen zwölf gegangen: alleine, denn der *Bild*-Reporter machte sich noch an Adi Pikler und Konsorten ran, die aber kurz danach auch genug intus hatten und verschwanden.

Dann kam der Anschlag, dann verließen Klunkertz, Kutschhoven und Böcker das Anwesen als letzte, dann hatte irgendwann Ela Wolkenheim, „Fanaten-Ela“, ihre Autopanne auf dem Militärring. Moni schlief da schon längst, um am nächsten Morgen die übliche Routine nach Heimspieltagen zu beginnen: die Tageszeitungen den Oberen des Vereins zukommen lassen, den Trainingsplan für die kommende Woche tippen und in den Aushang pinnen, Telefondienst, Pressetermine annehmen und koordinieren. Klunkertz, der wie gesagt ungewöhnlich früh schon an seinem Schreibtisch saß, klingelte bei ihr durch mit einem Anliegen, das sie vor allem anderen erledigen möge.

Und jetzt kommt's: Moni sollte ihm die Privatnummer von einem Kommissar Kempf heraussuchen.

„Wie bitte!?“, platzte ich dazwischen. Beinahe hätte ich mir dabei ernsthafte Stichverletzungen mit dem Zahnstocher zugefügt, so überrascht war ich.

„Kom-mis-sar-Kempf!“, betete Moni den Namen nochmal vor. „Fortunatus Kempf. Ja, der heißt wirklich so, habe extra nachgefragt. Fortuna wie unser kleines Gernegroß in der Südstadt, und Tus wie TuS Bayer Leverkusen, hat Klunkertz geantwortet. Nu mach mal, Liebes, hat er gesagt, so viele mit dem Namen wird es in Köln nicht geben. Inzwischen weiß ich auch, wer das ist …“

„Na, und das kommt dir nicht spanisch vor?“, donnerte ich. Sie nippte ihr Glas aus, zwinkerte mir zu und äffte mich nach:

„Ssspaniss? Indisch!?“

Ach ja, hätte ich fast vergessen. Ich rief den Herrn Ober.

„Zahlen!“

Tja, und dann ist da noch, als süßsaurer Epilog gewissermaßen, der Rest der Nacht – *dieser* Nacht.

„Das Ausziehen als solches ist dem Inder besonders wichtig!“, raunte ich in ihr Ohr, als wir vor meiner Haustür standen. Links plärrte die Neonreklame stumm ihr „Wäscherei Dampflamm“ in die Dunkelheit der Sülzburgstraße. Ich sah die Hausfassade hoch: oben war Ruhe. Jetzt, um kurz vor zwölf, lag Martina tief in den Träumen. Die Gelegenheit ist da! Ich schloss auf, nahm Moni bei der Hand und zog sie behutsam hinter mir her. Dampflamm, der seine Wohnung direkt hinter seiner Wäscherei hatte, schnarchte so laut, dass man es bis hierher hören konnte. Moni kicherte, als ich sie die Treppenstufen herunter in den Keller führte, wo die riesigen Waschmaschinen mit ihren zwei Meter breiten Trommeln standen.

„Na? Ist das ein Liebesnest?“ Vor uns stand eine offene Trommel, und was das Beste war: Sie war voll mit weißer Wäsche. Einmal im Monat hatten die alteingesessenen Mieter von Dampflamms Haus, zu denen Martina und ich selbstverständlich *nicht* zählten, die Gelegenheit, kostenlos ihre Bettwäsche zu waschen. Hier harrten also die Laken und Plumeaubezüge, die Kopfkissenbezüge und Spannbetttücher des neuen Morgens, der ihre Reinigung bringen würde, auf dass sie wieder blütenweiß und rein die Pupse der 74jährigen Witwe aus dem Erdgeschoss, die Guten-Morgen-Tröpfchen des Endfünfzigers aus dem ersten Stock, die Monatsblutungen der ledigen Katechetin aus dem zweiten in Empfang nehmen konnten.

„Was ist daran indisch?“, säuselte Moni und kaute neckisch auf ihrer Zeigefingerspitze.

„Ja. Wie gesagt, das mit dem Ausziehen. Du ziehst dich aus, gehst da rein und hüllst dich in die Wäsche ein. In der Zeit rauche ich die Zigarette davor, und wenn du fertig bist …“

Ja. Wie gesagt. Ich kam nur noch dazu, mir meine Schuhe auszuziehen. Das Unglück nahm seinen Lauf, denn ansonsten bin ich mit Jeansjacke und Hose und Socken meiner jetzt mumifizierten Maus Monika hinterher, über das kleine, niedliche Kleiderhäufchen hinweg, das obenauf der weiße Spitzenslip garnierte, in die geräumige Trommel hinein. Der Spielregeln zweiter Teil war, dass ich sie nur mit dem Mund berühren durfte, bis ich sie vollkommen aus dem Bettzeug entblättert hatte. Mit der Zungenspitze löste ich Wäschezipfel, mit den Zähnen zog ich an untergeschobenen Bezügen, kostete dabei den Mief der Bewohner des Hauses: eine einzigartige Perversion. Bald hatte ich ihr Schulterblatt freigeknabbert, schob mit dem Kinn das Laken weiter südwärts, weiter runter.

Zwischendurch, um Luft zu holen bei diesem anstrengenden Spiel, ruhte ich mich zungenküssend aus, beobachtete ihre wachsende Erregung, die flatternden Nasenflügel, die geschlossenen Augen. Mit ihren Händen, die ich rasch freigelegt hatte, riss sie mir Jacke und Hemd vom Leib, fasste mir zwischen die Beine, schob mit zarten Fingern den Reißverschluss nach unten. Verbissen hielt ich dagegen, wand mich zu ihren Füßen, um wie ein tollwütiges Tier auch den letzten Stoff von ihrem Körper zu zerren. Dann endlich durfte ich auch meine Hände wieder benutzen.

Draußen dämmerte es schon, als wir wieder wach wurden. Um uns herum sah es wüst aus: stockfleckige Bettwäsche und meine bunten Klamotten. Moni und ich, immer noch splitternackt, küssten uns und legten noch einen drauf, zum Abschied. Das hier war unvergleichlich, Kommissar Vogel bei der Ermittlung. Dann kroch sie aus unserer Liebestrommel, zog sich langsam, ganz langsam, schon wieder aufreizend langsam an. Dann kam sie zu mir, küsste ihren Diogenes auf den Mund, versprach mehr, hauchte ein „Bis bald“, verschwand leise die Treppe herauf, an Dampflamms Schnarchen vorbei heraus. Ich atmete tief durch. Läge ich im Freien, ich würde jetzt Grashalme kauen und zufrieden lächeln. Irgendwann stand ich auf und zog mich an. Vor lauter wohligem Erschöpftsein fiel mir eines längst nicht mehr auf: dass ich beim Ausziehen den Filzstift, den Moni mir im *Hermes* geschenkt hatte, aus der Gesäßtasche meiner Jeans verloren hatte.

11

Tja, damit war ich tierisch angenatzt. Heftig verprellt, angeschwärzt. Ganz dumm angepinkelt. Während ich mich oben, unterm Dach ausschlief (ich hatte Martina noch ganz lieb aufs Wängelchen geküsst, sie war davon wachgeworden und hat mich nicht unfreundlich zurückgeknutscht und gefragt, wo ich denn wieder versackt sei beim Saufen, ehe sie wieder einschlief, noch für'n Viertelstündchen, dem Morgen und der Seminarbibliothek entgegen), nahm im Keller mein Schicksal seinen Lauf. Der schwarze Filzstift legte seinen Todesschleier über die ganze Trommel weißer Wäsche. Dampflamms Wäscherinnen hatten nicht eiligeres zu tun, als gleich die Bullaugentür zuzuschmeißen und die Maschine anzuwerfen, statt noch mal zu gucken, ob sich nicht zufällig was Fremdes in die Trommel verirrt hatte über Nacht. Es gab schließlich Mäuse im Haus. Oder spielende Kinder.

Halb zwölf war es, als es an der Wohnungstür klingelte. Gewohnheitsgemäß reagierte ich zunächst nicht. Das Klingeln wurde länger, nerviger, penetranter. Dann die Stimme. „Machen Sie aufff, Herrrr Vogel, machen Sie die Türrr auf!!!" Das war Dampflamm. Verleugnen zog nicht bei dem, der konnte hartnäckig sein. Wird wegen der Miete kommen, dachte ich und pellte mich umständlich in meine Hosen, säuselte lauwarm, „Ja-ha. Schon unterwegs. Komme schon!"

Er sah böse aus, sehr böse.

„War im Begriff zu defäkieren, nicht wahr", sagte ich und lächelte mein hellstes Mieterlächeln.

„Fürkaavogelfürrrrdasselbe", zwitscherte er maliziös. „Und dann noch mit Esszet!"

„Wie, Kaavogel? Dasselbe, hää?", stotterte ich.

„Steht hier, auf dem Filzstift. Ist zum Glück nicht mit rausgegangen bei der Wäsche. Nur innen drin ist mit rausgegangen. Das Schwarze, meine ich."

Monis Filzer, dazu noch diese verräterische Signatur! Die Kehle schnürte sich mir zu.

„Die anderen Mieter des Hauses sind durchaus bereit, sich den Schaden bar begleichen zu lassen, wenngleich einige ihre Zweifel haben, was Ihre Zahlungsfähigkeit angeht." Er blieb ernst; unter seinem Schnurrbart verzogen seine Lippen sich nicht einmal zu einem spöttischen Grinsen.

„Die ... äääh, anderen ... Mieter? Hä!?"

„Na, jedenfalls diejenigen, die heute früh ihre Laken bei mir unten haben reinigen lassen. Sind mächtig aufgebracht, manche."

Ich trat einen Schritt zurück, überlegte, den Kopf gesenkt. Ihm die Tür vor den Kopf zu knallen wäre wahrscheinlich unklug, obwohl ich in diesem Augenblick nichts lieber getan hätte.

„Wie viel ist es denn?", fragte ich dann, zögerlich.

„Wir habens mal hochgerechnet, an die achthundert Mark. Jetzt nur die Wäsche. Plus der Dreidrei Miete fürs letzte Quartal", sagte Dampflamm mit gesenktem Blick auf seine Fingernägel.

„Achthundert?" Erst mal darauf abstellen. Ihn hier festnageln.

„Tja, Frau Popensohn aus dem Erdgeschoss hatte echte Seidenbezüge dabei. Die sind nicht eben billig!" Schmecken aber wie Kotze, erinnerte ich mich. „Und die gute Frau Popensohn war ziemlich aufgebracht, als ich ihr erzählte, dass der Filzstift, der ihre schöne Bettwäsche so versaut hat, der Ihre gewesen sein muss, Herr Vogel. Wollte gleich die Polizei rufen, die gute Frau Popensohn."

Na, spitze. Dampflamm ging volles Tempo. Jetzt mal stopp!

„Jetzt mal stopp! Wenn auf dem Filzer so was Ähnliches wie mein Name steht, heißt das noch nicht, dass er tatsächlich *mir* gehört, geschweige denn, dass ich ihn in ihre Wäschetrommel geworfen habe!"

„Naja, zugegeben, der Text darauf war wohl auch eher auf Sie *gemünzt*, als dass Sie ihn selbst reingeritzt hätten, Herr Vogel. Sieht mir aus, als sei's ne junge Frau gewesen, die so was schreibt, nicht wahr!? Vielleicht, dass es das Fräulein Martina war?" Er wurde gemein. „Sie meinen, dass ich *die* mal fragen sollte? Ich meine, den Schnitzer mit dem Esszet würde ich ihr ja nicht unbedingt zutrauen, dafür halte ich sie nun wirklich für zu intelligent. Aber …“

Nun würgte er mich. Nein, jetzt nicht auch noch Stress mit Martina. Die würde mich glatt massakrieren, so wie sie im Augenblick drauf war, wenn sie erfährt, dass ich sie betrogen habe.

„Achthundert, und wir sind quitt?“ Bin ja ein heller Bursche und sehe ein, wenn's aussichtslos ist.

„Viertausendeinhundert, Herr Vogel!“, konterte er.

Jeminee, wo sollte ich die hernehmen?

„Jeminee, Herr Dampflamm, bester Herr Dampflamm, wo soll ich die hernehmen!?“

„Sagen wir, Freitag?“, bestimmte er. Freitag! Sollte ich ne Bank ausräumen?

„Nee, das geht nicht. Unmöglich! Wir sind Studenten, da hat man's nicht so dicke. Unmöglich!“ Ich jammerte und flehte. Futsch war die coole Tour. Er konnte mich alle machen, wenn er wollte.

„Vielleicht, dass wir das mit dem Filzer doch dem Fräulein Martina mal erläutern sollten? Dass die Ihnen hilft, das Geld zusammenzubringen, meine ich.“

Okay, die Drohung saß.

„Ist gut. Is gut, es jood. Achthundert gleich heute Nachmittag, und den Rest dann Anfang nächster Woche. Ja!?“, pokerte ich. Er überlegte.

„Abgemacht“, sagte er. „Die Achthundert für die Wäsche kommen als Letztes dran, wohlgemerkt. Erst die Dreidrei bei mir, dann die Achthundert für die Leute. Damit wir den Druck auf Sie mal ein bisschen verteilen und nicht immer alles auf meinen Schultern lastet. Sehen Sie doch ein, oder!?“

Ich sah ihn an, stumm. Er empfahl sich.

„Bis heute Nachmittag, Herr Vogel. Ich zähl auf Sie!“ Er ging. Unten kam jemand durch die Haustür. Pfeifend tänzelte Dampflamm die Treppen herab. „Guten Tag, Fräulein Martina!“, donnerte er: ein Gruß, überzogen und ironisch. Extra nur für mich, der ich's mithörte.

Als Martina oben war, zwei volle Einkaufstüten rechts und links, hielt ich es nicht mehr aus. Zur Bank. Raus hier.

Bis spätnachmittags zermarterte ich mir das Hirn, wie ich an das Geld kommen sollte. Die in der Bank wollten erst nicht, ich musste dackeläugig die Kassiererin anschauen und Kratzfüßchen machen. Immerhin, die ersten achthundert waren um halb vier bei Dampflamm.

Meinen Vater anpumpen, vorausgesetzt, ich erreichte ihn beim WDR? Aussichtslos: drei Tausender hat der als ewig klammer freier Journalist noch nie nebeneinander gesehen. Martina schied auch aus, logo. Die Isetta hatte bei so was die komische Angewohnheit, sich unmissverständlich hinter seine Schwester zu stellen. „Wie, du bist ihr fremdgegangen!?" und so. Der Rest waren zu flüchtige Bekanntschaften, außerdem die meisten wie ich mau im Portemonnaie. Moni? Ach. Die wollte ich mir eigentlich sauber halten. Nur für die Liebe. Die haben sie schon genug ausgenutzt.

Blieb als vage Alternative nur unser Fall. Einen Kredit auf unser erfolgreiches Schnüffeln aufnehmen. Aber wie? *Bild*, *EXPRESS*? Da kann man doch nicht einfach anrufen und sagen, ich bin da an der schärfsten Klüngelei seit Jahren dran, und sofort schmeißen die dich mit Geldscheinen zu. Da muss man selber ein bisschen klüngeln, jemanden, den man kennt, anspitzen, der's dann voranbringt. Ich kannte aber keinen, jedenfalls nicht persönlich.

Also rief ich beim Arbeiter Samariter Bund an und gab mich als alter Kumpel von Marcel Maiser aus. Ob Sie mir nicht bitte seine Telefonnummer geben könnten, ich hatte sie irgendwo verlegt oder verloren. Haben die auch gemacht, und ich rief an. Ging keiner ran. Also versuchte ich es bis zum Abend immer wieder. Irgendwann ging Marcel ran, aber den wollte ich nicht sprechen.

Sprechen wollte ich, wenn überhaupt, dann mit seiner Freundin, die bei *RTL Explosiv* in der Redaktion sitzt. Und im Grunde wollte ich nur Ihren Namen rausbekommen, um dann bei *RTL* gezielt nach ihr zu fragen: Marcel selbst sollte von der ganzen Sache möglichst nichts mitkriegen, der war mir zu nahe an der Isetta dran.

Irgendwann mittwochs abends meldete sich eine weibliche Stimme.

„Sarah Wigaldski."

Das war sie, und mit dem alten Trick vergewisserte ich mich nochmal:

„Ähm, spreche ich nicht mit Doris Klopstock?"

„Nee, Wigaldski am Apparat, aber das hier ist der Anschluss von Marcel Mai ..."

„Ach, dann werd ich mich wohl verwählt haben. Tschuldigung."

Wie gesagt, das war mittwochs. Donnerstags hab ich sie dann in ihrer Redaktion erwischt.

Aber erst mal der Reihe nach. Am Dienstagabend traf ich mich mit der Isetta im *Spielplatz*, gleich neben der FH am Ubierring. Hans-Erich, sein Zivi, hatte extra den kleinen Rollstuhl mitgebracht, sonst wär die Isetta gar nicht in die Kneipe mit der Mater dolorosa und den schmerzgebeugten Jesusfiguren in den Fensternischen reingekommen. Den Zivi verabschiedeten wir gleich bis halb elf, denn wir hatten uns viel zu erzählen. Ich von meinem Treffen mit Informantin Moni, mit der ich für die Isetta selbstverständlich *nur* auf einen Kaffee und einen Plausch zusammen war. Und er berichtete mir über seinen Tag in Merheim, wo er Ela Wolkenheim besuchen war.

Hinzu kam die Neuigkeit aus dem Geißbockheim, die im *EXPRESS* heute den Sportteil aufmachte. Dem Hannes Böcker hat der Verein überraschend einen Profivertrag angeboten! Am Abend wurde es offiziell der Presse mitgeteilt, ebenso Böckers Entschluss, die Offerte (stark verbesserte Konditionen) anzunehmen. Die Isetta staunte nicht schlecht, als ich ihm zur Garnierung dieser Nachricht vom Getuschel und Gesaufe von Klunkertz und Böcker in der Tatnacht erzählte.

„Da *muss* was faul dran sein!" Die Isetta, die alte Knutschkugel, süffelte an seinem Kölsch. „Kein halbwegs vernünftig denkender Vereinspräsident würde einer Luftpumpe wie dem Böcker einen Profivertrag anbieten. Den sollten wir uns mal näher anschauen, Klöös. Der hängt doch auch abends schon mal draußen in Efferen, im *Laternchen ...*"

Ich nix verstehen. Also wies die Isetta mich ein: das *Laternchen* ist eine Kneipe in Efferen, an der Verlängerung der Berrenrather Straße in die grobe Richtung Voreifel rechter Hand gelegen. Irgendwann in den Achtzigern war aus dem Schuppen der *After Work*-Treffpunkt des hiesigen Wadenadels geworden. Toni Schumacher sei dort gesichtet worden, der unglückliche Ralf Sturm wurde im *Laternchen* in Keilereien verwickelt und der legendäre „Otze" Ordenewitz flipperte sich die Finger wund.

„Und woher kennst du den Laden?", wollte ich wissen.

„Genaues Zitat, genaue Angabe?", fragte die Isetta.

„Bitte sehr!"

„Rollermann, Meine Gespräche mit Wolkenheim."

„Meine Herren. Junge, Junge. Du kannst ja Philologe! Ob mir der geneigte Geheimrat auf achtkommaacht Atü wohl auch den Rest der Erzählung zukommen lässt!?"

Die Isetta ließ einen ziehen, dass sich ein paar Gäste umdrehten, und legte los.

Montags, gestern, hatte er sich nach Merheim aufgemacht: ohne Hans-Erich, der dankbar zu seinen Chemikern an die Uni abgerückt war. Das Klinikum war ein ziemlich weiträumiges Areal. Und mit der Straßenbahn kommt man am falschen Ende an, muss also durch den ganzen Krankenhausbereich, vorbei an der Lungenklinik, der Röntgenbaracke, dem großen Bettenhaus, bis man irgendwann mal ins Nichts fährt, vor „Zufahrt verboten"-Schildern, Schlagbäumen und herabgelassenen Ketten landet, die allesamt suggerieren: „Ab hier keine Gewähr! *At your own peril!*" Die Isetta wusste, dass er richtig war. Denn hier hatte es keine niedlichen Krankenschwestern mehr, die lustig in weißen Birkenstocks über die Rasenflächen jauchzten, Urinproben ins Labor trugen oder in Privatklamotten Federball spielten. Hier hatte es dafür jede Menge Männer in Weiß, mit Vollbärten, kräftige Kerle, die ihn aus finsteren Gesichtern misstrauisch musterten.

Sicher versuchen die gerade, dich zuzuordnen, schoss es ihm durch den Kopf. Verfrachten dich in ihren hintergründigen Gedanken auf ganz bestimmte Stationsflure, in ganz bestimmte Zimmer. In *die* Zimmer. Wer weiß, gleich kommt einer an, greift sich deinen Stuhl und fährt dich weg, und du musst wehrlos mit ansehen, wie er dich in einen der vielen Bauten einsortiert!

Die Finger ein wenig feucht vor Beklemmung, schiebt die Isetta sich bis an den überdachten Eingang eines mehrstöckigen weißen Gebäudes. Rettungswagen rechts und links, rauchende Menschen in Jogginghosen, die Finger gelb vom Nikotin, die Fingernägel braun. Ihr Gespräch verstummt, als die Isetta an ihnen vorbei muss, und alle starren nur auf ihn. Einer drückt seine filterlose Kippe in den Sand des hüfthohen, eieruhrförmigen Plastikaschenbechers.

Er erreicht den Schatten des Vordachs und fährt durchs Portal. Die automatische Glasschiebetür öffnet sich. Den Pförtner, der ihn nachlässig über seiner aufgeschlagenen Zeitung betrachtet, wird er nicht nach Ela Wolkenheim fragen können. Er muss alle Flure abfahren. Am wahrscheinlichsten ist es, dass ein Polizist vor dem Zimmer den Ort anzeigen wird, an dem sie Ela gefangen halten. Hoffentlich, denkt die Isetta, gibt es hier nicht so was wie einen Hochsicherheitstrakt, wie man es aus dem Fernsehen kennt, oder aus Gefängnissen.

Erdgeschoss: Fehlanzeige. Aufzug, erster Stock: nichts. Erst im dritten, irgendwo hinten durch, nach einem Zickzack aus Ecken und verwinkelten Gängen: ein Bulle. Gelangweilt neben einer Türe auf einem Stuhl, ein Mickymausheft in der Hand. Der Isetta ist sofort klar: Der steht Schmiere.

Also kramt er im Beutel hinter seiner Rückenlehne, zieht eine knallrote Einkaufs-Stofftüte hervor, krempelt sie auf, dass nur noch ein flacher Boden bleibt. Er setzt sich die Tüte auf den Kopf, zieht die Griffe ein Stück herunter und hängt die Ohren rechts und links heraus. Dann fährt er an.

Der Bulle nimmt ihn erst jetzt wahr, ist zuerst verblüfft, grinst dann. Die Isetta singt: „Rotkäppchen und der Wo-holf, Rotkäppchen und der Wolf!“, fährt dabei zügig auf die Tür neben dem Bullen zu. Der Polizist macht keine Anstalten, ihn aufzuhalten; er lächelt nur stumm und ein bisschen bösartig.

Die Isetta wiegt sich in seinem Sitz vor und zurück, murmelt „Großmutter besuchen“, greift nach der Türklinke. Der Bulle rührt sich immer noch nicht.

Die Isetta stößt mit der Hand die Tür auf. Zeitgleich hört er einen schrillen Schrei, ein sonores „Heee!“ und ein viehisches Gelächter des Bullen neben der Tür. Vor ihm wälzt sich ein zweiter Bulle, dem die Hose über die Knie heruntergerutscht ist, von einer Krankenschwester, die ihren entblößten Schoß mit dem weißen Kittel bedeckt.

„Sach mal, Jupp, du Arschloch“, keift der eine Bulle, der sich jetzt umständlich die Staatshose hochzieht, „du solltest aufpassen!“ Der andere kriegt sich nicht mehr ein vor Lachen. Die Krankenschwester hievt sich in die Senkrechte, zupft sich ihre Kluft zurecht, zwängt sich an der Isetta vorbei auf den Bullen Jupp zu und rammt ihm ihr Knie in den Schritt, dass der sich zusammenkrümmt. „Nu beruhige dich mal“, sagt der andere, „und komm wieder her. Der Jupp wollte sich bloß nen Spaß machen, siehste doch.“ „Wer ist oben bei ihr?“, fragt die Schwester, und der Bulle antwortet: „Der Harald ist noch da.“ Dann fangen sie wieder an zu knutschen und die Isetta rollt sich von dannen.

Sie sind zwar freundlich hier, denkt Ela, bringen das Essen mit einem netten Lächeln und manchmal mit ein, zwei Blümchen auf dem Tablett. Aber trotzdem steht draußen ein Polizist und hält Wache. „Rotkäppchen und der Wo-holf, Rotkäppchen und der Wolf!“, hallt es plötzlich über den Flur. „Großmutter besuchen, Rotkäppchen will Großmutter besuchen!“ Scheinbar will der Polizist den Störenfried aufhalten und stellt sich ihm in den Weg. „NaaAAAINN! GroßMUTter besuchen!!!“ Die Tür fliegt auf, herein schiebt sich ein dicker Mann mit roter Stoffmütze, im Rollstuhl. Der Polizist starrt ihm hinterher, ohne etwas zu unternehmen; schließlich zieht er die Tür ins Schloss und denkt sich: Dann halt Doppelbewachung.

Die Isetta stellt sich vor: seinen richtigen Namen nennt er. Sagt, dass es Rolf Schmitz leidtut, hier so reinzuplatzen. Dass sie, Ela, ihm aber noch viel mehr leidtue. Vielleicht könne er ihr helfen.

Ela mustert ihn skeptisch: zu viele hier waren am Anfang auch so nett und vertrauenserweckend und haben sie dann doch enttäuscht: die Polizisten oder der Gutachtenpsychiater, der gleich am Abend nach dem Therapiegespräch mit ihr in *RTL extra* über alles ausgepackt hat. Keinem kann man hier trauen. Nicht ein einziges Mal ist ihre, *die wahre* Geschichte dieser einen Nacht am Geißbockheim irgendwo wiedergegeben worden: nicht im Fernsehen, nicht in der Presse. Die Reporter kommen nur, um die Mutter der Attentäterin zu interviewen, sagt die Mama. Die wollen gar nicht hören, wie das war mit dem Anruf um kurz nach zwölf, und wie sie dann losgefahren sei zum *Laternchen*.

Dass es die Isetta schließlich doch schafft, etwas aus Ela herauszubekommen, liegt an seiner einfühlsamen Art, ein Gefühl der Solidarität und Verbundenheit unter den Zukurzgekommenen dieser Welt zu schaffen. Dazu sein gemütliches Äußeres, seine ungelenken Riesenbabybewegungen, sein großer Wasserkopf, die regungslose Ruhe seiner Beine. Und dann die rote Tüte, die jetzt schlapp auf ihrer weißen Bettdecke liegt, während Ela ihm das Stück abgepackten Sandkuchen vom Mittagessen anbietet und ihm das dünne, verfilzte Kissen in seinem Rücken zurechtschiebt.

Ihre Geschichte ist weder lang und aufregend, noch ist sie mit sensationell Neuem gespickt. Aber sie klingt doch auffällig anders als die, die bisher als „offizielle Version“ in den Polizeiakten und Zeitungen steht. Nimmt man an, dass es die authentische ist, dann kann mit den Aussagen der Herren Klunkertz und Böcker, der Ermittlungsarbeit Kempfs etwas nicht stimmen.

Es fing an mit einer Offenbarung Elas. Es gab da eine Kneipe in Efferen, draußen vor den Toren der Stadt, kaum zwei Kilometer vom Geißbockheim entfernt, das *Laternchen*, in der jobbte ein junger Skandinavistikstudent, den alle dort nur Jojo nannten. Den hatte sich Ela irgendwann auserkoren zum Boten ihrer Sehnsüchte. Und das mit Erfolg, zumindest zum Teil: Jojo war irgendwann bereit, sie anzurufen, wenn Kralle Station im *Laternchen* machte. Der kleine Haken an der Sache war, dass Jojo sich seine Dienste mit Deutschmark Fünfzig pro Monat entgelten ließ: eine Summe, die Ela sich daraufhin Monat für Monat vom ohnehin schon knapp bemessenen Verkäuferinnengehalt abzweigte.

Nun, am besagten Abend, gegen kurz nach zwölf, rief tatsächlich Jojo an: Kralle sei soeben durch die Tür reingekommen, und er sei mächtig gut drauf. Kein Wunder nach den zwei Toren vor ein paar Stunden. Er habe gleich eine Lokalrunde geschmissen, der Kralle, behauptete Jojo. Ela, die es sich in der Hoffnung auf einen Anruf Jojos zur Gewohnheit gemacht hatte, die Abende nach Heimspielen zuhause mit dem Anschmachten des Telefons zu verbringen, war sofort Feuer und Flamme. Keine halbe Stunde später saß sie in ihrem roten Kralleauto und war unterwegs nach Efferen: die Dürener bis Militärring, dann musste man die Berrenrather bis kurz hinter die Autobahnbrücke, dann an der Tankstelle die Straße geradeaus, die sie hier Bachstraße nennen.

So weit ist sie, wir alle wissen es, nicht gekommen. Kurz hinter dem Franz-Kremer-Stadion ragt eine Fußgängerbrücke quer über den Militärring. Mehrere Parkbuchten säumen rechts und links die Fahrbahn und, seltsam für diese Zeit, ein Uhr nachts: fast alle waren belegt. Im Vorbeifahren war es Ela, als huschten dunkle Gestalten um die Fahrzeuge, und bei einem brannte sogar die Innenraumbeleuchtung. Dann hörte sie einen Knall und spürte einen Ruck, als rase ihr Golf über eine hohe Bordsteinkante. Sie reagierte geistesgegenwärtig, brachte den plötzlich widerspenstigen, zur Seite ausbrechenden Wagen schnell unter Kontrolle, bremste sacht und kam nach fünfzig Metern zum Stehen.

Sah sie im Rückspiegel etwas, das sich zäh und lang über die Straße bewegte? Hörte sie nicht ein Scharren und Kreischen hinter ihr, Stimmen, hektisches Gerenne, Türenschlagen? Ein paar der dort geparkten Wagen schlugen die Nachtaugen auf, Motoren heulten auf. Sie drehten auf dem breiten Militärring, brausten ab in Richtung Gleueler Straße, nur zwei blieben stehen.

Ela zitterte am ganzen Körper. Wut und Angst schüttelten sie durch. Wut, weil sie genau wusste, was passiert war: Einer der abgefahrenen, alten Reifen hatte ausgerechnet in diesem Augenblick den Geist aufgegeben – ausgerechnet hier, wo rechts und links nur Bäume stehen, Grüngürtel ist, und wo zu dieser Zeit keine Sau mehr auf den Straßen unterwegs ist. Und Angst, weil sie nicht wusste, was das hinter ihr zu bedeuten hatte: Sie spürte ein Komplott, eine Verschwörung, und Gewalt, irgendwie Gewalt. Eingeschüchtert blieb sie in ihrem Golf sitzen – keine Frage: Wäre das alles hier nicht so unheimlich, sie hätte die Warnblinkanlage angestellt und sich zu Fuß auf den Weg gemacht ins *Laternchen*, das eine knappe Viertelstunde Nachtwanderung von hier entfernt lag. So aber ...

Im Rückspiegel sah sie wie in einem Film, wie in der schwarzen Grube ihres Unterbewusstseins ein weiteres Paar weißer Lichtpunkte aufleuchten. War das alles wahr, oder sponn sie sich das zusammen? War ihr Rückspiegel an dieser Intrige gegen ihren gesunden Menschenverstand beteiligt? Nein, es gab keinen Zweifel: In der Tat kam da ein Fahrzeug angefahren. Und statt, wie die anderen vorhin, zu wenden, fuhr es auf sie, auf ihren schutzlos geparkten Golf zu.

Langsam näherte es sich. Dann quietschten die Reifen, der Wagen jagte auf sie zu und kam mit einer Vollbremsung genau neben ihrem Seitenfenster auf der Gegenfahrbahn zum Stehen. Vom Beifahrersitz, auf dem jemand saß, den sie nicht erkennen konnte, leuchtete ihr eine Taschenlampe ins Gesicht. Sie hörte durch die Scheiben ihres und des anderen Wagens hindurch, wie dort gesprochen wurde: „Alles klar. Jevv Jas!“ Der fremde Wagen fuhr wieder an, beschleunigte rasch hoch und verschwand hinter einer Ampel, die sie von ferne schwach blinken sah.

Es dauerte mindestens eine Viertelstunde, bis sie sich traute, auszusteigen und sich den Schaden an ihrem Reifen anzusehen. In der Dunkelheit tastete sie das Hinterrad ab: tatsächlich geplatzt. Sie trommelte auf das Blech des Kotflügels, trat wütend gegen die Felge des defekten Rads.

Aus dem Kofferraum holte sie sich eine Notlampe, steckte sie in den Zigarettenanzünder, besah sich die anderen Reifen: alle in Ordnung, nur vorne rechts entdeckte sie einen scharfen, langen Riss im Gummi, der aber nicht tief genug war, um Luft austreten zu lassen.

Im Wald neben ihr heulte plötzlich wieder ein Fahrzeugmotor auf: vielleicht die letzten Gäste aus dem Geißbockheim, denn der Parkplatz war in Hörweite von hier. Sie schaute hinüber, entdeckte durch die kahlen Äste tatsächlich die beiden roten Punkte der Rückstrahler eines Wagens. Wieder bekam sie es mit der Angst, setzte sich ins Wageninnere und verriegelte die Türen.

Wenig später machte sie aus ihrer Deckung einen weiteren Wagen auf der Ausfahrt vom Geißbockheim aus. Der bog kurz darauf von der Berrenrather Straße auf den Militärring und kam auf sie zu. Ela blieb fast das Herz stehen. Das Fahrzeug näherte sich, bremste paar Meter vor ihr er ab und hielt auf dem schmalen Seitenstreifen der Gegenfahrbahn. Ela erkannte den Fahrer sofort. Die lange Matte, der stumpfe Gesichtsausdruck: das war Hannes Böcker.

Der stieg aus, kam über die Fahrbahn an die Fahrertür ihres Golfs, fragte, was passiert sei und ob er ihr behilflich sein könne. Ela, ganz benommen von soviel Freundlichkeit, soviel unerwarteter Vertrautheit, wäre ihm am liebsten an den Hals gesprungen.

Sie erklärte ihm die Situation, zeigte ihm den geplatzten Reifen. Mit einer Selbstverständlichkeit, die ihr nun, im Nachhinein, merkwürdig vorkam, erbot sich Hannes Böcker, ihr den defekten Reifen zu wechseln. Bis dahin nahmen die Profis sie, Ela Wolkenheim, nur als die bescheuerte Kralleflamme wahr und trieben ihre Späße mit ihr – und nun plötzlich diese Hilfsbereitschaft, dieses Zuvorkommen von einem von ihnen.

Böcker fragte sie, ob sie einen Wagenheber besitze, und Werkzeug. Ela sah nach, konnte aber nur mit dem klapprigen Ding mit der irgendwie defekten Mechanik dienen und mit einem rostigen Kreuzschlüssel für die Radmuttern. Ob er denn keinen in seinem Wagen habe, fragte sie, aber Böcker sagte, dass die Dinger immer genau auf das Fabrikat passen und bei anderen Marken vollkommen nutzlos seien. Ela glaubte ihm alles. Und Böcker wechselte den Reifen: wenn man böse war, oder kritisch, konnte man ihm deutlich anmerken, dass er solche Arbeiten sonst von seiner Werkstatt verrichten ließ. Doch Ela war nicht böse oder kritisch, sondern einfach nur heilfroh.

Dann, nachdem er den Golf wieder heruntergebockt und das Rad mit dem kaputten Reifen in Elas Kofferraum verstaut hatte, ging Böcker zu seinem Wagen, öffnete vorsichtig den Schlag, um, wie er sagte, sich ein Handtuch aus seiner Sporttasche zu holen und sich die Finger abzuwischen. Komischerweise nahm er hierzu Elas Wagenheber mit, legte ihn sogar auf einen der Vordersitze ab, um in der Tasche zu hantieren. Ela, die nicht genau erkennen konnte, was Böcker dort machte, wartete, bis der Fußballer zurückkam, um ihn zu fragen, wie sie sich bei ihm bedanken könne.

Das beigefarbene Handtuch, mit dem Böcker sich die Hände abgewischt hatte, trug er über die Schulter geschlagen: Es hatte dicke schwarze Flecken. Ela schlug vor, es für ihn zu waschen, nachdem er ihr lächelnd beschieden hatte, sie brauche sich nicht bei ihm zu bedanken. Er ging an das Heck von Elas Golf und verstaute den Wagenheber, den er unter den Arm geklemmt hatte, im Halbdunkel des Kofferraums, schlug dann eilig den Deckel zu. Schon gut, wiederholte er, umgekehrt wäre er genauso froh gewesen, wenn *ihm* jemand geholfen hätte.

Elas bemerkte, wie dicke Blutstropfen von seiner rechten Hand tropften. Besorgt fragte sie, ob er sich verletzt habe. Böcker schien die Frage zu irritieren. Kleiner Kratzer bloß, sagte er schließlich, und wischte sich das Blut mit dem Handtuch ab. Er werde sich zuhause ein Pflaster draufkleben. Ela bot ihm eines aus ihrem Verbandskasten an, aber der Kicker lehnte dankend ab. Ela fühlte sich nutzlos, ein wenig beschämt: Hier war jemand, der ihr aus einer Riesenklemme half, und sie hatte nicht die winzigste Möglichkeit, sich erkenntlich zu zeigen. Kann ich mich denn nicht irgendwie anders revanchieren, fragte sie, nachdem sie sich mit vielen Worten bedankt hatte, vielleicht mit einem Bier im *Laternchen*? Böcker blickte auf den Golf, die Aufkleber daran, die Poster innen. Ein andermal, um die Zeit gibt es da nur noch schales Kölsch, sagte er schließlich. Sie möge einfach den Kralle weiter so wunderbar supporten wie bisher, damit er in den nächsten Spielen auch ordentlich trifft. Damit wäre allen am besten geholfen. Ela war überglücklich: Nicht alleine, dass dieser Fußballer ihr aus der Patsche geholfen hatte – er verteilte zudem, als erster aus der Mannschaft, auch noch Komplimente! Für einen Augenblick war er ihr allererster Schwarm, und nicht mehr Kralle Schickedantz.

Im *Laternchen*, das sie trotz allem noch ansteuerte, war schon Zapfenstreich. Jojo, der die letzten Gläser spülte, kam hinter der Theke vor und flüsterte ihr zu, dass Kralle gerade eben weg sei, vor zehn Minuten vielleicht. Pech halt. Ela blieb tapfer, sagte, tja, Pech halt, und zog enttäuscht wieder ab. Satz mit x, wieder mal. Sie schlief irgendwann ein, pennte den ganzen Samstagmorgen durch, obwohl draußen, im Flur, irgendeine spontane Karnevalsfeier der Hausbewohner startete. Erst gegen zwei Uhr mittags weckte sie ihre Mutter: Jemand von der Polizei habe angerufen und gefragt, ob ihre Tochter zuhause sei, was der Mutter die ganze schöne Karnevalsstimmung vermiest hatte.

Die Isetta erzählte, wie er nach Elas Bericht minutenlang geschwiegen hatte. Wie er sie angeschaut und sich geschworen hatte, niemals mehr auf sie zu schimpfen, wenn sie ihm und seinem Rollstuhl die Zufahrt zum Marathontor am Stadion zuparkt. Wie *sie ihn* angesehen habe danach, mit diesem verzweifelten Blick, dem Flehen in den Augen. Und die Isetta seufzte.

Ich merkte, wohin bei der Isetta der Hase lief. Für ihn war es längst genauso zu einer Sache *für* Ela Wolkenheim geworden wie eine *gegen* Klunkertz und seine Bande. Das hatte ihn, den ansonsten Hartgesottenen, doch schwer mitgenommen: diese Ungerechtigkeit mit ansehen zu müssen, die Opfer der Kölnischen Schweinereien in ihrem Leiden zu beobachten. Das konnte schwierig werden, denn auf einmal war da ein Haarriss, klaffte eine Lücke zwischen meiner Motivation und der von der Isetta: ich nur für Geld, er vor allem für die Ehre. Und das Schlimme war: Er selbst wusste nichts davon – nur ich. Ich, ich, ich war die Sau von uns beiden. Ein ungutes Gefühl befiel mich.

„Was hältst du davon?" Die Isetta riss mich mit der Frage aus meinen Gedanken.

„Wir machen's nicht nur für Ela Wolkenheim, Isetta. Wir machen's genauso sehr gegen Klaus Klunkertz und für uns! Das muss Geschäftsgrundlage bleiben!" Wenigstens etwas Luft machte ich mir damit. Die Isetta nahm einen tiefen Zug an seinem Zigarillo.

„Das stinkt doch nach Komplott. Da ist doch was inszeniert worden, was meinst du?", hakte er nach.

„Hee! Hast du gehört was ich gesagt habe!?", brauste ich auf. So in sich versunken hatte ich die Isetta selten erlebt.

„Jajaja", wischte er mein lästiges Insistieren weg. „Ich denke mir … also spielen wir's mal durch: Da stehen diese Wagen, geparkt am Fahrbahnrand, und plötzlich dampft ne ganze Horde Typen in denen ab! Ich meine, etwa zur gleichen Zeit ist die Anja niedergestreckt worden, und dann das hier mit der Ela – vielleicht dass die was auf die Fahrbahn gelegt haben, dass sie genau hier und genau jetzt den Platten haben *sollte*. Das klingt doch plausibel, dass wir's hier mit den Leuten zu tun haben, die sich an Klunkertz' Stelle die Finger schmutzig machen, oder etwa nicht!?"

„Was sollen die denn über die Fahrbahn legen, das ausgerechnet den Hinterreifen aufschlitzt, aber nicht den vorderen?", fragte ich.

„Naja, immerhin gab es da dieses Scheppern, das Ela gehört haben will. Als zöge jemand eine schwere Eisenkette oder so was über den Asphalt. Und dann die langen Kratzer auch vorne rechts: überleg doch mal, Klaus, das waren angewinkelte Metallspitzen, in einer Reihe ein Stück weit über die Fahrbahn gelegt. Der Vorderreifen fährt noch unbeschädigt drüber, stellt damit den Winkel der Stifte aber so, dass der Hinterreifen genau reinrauschen muss, und *peng!* Da durfte doch nicht mehr als ein Reifen bei draufgehen, sonst hätte die Aufführung mit Hannes Böcker nicht geklappt: Einen konnte der noch selber wechseln, aber bei mehreren hätten Ela und er Hilfe holen müssen."

„Hmmmh." Klang ja nicht doof. Aber wer *waren* diese mysteriösen Gestalten? Wen hatte Klunkertz da angeheuert?

„Und dann", die Isetta dachte scharf nach, „ist der Wagenheber von der Ela doch das vermeintliche Tatwerkzeug gewesen, laut Ermittlungen. Warum nimmt der Böcker ausgerechnet den mit in sein Auto und legt ihn anschließend hastig in den dunklen Kofferraum von Elas Golf zurück?"

„Du meinst, der hat den manipuliert?"

„Irgendwie muss sich ja erklären lassen, dass sie Anja Schickedantzsches Blut daran gefunden haben. Es sei denn, wir machen auf vollparanoid und glauben an die Riesenverschwörung, an der auch Gerichtsmediziner und Labors beteiligt sind."

So, wie es aussah, waren wir mittendrin. Wir diskutierten, ob wir Moni einweihen sollten, beschlossen aber, es erst mal sein zu lassen. Vorsichtshalber hatte die Isetta auch Ela Wolkenheim nichts vom Stand unserer Undercover-Ermittlungen erzählt und ihr nur nebulös den großen Befreiungsschlag versprochen. Wir beschlossen, uns mal Hannes Böcker vorzuknöpfen.

12

„RTL, Redaktion *Explosiv*, Wigaldski am Apparat."

Ich räusperte mich.

„Habe da Informationen über den Fall Anja Schickedantz, die sind atemberaubend. Sensationelle Wende, schmutzigster Klüngel, die Einflussreichen und die Halbwelt: alles drin, was Sie sich nur wünschen können. Interessiert?"

„Moment, Moment. Mit wem spreche ich überhaupt?"

„Ich sagte: Ganz hohe Tiere stecken dahinter. Vergessen Sie das mit *Fanaten-Ela*. Und ich fragte: interessiert?"

„Wer sind Sie?"

„*Das* interessiert nicht. Hauptsache, ich weiß von Ihnen, dass Sie Sarah Wigaldski heißen, in der Subbelrather Straße 231, zweiter Stock links wohnen, bisweilen Herrenbesuch von einem John-Lennon-Verschnitt mit Pferdeschwanz und Pfeifchen erhalten und an den Karnevalstagen ihre letzte Periode hatten."

Das mit ihren Tagen war grob konstruiert: Ich dachte einfach, wenn Marcel Maiser sich bei der Isetta mit einer Nutte einlässt, auf Karnevalsdienstag, dann muss zuhause wohl rote Woche sein. Immerhin schien es zu wirken, am anderen Ende war für einen Augenblick nur Knacken, aufgeregtes Atmen und dann gedämpftes Flüstern zu hören.

„Hören Sie", sagte sie schließlich, „wenn Sie möchten, kann ich Sie mit unserem Chefredakteur …"

„Nee, Baby. Mit Ihnen, nur mit Ihnen, Frau Wigaldski. Müssten Sie doch eigentlich gewohnt sein, dass sich Ihre Informanten nicht hin- und herschieben lassen. Unsereins will doch auch ein bisschen Sicherheit in den Händen haben."

„Klingt nicht sehr angenehm", warf sie ein. „Für mich."

„So ist das *Business* eben. Hätten ja Marktfrau werden können, oder Krankenschwester. Also: interessiert?"

„Es geht um Anja Schickedantz, sagen Sie? Da ist doch die Luft raus."

„Nicht interessiert. Auch gut. Ihre Kollegin bei *SAT 1* war da anders. Sozusagen progressiver …“

„Wer, die Krings?“, bellte sie zurück. „Die Griesbaum, die Wildmoser von *Schreinemakers*?“

„Nanana, Wigaldski! Sie müssen noch viel lernen. So was fragt man nicht! Nicht bei unsereins.“

„Hören Sie, wir sollten in Kontakt bleiben. Kann ich Sie irgendwie erreichen?“

„Sie sind wirklich naiv, Wigaldski“, beschied ich ihr. „Schauen Sie, es gibt da Spielregeln. Erstens rufe, wenn überhaupt, *ich Sie* zurück. Zweitens vereinbaren wir keinen festen Termin, keinen festen Kanal, ist doch logisch. Drittens erzähle ich Ihnen dann ein wenig über die Story. Ohne die *cornerstones*, versteht sich. Und viertens ist schließlich ein Vorschuss fällig, nebst Verhandlungen über den Rest. Und eines sage ich Ihnen gleich: Unter acht Mille ist da nichts drin. Das Ding ist so heiß, da würden sich alle die Finger nach lecken: Print, Öffentlich-Rechtliche, könnt mir sogar vorstellen die Industrie. Eisen Sie einen Tausender als Vorschuss los, das ist Ihr Einstiegsgebot. Ich melde mich spätestens am Wochenende. Mit dem Braunen in der Hand geb ich Ihnen den Zuschlag, das verspreche ich.“

Wieder Stille. Ich war richtig gut! Dann endlich:

„Okay, okay. Hören Sie, schöner Unbekannter: Das hört sich, sagen wir, nicht uninteressant an. Ich weiß auch, dass man mit Typen, die es schaffen, mir unbemerkt in die Wäsche zu schauen, nicht scherzen sollte. Trotzdem, ein bisschen an Vorabinformation bräuchte ich schon, um den Vorschuss zu kriegen. Also: wer? Wer war das mit Anja Schickedantz?“

„Wussten Sie, dass Ihr Pferdeschwanz nicht immer zu Hause isst? Dass er schon mal ganz gerne auch das eine oder andere Fisternöllschen …!?“

Stille.

„Also gut“, nahm ich ein wenig das Tempo raus, „soviel: eine ganz miese vereinsinterne Intrige. Präsidium, Vorstand, Spieler, sogar die Kölner Kriminalbullen stecken mit drin."

„Sie wissen, wer's war? Wer zugeschlagen hat? Sie haben genügend stichhaltige Beweise?"

Jetzt wurde es haarig. Ich musste vorsichtig sein.

„Die Kiste ist für uns klar und eindeutig. Nur hochgehen lassen wollen wir sie nicht, ehe wir sicher sind, dass wir nicht am Ende die Dummen sind. Mensch, Wigaldski, das ist doch das ABC des investigativen Journalismus, das wissen Sie doch!"

„Wer sind Sie? Sie reden von ‚wir'. Der 1. FC Köln? Mitglieder? Privatschnüffler, übergangene Pöstchensucher, abgelehnte Vertragspartner?"

„Nee, Wigaldski. So nicht. Aufmerksame Fans, das muss reichen. Dass wir uns mit Vereinsinterna auskennen, müsst ihr uns einfach abnehmen. Und jetzt mal Sense. Ich meld mich wieder. Machen Sie bis dahin Ihre Hausaufgaben!"

Ich legte auf. Nicht schlecht gelaufen. Wenn ich jetzt bei den Mietern im Haus noch ein bisschen Schönwetter machte und die Entschädigung für ihre gute Bettwäsche etwas gestundet bekam, sah alles nicht mehr ganz so düster aus. Mit dem Riesen von RTL und, wenn ich ihn kriegen sollte, einem Dispo-Kredit hätte Dampflamm insgesamt Zwoacht von Dreidrei, könnte also auch nicht mehr groß mosern. Silberstreif am Horizont also, oder? War doch alles in Butter – solange Martina, die Isetta und Marcel und Sarah auf ihrem jetzigen Wissensstand blieben. Musste doch machbar sein!

Ich rief Moni an, flirtete ein wenig fernmündlich. Schlug ihr vor, heute, Donnerstag, ins *Laternchen* nach Efferen zu kommen, wo ich seit gestern Abend Streife soff in der Hoffnung, Hannes Böcker würde hier mal aufschlagen. Der Isetta hatte Ela angedeutet, dass auch der sich da tränkte. Dann, nach kurzem Überlegen, nahm ich meine Einladung wieder zurück, schob ein wichtiges Seminar vor, das ich angeblich vollkommen vergessen hatte. Es musste nicht sein, dass jemand von den Spielern mich mit Moni zusammen sah, die sie ja allesamt kannten. Vielleicht eine Art Ermittlerparanoia, ein Kokettieren mit der Froschperspektive. Ich vertröstete Moni auf die kommende Woche.

Martina kam dann irgendwann von der Uni und vom Einkaufen; lachte freundlich, blieb aber stumm. Packte meinen Lieblingswhisky aus (nanu?), zwei Dosen *Feuertopf* aus dem *Aldi* (nanu??), frisches Baguette. Dann zog sie ein paar Bögen Papier aus ihrer Unikladde, faltete sie sorgfältig glatt, legte sie mir auf den Couchtisch: *Altenglisch Klausur*. Name: Martina Schmitz. Note: 1,3 (in Worten: einskommadrei). Eine glatte Eins minus!

„Feiern wir!", kommentierte sie knapp.

„Congratulations", stammelte ich.

„Und morgen gehe ich zu Hansi Schmönzes. Sollte ich doch mal hin, habt ihr gesagt, oder?"

Mensch, war sie gutgelaunt. Das gute Mädel. Freude teilen (mit mir), Leid ganz alleine auf sich nehmen, das war Martina. Ganz und gar nicht argwöhnisch, voll vertrauend, das war Martina. Gestern Morgen, beim Frühstück, hatte sie mich gefragt, warum wir denn schon am Nachmittag so betrunken waren, ich und mein Kumpel, wer war es, Bruno? Seit wann fährt der denn Fiesta?

„Bruno, ääh, ja doch. War geborgt, der Wagen. Von seinem Schwager", stammelte ich weiter. Sie meinte die Szene mit dem Papamobil an der Fußgängerampel im Weyertal.

„Hab's nicht so böse gemeint, Klausi, in der Bibliothek. War bloß genervt vom Warten auf die Klausurergebnisse. Klar, dass du da angeödet abgezogen bist. Seid einen trinken gewesen, was?"

Ich nickte, machte die Dackelmiene, spielte verpuffenden Zorn. Und kam mir gleich darauf hundeelend vor, denn ich musste mich zwingen, regelrecht *zwingen* zu der Einsicht, dass der Miesling ich gewesen war, *ich*, und nicht Martina, die sich nun schon wieder entschuldigte für ihren Lerneifer. Wofür ich mich hätte entschuldigen müssen? Einmal betrügen mit Moni, einmal weiterlügen, einmal Geld versaufen und verfressen, das für die Begleichung unserer Miete vorgesehen war, zweimal verpasstes Einkaufen, das dann sie, Martina übernommen hatte, aus ihrem Portemonnaie. Und so weiter und so fort. Mir wurde schwindelig und nach dem scharfen Essen bekämpfte ich das dumpfe Schuldgefühl mit *Tullamore Dew*.

Am Abend ließ ich das *Laternchen* Laternchen sein und holte mit Martina nach, was bei uns beiden in letzter Zeit viel zu kurz gekommen war, und auch am Freitag schenkte ich mir die Schmiere in Efferen. Samstags war wieder Heimspiel, diesmal gegen den HSV. Eine glückliche Fügung hatte uns drei Heimspiele hintereinander beschert, das gegen Bochum, das verlorene gegen Mönchengladbach, und jetzt das hier: eine Nachholbegegnung des ersten Rückrundenspieltags, als Schneeverwehungen und Eis auf den Rängen eine Austragung unmöglich gemacht hatten. Der Rest der Liga hatte entweder frei oder war mit der Nationalmannschaft im Trainingslager, weil sie in der nächsten Woche das wichtigste aller Europameisterschaftsqualifikationsspiele in Cardiff zu bestreiten hatte. Und da weder der FC noch der HSV Nationalspieler in seinen Reihen hatten – allenfalls „potentielle" wie Kralle oder „österreichische" wie Adi Pikler oder „ehemalige" wie Tasso Dörfler – setzte man kurzerhand dieses Match an. Bis dahin, bis zum Länderkick, sollte aber noch so das eine oder andere passieren.

Und damit meine ich nicht, dass ich Dampflamm mit Geldscheinen ruhigstellte. Das geschah zwar auch, war aber eher zweitrangig. Freitags rief ich wieder bei *RTL Explosiv* an, morgens, als Martina schon wieder in der Uni hing, um sich in irgendwelche Seminarlisten für das Sommersemster einzutragen, bevor sie wie versprochen bei Hansi Schmönzes vorbeischauen ging. Frau Wigaldski hatte sich kundig gemacht: Die Redaktion lehnte einmütig ab. Ich war sauer, kam wieder mit *SAT 1*, was diesmal für keinerlei Aufregung mehr sorgte: Man habe sich erkundigt bei der Konkurrenz. Dann geschah es, gegen halb zwei Uhr nachmittags. Im *Radio Köln* habe ich es zuerst erfahren: Anja Schickedantz war am späten Morgen ihren schweren Verletzungen, die sie bei dem Anschlag am Geißbockheim erlitten hatte, erlegen!

Wir hatten es mit Mord zu tun. Sie hat das Bewusstsein nicht mehr wiedererlangt, war zwei Wochen nach der Tat auf der Intensivstation in der Uniklinik gestorben. Wieder die bange Frage: Wie würde es die Mannschaft wegstecken, einen Tag vor dem wichtigen Nachholspiel? Wie ging es Kralle? Die Isetta, der mich irgendwann anrief, sorgte sich um Ela, und ich musste ihn ermahnen, auch mal an das Team zu denken. Wenn wir das HSV-Spiel auch verlören, dann Tschüss UEFA-Cup! Als Tabellensiebter, mit happigen drei Punkten Rückstand auf den Fünften Bayer Leverkusen und der viel zu vagen Hoffnung auf die Qualifikation über Rang sechs, die nur gelänge, wenn Bremen als Dritter den Pokal holt im Mai … nee, das musste ein Sieg werden, diesmal! Zumindest bis auf einen Zähler rankommen, das musste klappen! Egal, ob Anja Schickedantz nun tot war oder nicht.

Für mich bedeuteten diese neuen Umstände außerdem nichts anderes als die berühmte Gunst der Stunde, die es zu nutzen galt. Ich rief noch mal bei *RTL Explosiv* an; Frau Wigaldski hörte sich nun schon ganz anders an. Ich erzählte ihr, dass sich nun sogar der *WDR* nicht zu schade sei, ein paar Scheinchen locker zu machen. Sarah W. nahm stumm meine Forderung zur Kenntnis: einen Tausender, in einem stinknormalen Briefkuvert in Martinas Postfach, dann würden wir weitersehen. Am besten per Eilbrief, damit der *WDR*, der mich noch nachmittags zurückrufen wollte, keine Chance bekam. Und dem Schein sollte ein Rückumschlag beigefügt sein, in den ich eine kurze Skizze unserer bisherigen Ermittlungsergebnisse hineinlegen und anonym an die Redaktion zurücksenden konnte. Vertrauen gegen Vertrauen.

Sarah Wigaldski and the Newsmakers taten wie ihnen geheißen. Noch vor sechs Uhr abends lag der Brief in Martinas Postfach (an dessen Schlüssel ich nur um den Preis des Wochenendeinkaufens gelangte: Als Martina gegen fünf zurück war, tat ich liebestoll und kehrte den Verwöhner heraus, der alles besorgte, während sie in aller Ruhe ausspannen konnte). Abends, Martina lag schon im Bett und erwartete mich lesend, tippte ich ein paar Zeilen für *RTL Explosiv*. Moni rief an, doch ich wimmelte sie rasch ab, indem ich sie auf Montag oder Dienstag vertröstete: Sollte das mit ihr nicht in der absoluten Katastrophe enden, dann musste ich ihr klarmachen, dass nur *ich sie* anrufen dürfe, und nicht umgekehrt. Am Samstagmorgen trabte ich runter zu Dampflamm, hielt ihm die beiden dicken Braunen – der eine der Vorschuss, der andere doch tatsächlich ein Dispo-Kredit! – unter die Nase, stellte ihm den Rest wie versprochen für Mitte, na, vielleicht Ende nächster Woche in Aussicht und verlangte nach dem *corpus delicti*, dem Filzstift. Dampflamm aber, geläutert durch meine wiederholte Säumigkeit, murmelte nur *no no no*. Erst die ganze Kohle, dann den Stift. Und überhaupt: *dieser* Monat neigte sich auch schon wieder seinem Ende zu. Noch tausendneunhundert also, plus die achthundert für die anderen Mieter.

Miesgelaunt wegen dieses Rückschlags radelte ich mit Martina zum Stadion. Sie kaufte Würstchen, spendierte mir ein Alkoholfreies: immerhin. Die nervtötende Werbung beim Warmmachen ließen sie diesmal bleiben; stattdessen wiederholte der Stadionsprecher immer wieder den Grund dieser Unterlassung: „Unsere Werbepartner, die Firmen *Spiess Hecker*, *Fritz Guckuk Spedition*, *Schilling Reisen* sowie unser Trikotsponsor, die Brauerei *Dorf*, verzichten anlässlich des Todes von Anja Schickedantz auf Werbeeinspielungen. Sie werden die Summe, die sie für die Einspielungen während dieses Spiels zu entrichten hätten, für eine Kranzspende aufbringen. Der 1. FC Köln dankt seinen Werbepartnern für diese ehrbare und pietätvolle Haltung!" Den Zaun vor der Südkurve schmückten Transparente, auf denen sich ein paar Zuschauer nicht entblödeten, sich zu entblöden: „Anja, you'll never walk alone!", „Kralle, wir sind bei dir in Gedanken, Jessica und Miriam" (Ela war also nicht die einzige), „Die Besten sterben jung", durchgestrichen zu „Den Besten sterben sie jung" und andere verbale Tiefschläge. Friedhofslichter brannten in den Vereinsfarben auf der Aschenbahn: weißer Wachs in roten Plastikbehältern. Wunderkerzen wie bei einem Open Air-Konzert, wenn die Band eine Ballade spielte. Furchtbar.

Wenigstens aus dieser Ecke des Müngersdorfer Stadions also diesmal keine Gesänge. Dafür blökte es aus der Gästekurve gegenüber: „Zehnneunachtsiebensechsfünfvierdreizweieins – jetzt ist sie tot, jetzt ist sie tot, jetzt ist sie tot, jetztistsietot!" Schweine, die Hamburger! Martina regte sich tierisch auf. Ein zaghaftes „Saaaankt Pau-Li!" regte sich, und einer aus unserem Stehplatz Mitte-Sektor wurde sogar wehmütig-klassenkämpferisch, als er Volker Fuchs entdeckte, der sich mit den anderen zum Warmlaufen auf den Rasen begab, und alleine und durchaus markerschütternd den Millerntorklassiker anstimmte: „Volker, hör die Signale, auf zum letz-ten Ge-fäääächt!" Dann war wieder Ruhe, nur gelegentliches „Ha-Ih-Vau!" von den Hools über der Gästekurve, „Kralle hat sie umgebracht, du-da, du-daa!" von unten.

Die Spieler reagierten nicht, spulten ihr übliches Aufwärmprogramm ab: Adi Pikler winkte uns zu, Andy Fuss gab die Kommandos beim kollektiven Sprint über das halbe Feld – alle wirkten sehr konzentriert. Toftson schlich wie immer durch den Strafraum, die Hände auf dem Rücken, den Kopf gesenkt, nachdenklich. Tasso Dörfler, der Keeper, faustete halbhohe Bälle über die Auslinie.

Die Isetta kam durchs Marathontor, Hans-Erich trottete neben ihm her. Wir beobachteten, ob er sich auch diesmal wieder den üblichen Scherz erlauben würde, sein Ritual: einen mitgebrachten vollen Urinbeutel in die Gästekurve zu schleudern. Trotz seiner Behinderung konnte die Isetta ja ganz normal pinkeln, wie er auch ganz normal vögeln konnte. In die Plastikbeutel schiffte er also eigentlich nur, wenn ein Heimspiel anstand. In der Regel hing das davon ab, wie unfreundlich ihn die Gäste empfingen, oder wie nachhaltig ihn die FC-Hools aus der Nordkurve ermunterten. Zu „Olé, Ha-es-va-hau, olé, olé. Olé!" sang der Hamburger Mob: „O-je, ein Ge-lähm-ter, o-je, o-je. O-je!" Das reichte der Isetta. Er griff in die Tasche neben seinem Sitz, zog den randvollen

Beutel hervor. Ein Ordner, der die Inszenierung ebenfalls schon kannte, kam angerannt, wollte das Schlimmste verhindern, doch die Isetta war schneller. Mit der ganzen, durchaus beachtlichen Kraft seiner Oberkörpermuskulatur schwang er den Beutel und den langen Zuflussschlauch aus Plastik wie ein Lasso, ließ dann im richtigen Augenblick los. Das Ding flog wie ein honiggelbes Furzkissen durch die Luft, auf die dichtgedrängten HSV-Fans zu, die nun mit ihren blauschwarzen Schals und Mützen panisch auseinander stieben, ihrem Schicksal aber größtenteils nicht mehr entgehen konnten: mit grobem *Flatschong!* platzte der Beutel an einer Betonstufe auf, und anderthalb Liter Harn spritzten an Trikots und Jeansjacken, Fahnen und Schals hoch, in Pappbecher mit Bier hinein, auf Pizzas und Döner, in erschrockene Fischgesichter. Wütend rannten ein paar die Stufen runter bis an die Absperrung aus Beton, warfen mit Feuerzeugen und Bierbechern nach der Isetta, den Hans-Erich rasch aus der Gefahrenzone schob, weil der Elektromotor am Rollstuhl nicht flott genug beschleunigte. Der einzige, der etwas abbekam, war der Ordner, der auch diesmal wieder zu spät dran war und sich nicht rechtzeitig in Deckung bringen konnte. Isetta was here!

Die Trauerminute zu Beginn des Matches hätte, im Nachhinein betrachtet, genauso dem Kick selbst gelten können. Das Spiel war ausgesprochen mäßig: Die Hamburger wollten nicht, Unsere konnten nicht. Oder vielleicht umgekehrt. Jedenfalls ein ganz müder Kick in der ersten Hälfte, dem HSV genügte ein Unentschieden, um sich weiterhin im grauen Mittelfeld der Tabelle zu halten, und wir mussten zwar gewinnen, waren aber irgendwie nicht richtig bei der Sache.

In der Halbzeitpause dann wieder Stille; Stimmung machten nur die Hamburger zur Melodie der „Reeperbahn“:

„In
Der
Südkurve, viertel nach Vier

Einen
Ga-haiß-bock
Schla-hach-ten
Wir!
Das tut immer gut,
Denn's ist
Kölner Blut.
In der Südkurve, viertel nach Vier!"

Nur müde ausgepfiffen wurden sie dafür aus der Südkurve; die Hools im Oberrang Nord brachten wieder ihr „Ha-Ih-Vau!" und vereinzelt ein „Beu-tel, Beu-tel, Beu-tel!"

Martina, die unser Halbzeitbier geholt hatte, war wie ich enttäuscht vom Spiel. Nicht, dass sie viel von Fußball verstand, doch auch ihr war klar, wann ein Match Pfeffer hatte und wann nicht. Ich vertröstete sie auf die zweiten fünfundvierzig Minuten.

Die aber waren fast eine Kopie der ersten Hälfte, nur dass Unsere jetzt auf die Südkurve zuspielten. Müde, müde. Kurz nach fünf, als noch fast eine Viertelstunde zu spielen war, gingen die ersten. Dann wurde es tatsächlich noch einmal hektisch, und zum Schluss sogar das Happy End: Zuerst sah Schimmi „Piephahn" Schliepmann, die Hamburger Blutgrätsche, gelb-rot wegen eines üblen Fouls an Holtz. Den Freistoß brachte Greinmann scharf herein, Pikler hielt seinen K.u.K.-Schädel hin, und die Pille klatschte gegen die Latte. Das war sie, die große Chance, dachten wir und resignierten bereits. Dann die achtundachtzigste Minute: Ecke FC. Greinmann auf Biegel, der steigt am höchsten und hält den Eisenschädel gegen das Leder. Das tropft von der Unterkante der Latte runter, Andy Fuss reagiert am schnellsten und staubt ab: 1:0! Knapp und kurz vor Schluss, aber egal. Wir flippten aus, Martina klagte noch Stunden nach dem Spiel über Kopfschmerzen und ein Fiepen im Ohr, so muss ich ihr da rein gebrüllt haben.

Schlusspfiff. Die Südkurve, die endlich aufgewacht war, verabschiedete die Gäste standesgemäß: „Ohne Punkte – fahrt ihr wieder heim!“ Nüchtern gratulierten sich die Spieler, sparten sich sogar die Ehrenrunde. Der Stadionsprecher vergaß nicht, die Fans daran zu erinnern, dass das nächste Heimspiel in zwei Wochen gegen Bayer Leverkusen stattfand: der Vorverkauf liefe bereits, die Nachfrage sei außergewöhnlich groß. Martina und ich zogen ab, Richtung Jahnwiese: na Klasse, das wurde dann wohl eine Art Endspiel. Nächste Woche einen Punkt in Frankfurt, und dann Bayer: Spiel um Platz Fünf, um die Qualifikation für den UEFA-Cup.

Zum Herunterfahren nach aufregenden Spielen taugt nichts besser als die weiträumige Wiesenfläche vor dem Marathontor, zwischen Stadion und Straßenbahnterminal Aachener Straße. Hier werden Niederlagen ausmarschiert, Siege euphorisch in die Straßenbahnwaggons getragen und die aufgestaute Aggression abgebaut. Nur ganz selten gibt's Krawall, etwa nach Heimniederlagen gegen Dresden oder Wolfsburg. Und dann nicht mal so sehr gegen den Gegner gerichtet, sondern eher, Kölner Eigenart, gegen den Bus der eigenen Mannschaft, den Vorstand oder den Trainer.

Heute war es anders. Hamburger rasteten aus, rotteten sich zusammen, jagten vereinzelte Kölnische. Wieder flogen Bierbecher, ein paar Dosen, sogar ein Springmesser zuckte auf und glänzte hellgrünlich im Schräglicht, das von den Flutlichtmasten herunterschien. Rasch hatte sich auch die Gegenseite formiert: Kölner Hools, ein paar Kuttenträger, sogar Sitzplätzler ließen sich, die weichen Polster unterm Arm, hinreißen. Eine Front stand gegen die andere, und weit und breit keine Bullerei.

Wir, Martina und ich, schlenderten mal hin. Quer über die gepflasterte Zufahrt zum Marathontor verliefen wie mit dem Lineal gezogen die Linien der Kontrahenten. Ein paar Schmährufe, aber keine Angriffsaktionen: Gegenseitiger Respekt lähmte die Bereitschaft, als erster loszuschlagen. Es bedurfte einer Initialzündung von außen.

Und die lieferte ein über die Maßen beleibter junger Mann im Rollstuhl. Er zuckelte aufreizend langsam die Gasse zwischen den verfeindeten Parteien entlang, pfiff fröhlich einen Schlachtruf und tat so, als bemerke er gar nicht, in welch aufgeheizte Lage er sich hier gerade hineinmanövrierte.

Selbstverständlich wusste die Isetta genau, was er tat. Irgendein Hamburger würde in ihm den Pissbeutelwerfer wiedererkennen und das Zeichen zum Angriff geben.

Und tatsächlich. In Windeseile kam es zu heftigen Keilereien. Blut floss. Die Nordkurvenhools taten sich bei der Hamburger-Zubereitung besonders unrühmlich hervor. Ein Hool rechts, ein Hool links: die Sandwichstrategie, wie bei *McDonald's*. Die gequetschten Nordlichter wurden dann einfach fallengelassen und ran an die nächste Bulette. Bald war klar, dass doch mehr Kölner Fans zugegen waren als Hamburger. Das Häuflein Auswärtiger war bald eingekesselt von Rot-Weißen, harrte seinem Schicksal, welches da hieß: Hackfleisch!

In diesem Augenblick hatte einer der Kölner Hools, scheinbar ihr Leitwolf, eine Idee. „Stopp, noch nicht", brüllte er. „Machen wir dem Behinderten doch auch mal ne Freude, wo der uns immer so schön unterhält vor den Spielen! Bring mal einer den Rollstuhlfahrer her zu mir!" Ein paar Hools gehorchten, schoben die Isetta zu ihrem kahl rasierten Rottenführer, der sich zu ihm runterbeugte und auf die Isetta einredete. „Hier! Für Dich! Jevv Jas, die sin dir!", befahl er schließlich. Die Isetta schluckte, schob dann den Joystick an seiner Armlehne nach vorne, fuhr an, auf die Hamburger los. Vierhundertachtzig Pfund schoben sich quälend langsam über Hamburger Füße, Handgelenke, sogar Schienbeine. Schmerzensschreie, aber die Isetta rollte voran. Als er am Rand des Kessels angekommen war, sprangen die Kölner zur Seite, bildeten ihm eine Gasse, aus der er herausfuhr, auf die Aachener Straße zu. Irgendwann nahm Hans-Erich ihn in Empfang, lud ihn in seinen Transporter.

Und ebenfalls irgendwann löste die Polizei das ungleiche Handgemenge doch noch auf. „Was war los", fragten wir die Isetta abends, als wir uns bei ihm zu Schnittchen und Bier ohne Schnittchen trafen, „warum hast du das gemacht?"

„Was sollte ich machen!? War so noch der eleganteste Abgang für mich“, antwortete er, „der Oberhool hätte mir sonst die Reifen zerstochen und *mich* aufn Kieker genommen mit seiner Mannschaft. Was der mir alles zugeraunt hat, das war nicht mehr feierlich!“

13

Im Grunde wollten wir nur den Sieg feiern, bei der Isetta in der Wohnung. Sein Zivi der Woche Hans-Erich hatte versucht, gefüllte Artischocken zu kochen. Was ihm aber gründlich misslungen war.

Die Isetta konnte sehr direkt sein in seiner kulinarischen Kritik. Wortlos rollte er sich auf den Flur, wo tagsüber das Telefon auf einer Konsole stand, und orderte beim Pizza-Taxi ein paar *Diavolos* – eine extra stark. Zu Kölsch verzehrten wir die, Martina und ich verliebt turtelnd, die Isetta nicht unzufrieden darüber, dass auch Hans-Erich irgendwann seine Artischocken leid war, um ein Stück Pizza bettelte und natürlich die extra gut gewürzte abbekam.

„Sag mal", bemerkte ich beiläufig, „den Marcel hab ich neulich in der Stadt gesehen, beim Shoppen im *Hertie*. Hier, steht der auf Esundemm?"

„Wieso?", fragten die Isetta und seine Schwester zeitgleich, dann er alleine: „Von meinen Zivis steht nur einer auf SM, und das ist unser Hänschen hier. Nicht wahr, Bocuse der Südstadt? Nee, mal ohne Flachs: wieso meinst du das?"

„Weiß nicht. Einfach so. Vielleicht weil seine Freundin auf so was steht?", kam ich zum Punkt, ohne dass die Isetta merkte, was ich im Schilde führte: ein bisschen mehr über Sarah Wigaldski zu erfahren.

„Wär mir neu", platzte die Isetta raus, „wär mir echt neu. Die Sarah, das ist eine Supernette. Echt. Ich mag die. Und finde es praktisch, dass es sie gibt". Er linste neugierig in meine Richtung.

„Wie meinste das?", fragte ich vorsichtig. ‚Praktisch, dass es sie gibt', mir schwante was.

„Na, die jobbt doch für *RTL Explosiv*. Was unser Schaden nicht sein muss, im Gegenteil. Hatte schon mal überlegt, wenn unsere Kiste mal tatsächlich spruchreif ist, dass wir uns dann an die halten. Käme der genauso zugute wie uns, meine ich …"

Boing!

„Jetzt mal stopp!", entrüstete ich mich. „Rolfbursche, schon nach deiner Tour nach Merheim hab ich dir gesagt, lass das mit dem Sozialtrip. Unter *den* Bedingungen sind wir nicht angetreten!"

Martina fand ihren Bruder dagegen eher stark in seiner Rolle des Gänzlich Selbstlosen. Sie wollte die Story mit Ela auch noch mal hören. Isetta und ich sahen uns an: okay, raus damit, erzählen wir's ihr. Dann schickte er Hans-Erich nach Hause, dem wir versprachen, seinen Pflegefall ins Bett zu bringen und schön zuzudecken. Der Zivi versprach, am nächsten Morgen um halb acht wieder auf der Matte zu stehen und entschwand mit Glückglückglück in den Augen.

Kaum war Hans-Erich aus dem Haus, hob die Isetta an, sein Schwesterchen auf den neuesten Stand unserer Ermittlungen zu bringen. Ihr konnte ja vor lauter Paukerei das eine oder andere Detail entgangen sein, in der Zwischenzeit. Das brachte dummerweise mit sich, dass der Name Moni fiel: Martina sah mich von der Seite an, ohne Worte. Die Isetta sprang mir zur Seite und beteuerte, dass ich diese Moni selbstverständlich nur im Dienst der Sache ausgequetscht hatte. Nun ja. Martina fing sich wieder und wir wollten wissen, was sie freitags mit Hansi Schmönzes erlebt hatte.

Die beiden hatten sich in Hansis Brauerei getroffen: Martina war gleich von der Uni, wo sie sich in die Seminarlisten eingetragen hatte, mit dem Rädchen zu ihrem ehemaligen Klassenkameraden nach Sülz herausgefahren. Als Vorwand für ihr Aufkreuzen hatte sie ihm erzählt, sie brauche ein Dreißigliterfass Schmönzes-Kölsch, um damit meinen Geburtstag zu feiern, der angeblich nächste Woche ins Haus stand (das mit dem Geburtstag war natürlich glatt gelogen; das mit dem Kölschfässchen aber hochwillkommen, zumal es auf Martinas Rechnung ging). Martina hatte Glück: Hansi wollte früh Feierabend machen, aber noch nicht unbedingt sofort nachhause, wo nur Frau Schmönzes mit dem Söhnchen warteten. Warum nicht auf einen Kaffee mit Martina in die Stadt?

Sie fuhren mit Hansis Cabrio in das Parkhaus am Dom, um

irgendwo in der Altstadt ein Café anzusteuern. Das Wetter war einigermaßen; vielleicht, dass man es schon draußen aushielt.

„Bist du mal bei der Anja im Krankenhaus gewesen?", hatte Martina Hansi unterwegs gefragt.

„Hab ich versucht: keine Chance. Intensivstation, nur die engsten Angehörigen. Und dazu hab ich es ja nie gebracht."

Auch sonst wollte das Gespräch zunächst nicht so laufen, wie Martina es sich gedacht hatte: Hansi fragte eher *sie* aus und schlug ihr am Ende sogar vor, einen Nichtsnutz wie diesen Klaus einfach abzuservieren. Es bedurfte auch hier der Gunst der Stunde, die sich auf dem Leuchtband im Inneren der Altstadtkneipe ankündigte, das unaufhörlich die letzte Neuigkeiten in den Schankraum rotzte. Hansi war pinkeln gegangen, als er zurückkam, war er totenbleich.

„Die … Anja …", stammelte er.

„Was ist mit Anja?"

„Tot. Heute Mittag gestorben." Er schlug die Hände vors Gesicht.

Martina griff nach seinem Arm. Wahrscheinlich streichelte sie ihn. „Nun komm mal wieder zu dir!", wird sie ihm geflüstert haben. Er heulte leise. Martina schlug vor, ein paar Schritte zu laufen, nachdem er sich wieder einigermaßen eingekriegt hatte.

Sie liefen die Serpentinen zum Heinrich-Böll-Platz herauf, schlenderten auf die Hohenzollernbrücke, überquerten den Strom, liefen auf der anderen Seite am Ufer entlang, vorbei am *Hyatt* zum *Lufthansa*-Hochhaus, auf die Deutzer Brücke zu. Ergingen sich in „Weißt du noch" und „Damals, als." Hansi vertraute Martina sogar an, dass er und Anja einmal eine geschlagene Woche zwischen Hoffen und Bangen auf ihre Tage gewartet hatten.

„Im Grunde bin ich alles selber schuld", gestand Hansi, „den ersten Bockmist habe ich gebaut. War bloß ein kleiner, unbedeutender Krach damals. Und ich Idiot lass mich dann mit ner anderen ein!"

„Naja, nu mach mal halblang. Die Anja war doch dann auch schnell bei der Hand und hat sich diesen Volker Fuchs geangelt."

„Woher weißt *du* das?", fragte Hansi überrascht.

„Stand die Tage in der Zeitung."

Hansi schwieg, konnte sein Gesicht immerhin wieder zu einem Grinsen formen.

„Och, der Fuchs, das war nix Richtiges. Der war es nicht." Hansi Schmönzes lächelte vielsagend.

„Aha", kitzelte Martina ihn, „nicht?"

„Nee, nicht!"

„Das … hast du … erfahren dürfen!?"

„Erfahren dürfen … hübsch ausgedrückt!"

(Da war er wieder, unser blinder Fleck. Volker Fuchs! Der Impotente, der Eifersüchtige. Wenn Anja ihn mit ihrem Ex betrogen hat, ihm also Grund gegeben hat, dann …)

Ganz anders dann die Beziehung mit Kralle. Da war dann auch Hansi Schmönzes endgültig aus dem Rennen. Anja meldete sich nur noch selten bei ihm, ging nur noch ab und zu in die alten Kneipen, die sie beide früher regelmäßig besucht und sich als eine Art konspirativer Treffpunkt bewahrt hatten.

„Die hat ja damals schon für den Volker Fuchs gekämpft wie eine Löwin. Mensch, was hat die mir erzählt, haben die vom FC geschäumt! Es hieß, der Boltzinger-Matten ist jedes Mal in Urlaub gefahren, wenn Vertragsverhandlungen mit dem Fuchs anstanden, weil er genau wusste, das gab Stunk. Das musste immer der Vizepräsident machen, der scheiß Klunkertz. Und bei dem Fuchs war ja alle Naselang was: Verletzung, Sportinvalidität, Verkauf, dann doch wieder weiter …"

„Und bei dem Kralle Schickedantz das gleiche? Auch gekämpft wie ne Löwin?"

„Klar. Einmal Anja, immer Anja. Ich habe ihr damals im Scherz gesagt, sie würde zur Not jedem einzelnen FC-Kicker den Kopf verdrehen, bloß um sich mit dem Klunkertz und dem Kutschhoven zu reiben."

„Der Kutschhoven auch?"

„Logo. Der ist eigentlich nicht sonderlich link, so wie der Klunkertz. Aber dafür einer, der auf'm Geld sitzt. Keinen Pfennig zu viel ausgeben. Wenn man irgendwo sparen kann, dann sollte man das auch tun. Auch gegen Widerstände, auch mit unpopulären Maßnahmen. Der tut gerade so, als gehöre die Kohle ihm, die er als Schatzmeister zu verwalten hat."

„Und was hat Anja gesagt zu deinem charmanten Kommentar?"

„Hat gelacht. Der Klunkertz verdiene es ja wohl, dass man ihm ordentlich kontra gibt. Nee, dass man ihm kräftig in die Fresse haut. So hat sie's ausgedrückt."

„Wegen der Bierpanscherei? Wegen dem Zeugs, was die bei *Dorf* in die Kessel mischen?"

„Du weißt, dass ich spitz bin auf die von *Dorf*, wegen der Sache mit dem Übernahmeangebot damals. Aber mindestens genauso wütend hat mich der Deal mit Klunkertz gemacht. Das weiß in der Branche jeder, dass der seine Chemikalien an *Dorf* vertickt und die gegen das Reinheitsgebot verstoßen, um die Gärzeiten künstlich kurz zu halten. Und dass der Klunkertz *Dorf* dafür auf die FC-Trikots gebracht hat. Das ist ne kölnische Schweinerei par excellence."

„Und das kann man dem nicht nachweisen? Ich meine, es gibt doch Qualitätskontrollen von unabhängiger Seite."

„Das Teufelspülverchen, das die in ihr Bier mischen, ist nach ein paar Tagen verschwunden. Hat sich irgendwie vollständig aufgelöst, oder ist irgendeine Verbindungen mit den legalen Substanzen eingegangen. Keine Ahnung, ich bin kein Experte. Die von der Zunft haben's mir so verzapft: Die Analysemethoden seien zu grob. In etwa so, als ob du in ein Glas klares Wasser guckst und den Zucker nicht siehst, der sich darin aufgelöst hat: nur schmeckst. Und als Pflichtproben geben die von *Dorf* natürlich nur ältere Chargen an die Labors, solche, in denen sich das Zeug schon vollständig zersetzt hat …"

„Die Anja wusste von deinem Ärger mit *Dorf*?"

Hansi schwieg. Martina spazierte schweigend neben ihm her, die Treppen zur Deutzer Brücke hoch.

„Ja. Und …“ Wieder Funkstille.

„Und?“

„Wollte den Klunkertz zur Rede stellen deswegen.“

„Wie, was, sie wollte sich für dich mit ihm balgen!?“

„Schau mich nicht so an, ich hab sie nicht darum gebeten. Das hat sie von sich aus angefangen. Außerdem weiß ich beim besten Willen nicht, was genau sie damit bezwecken wollte. Die Brauerei ist aus den Schwierigkeiten raus, wir schreiben seit einem Jahr wieder schwarze Zahlen. Und mir hat sie damit einen Bärendienst erwiesen.“

„Vielleicht wollte sie sich in eine günstigere Verhandlungsposition bringen? Es ging doch eigentlich um einen neuen Vertrag für Kralle Schickedantz.“

„Das habe ich auch geglaubt, einen Augenblick lang. Aber Anja ist nicht hintenrum. Die hätte mich nie in die Bredouille gebracht. Die wollte was ganz anderes …“

„Na?“

„Die wollte den Klunkertz fertigmachen. Ihm die Maske vom Gesicht reißen. Diese falsche Type wollte sie öffentlich gedemütigt sehen!“

„Das hat sie dir erzählt?“

Hansi nickte. Sie gingen die Wendeltreppe hinab, auf das Pegelhäuschen an der Promenade zu.

„Als ich sie das letzte Mal getroffen habe, sagte sie, die Bombe gehe bald hoch. Sie habe genügend Beweismaterial zusammen, und mit Journalisten habe sie auch schon Kontakt aufgenommen.“

(Der *Bild*-Reporter, mit dem Moni sie beobachtet hatte am Abend nach dem Bochum-Spiel! Wieder ein Mosaiksteinchen!).

„Beweismaterial?“, fragte Martina nach.

„Ich weiß beim besten Willen nicht, was sie damit meinte. Vermutlich wollte sie diesen hinterhältigen Klunkertz bloß anschwärzen. Anja konnte unmöglich was in den Händen gehabt haben. Dafür war das Schwein zu vorsichtig. Der hat ja sogar bei den Vertragsverhandlungen mit ihr und Kralle ein Diktaphonband mitlaufen lassen, um alles, was gesagt wurde, festzuhalten. Anja wollte das nicht, aber er hat gesagt, wenn ihr das nicht passe, könne sie ja wieder gehen und ihn und Kutschhoven mit Kralle alleine verhandeln lassen …"

„Diktaphonband, hmm", grübelte Martina. Sie war wirklich clever, vollkommen auf der Höhe. „Sag mal, Hansi: hat die Anja dir gegenüber mal was geäußert von wegen Doping im Verein? Ich meine, wusste sie was durch den Kralle? Oder sogar den Fuchs?"

„Wie kommst du denn darauf?"

„Naja, erstens geistert das immer mal wieder durch die Presse. Und zweitens könnte ich mir bei dem Volker Fuchs so was schon vorstellen, der war doch schon fast Sportinvalide und hat sich dann urplötzlich wieder rangekämpft, nach ner Art Wunderheilung. Vielleicht, dass der so Mittelchen genommen hat. Das würde auch das Ende der Beziehung mit Anja erklären: wenn dem Fuchs das Zeug nämlich auf die Potenz geschlagen ist. Du sagst ja selbst, dass der nicht so richtig der Bringer gewesen ist. Und schließlich kommt niemand leichter an solche Pillchen ran als der Klunkertz selbst: möglich, dass er die sogar in seiner Firma herstellt. Wenn Anja das alles gewusst hat, ich meine, im Grunde ja nicht bloß gewusst, sondern regelrecht drunter gelitten … ein Fußballer wird medikamentös wieder auf die Beine gebracht, nur ist er dafür ab sofort im Bett ne Niete. Also, das wär doch Motiv genug für Anja, den Klunkertz fertig machen zu wollen."

„Sag mal, Tina, deine Phantasie ist ja mächtig lebhaft. Oder hat dich wer zu mir geschickt, zum Aushorchen? Die Bullen oder wer?"

(Eijeijei).

„Quatsch", schoss Martina dagegen. „Ich mache mir halt auch so meine Gedanken. Schließlich kannte ich die Anja auch – vergiss nicht, dass wir drei in derselben Klasse waren."

„Keine Ahnung von wegen Doping. Möglich. Bist ein bisschen zu fix mit deinen Ideen, glaube ich. Solltest vielleicht mal eine

Saison lang FC-Pause machen, dann kommste auch wieder runter von den Verschwörungstheorien um Klunkertz."

„Wieso, sind die etwa nicht plausibel?"

„Das hab ich nicht gesagt. Nur ist der Typ ne zu heiße Kiste. Da würde ich mir an deiner Stelle nicht die Finger dran verbrennen. Bei dem kannst du nur verlieren."

Martina zögerte. Sie waren durch die Altstadtgassen gelaufen, vorbei am Heinzelmännchen-Brunnen auf den Walraffplatz, nahmen im *Merzenich* noch einen Kaffee im Stehen.

„Du hast auch schon mal verloren? Gegen Klunkertz, meine ich?", fragte sie und sah Hansi tief ins Gesicht.

„Ich ... wir ..." Er brach ab, sah Martina an. Dann gab er sich einen Ruck, nippte an seinem Kaffee, zündete sich eine Zigarette an und nahm einen tiefen Zug. „Mein Vater und ich, wir waren damals so sickig auf *Dorf* und den ganzen verklüngelten Großbrauereiensumpf, dass wir in der Zunft eine Aktion gestartet haben mit dem Ziel, die Kleinen zu organisieren gegen die paar Großen. Wir wollten zum Beispiel, dass unangemeldet Proben und Abstiche eingefordert werden konnten. Dass der Strafenkatalog für aufgeflogene Panschereien verschärft wurde. Dass wir das Recht bekamen, bei Verstößen gegen das Reinheitsgebot Zivilklage einzureichen, um so dem Klüngel innerhalb der Zunft wirkungsvoll entgegenzutreten. Wir hatten einfach Angst um unseren guten Ruf, den ein paar Große mit aufs Spiel setzten mit ihren schmutzigen Methoden."

„Abgelehnt, schätze ich mal ..."

„Zuerst waren wir Kleineren uns einig, und wenn es bei diesem Einvernehmen geblieben wäre, hätten wir die Palastrevolution auch geschafft. Dann begann der Druck, erst der moralische. Spalter seien wir, die die Zunft aushöhlen wollen, wenn wir uns gleich an ordentliche Gerichte wenden wollten. Schließlich der handfeste. Diejenigen Privatbrauereien, die wirtschaftlich mau dastanden, sprangen als erste ab. Der Druck der Großen war einfach zu groß. Wir wurden immer weniger. Dann ging es schließlich auch uns an den Kragen. In einer Probe aus meiner Brauerei hatte man angeblich auch was Illegales gefunden. Ich wusste, dass das nicht wahr sein konnte und forderte Einsicht in das Gutachten. Den Fachkauderwelsch habe ich natürlich nicht verstanden, bloß …“

Er stockte.

„Bloß?“, hakte Martina nach.

„Bloß die Unterschrift, die habe ich kapiert. Die Untersuchung fand in Klunkertz’ Labors statt. Irgendein korrupter Professor Doktor der Chemie hatte in Klunkertz’ Giftküche die Diagnose ‚gepanscht‘ gestellt und unterschrieben. Und Klunkertz selbst hatte als Laboratoriumsbesitzer gegengezeichnet, um den Schein der gegenseitigen gutachterlichen Unabhängigkeit zu wahren. Die Sache sorgte für Furore in der Zunft. Man drohte uns süffisant damit, die von uns angemahnten Möglichkeiten zur strafrechtlichen Verfolgung gegen mich und meine Brauerei anzuwenden. Mit zwei Fäusten in der Tasche musste ich klein beigeben und mich entschuldigen. Dann verlangte der Juniorchef von *Dorf* seine lächerliche Genugtuung und präsentierte mir vor versammelter Mannschaft die Rechnung für die Reinigung seines Anzugs, der was abgekriegt hatte, als ich ihn vor die Tür und in die Regenpfütze gesetzt hatte, nachdem er zu mir gekommen war und mir das Übernahmeangebot gemacht hatte. Alles so kleine Pisser und Pinscher, aber eben gerissen bis dorthinaus. Die kotzen mich so dermaßen an, aber was sollte ich machen? Meinen Vater hatte das Ganze so mitgenommen, dass er wegen eines Magengeschwürs im Krankenhaus lag, meine Frau machte Druck von wegen ich setze die Existenz der ganzen Familie aufs Spiel. Ich war ganz allein …“

„Und Anja? Hast du der davon erzählt?“

„Klar hab ich. Aber wenn du da jetzt noch weiter bohrst, fange ich noch an und fühle mich mitschuldig an ihrem Tod.“

Wir saßen da, am schmierigen Küchentisch von der Isetta, vor uns die käseverschmierten Pappkartons und Pizzakrusten. Ich nippte am Kölsch, es schmeckte widerlich.

„Raus hier!“, schlug schließlich die Isetta vor.

„Wie, jetzt noch?“, protestierte Martina. Es war immerhin halb zwölf.

„Mir platzt sonst der Kragen. Mich juckt's überall, dem Klunkertz eine reinzuwürgen, überall. In den Fingern, an der Tätowierung, sogar in den Beinen!“ Was einigermaßen überraschte, denn wenn die Isetta irgendwo Lähmungserscheinungen hatte, dann angeblich da.

Also zogen wir der Isetta die Jeansjacke an und machten uns auf den Weg. Draußen nieselte es, wir liefen durch die von vielen tausend Tröpfchenprismen ins Unwirkliche verzerrte Stadt: unter der Rodenkirchener Brücke durch, am Rheinufer entlang Richtung Marienburg, Gürtel, Alte Universität.

Ich begann, Martinas Report aufzuarbeiten.

„Scheinbar war die Anja an der gleichen Sache dran wie wir“, sagte ich.

„Ja, und genauso dilettantisch. Keine Beweise, nix Handfestes. Bloß Spekulationen und Gerüchte …“, murrte die Isetta.

„Tja. Bei Klunkertz scheint alles an den Beweisen zu scheitern. Immerhin konnte die Anja noch ihre Insiderposition ins Feld führen. Der glaubt so'n Reporter auch schon mal, wenn sie's nicht gleich *beweisen* kann …“, warf ich ein.

„Umso wichtiger für uns, dass wir endlich mal an Beweise rankommen. Bisher sind's nur Vermutungen. Die verdichten sich zwar allmählich zu so was wie Wahrheiten, aber das wird uns nichts helfen!“

Die Isetta hatte recht. Wenn wir von hier unten aus überzeugend und widerspruchsfrei unsere Sache belegen wollten, mussten wir an Beweisstücke rankommen.

„Was ist mit dem Diktaphonband?“, schlug Martina vor.

Das Diktaphonband! Mein Martinaschätzchen selbst kam mit diesem glorreichen Vorschlag.

„Wie?“ Die Isetta war skeptisch. „Wo? Wann?“

Mir dämmerte, dass ich in doppelter Hinsicht ein Interesse

an diesem Band haben musste: *RTL Explosiv* würde sich nicht zuletzt auch drüber freuen. Wir schlenderten über den Ubierring zum Chlodwigplatz hin. Die Isetta schlug nacheinander vor, ins *González & González*, ins *Zapf* und ins *Chlodwig Eck* einzukehren. Für ein allerletztes Bier, außerdem hoffte er insgeheim, irgendwo den Niedecken aufzutun und mit den Mitteln der Isetta abzustrafen für seine üble letzte Soloscheibe.

„Du stehst noch auf Niedecken?“, fragte ich.

„Seit Neuestem eben nicht mehr. Der ist Kölner, asozialer Kölner, der pennt unter Brücken, oder in der Bahnhofsmission!“ Die Isetta sang das Evergreen aus der Südkurve, als sei er zwischen den Wellenbrechern geboren.

„Klaus hört ja seit Neuestem Klassik“, dozierte Martina.

„Klassik!?“, horchte die Isetta auf.

„Den Jahreszeiten angepasst“, petzte Martina. „Vergangenes Weihnachten die *Matthäuspassion*, im Frühling Vivaldi. Von Pachelbel und Gregorianik bis rauf zu Gershwin. Total bescheuert.“

Ich wurde rot, die Isetta musterte mich streng. Ich musste ablenken.

„An Niedecken fand ich zuletzt stark, lass mal überlegen: ja! Das Lied für die *Sendung mit der Maus*, ‚Hänschen klein‘. Das ist Wolfgangs letzte Heldentat, wenn du mich fragst.“

„Ich sach ja nix, ich sach ja nix“, bemerkte die Isetta endlich. „*It's a free country*. Kannst ruhig Matthäuspassion hören, wenn du willst. Solange du nicht im Stadion damit anfängst, is das okay.“

„Weißt du was, Isettchen?“, gab ich zurück. „Du bringst uns bloß aus dem Konzept mit deinem Gerede vom Niedecken. Hier geht's um Fußball, nicht um Rockmusik.“

Hinterm Chlodwigplatz kamen wir dann zurück auf den Boden der Tatsachen. Diktaphonband. Ich schlug vor, die Moni mal zu befragen.

„Meinst du, die hortet bei sich in der Schublade die gesammelten Aufzeichnungen von Vertragsverhandlungen?“, motzte die Isetta.

„Außerdem müssten wir sie einweihen!", meinte Martina. Süßsauer meinte sie das. Man merkte, dass sie auf der einen Seite gespannt war, was Monilein für eine war. Dass sie aber auf der anderen Seite davor zurückscheute, vermeintlich noch schlafende Hunde zu wecken.

„Fragen kostet nichts." Ich machte Druck. „Was haben wir für Alternativen? Bis jetzt haben wir, lass mich überlegen, Aussagen von Insassen der Psychiatrie, zu denen wir uns illegal Zugang verschafft haben. Bemerkungen von beinamputierten Alkoholikern, die gehört haben wollen, dass der ermittelnde Kommissar im Fall Anja Schickedantz die Schulden für den Aufenthalt seiner Frau in der Suchtklinik des FC-Schatzmeisters nicht mehr bezahlen kann. Ein gebranntes Brauereikind namens Hansi Schmönzes, das vermutlich eher das Klunkertzsche Feuer scheuen wird. Und wir haben die wenig aussichtsreiche Hoffnung, demnächst mit Hannes Böcker zusammen an der Theke zu stehen."

„Naja, er hat recht", gestand die Isetta vor der *Tanzschule Dresen*, wo er einem späten, schnieken Gast gaaanz unabsichtlich über die Füße fuhr. „Obwohl wir im *Laternchen* weiter patrouillieren sollten."

„Wo gehen wir eigentlich hin?", fragte Martina am Barbarossaplatz. Die Isetta sah mich an.

„*Kyffhäuser*. Hab Hunger auf nen Döner!", schlug er vor.

„Und wie willst du nach Hause zurückkommen?", quiekte Martina. Ihr schwante was.

„Ich dachte mir unterwegs, ich könnte bei euch pennen. Ihr habt doch nichts dagegen. Weiß ich doch. Bin immer willkommen bei euch."

Na super! Bingo, der große Glücksgriff! Die Isetta war seine Bude satt. Aber nach Abwägen der Alternativen war es trotzdem die günstigere Variante, ihn die paar hundert Meter mit nach Hause zu nehmen. Es war viertel nach eins, und weder Martina noch ich hatten Lust, ihn und seinen Rollstuhl durch den Nieselregen bis nach Rodenkirchen zurückzubegleiten.

Also nahmen wir die große Aktion in Angriff: die Isetta unten aus seinem Stuhl wuchten, auf mein Kreuz laden, während Martina sich auf der Treppe mit ihren Schultern unter seinen breiten Arsch keilte und nach Kräften mithob. Oben, unterm Dach, waren wir reif fürs Bett. Die Isetta lag steif in der Couch und tat so, als penne er in voller Montur gleich ein. Ich ging runter und parkte den Rollstuhl in den Hof, nahm sicherheitshalber die Batterie raus. Wenn sie uns das gute Stück klauten, dann gute Nacht!

Oben war Martina schon im Bad. Ihr Bruder schnarchte aus dem Wohnzimmer. Ich rieb mir das Kreuz: zweihundertachtzig Pfund machten Schmerzen. Ich stieg in die Duschtasse, wollte mir wenigstens den Schweiß runterwaschen. Martina putzte sich die Zähne; unter dem seidenen Unterhemd trug sie nichts. Wenn sie sich nach vorne bückte, um umzuspülen, wanderte der Saum des Hemdes hoch bis dahin, wo es rund wurde und ihre Schenkel in festes, ein wenig frierendes Fleisch mündeten, das sich nach innen hin zu einem Schattenstrich verdunkelte.

Ich stieg aus der Dusche, kniete mich nass und nackt, wie ich war, hinter die zähneputzende Martina und umfasste ihre Oberschenkel. Schob mein Gesicht beim nächsten Umspülen vor, erst ein wenig, dann mehr. Martina ließ es geschehen.

Das Klingeln des Telefons weckte mich. Herrgott, so früh, acht Uhr! Ich wälzte mich aus Martinas Umarmung, aus dem Bett, und bekam die Tür nicht auf. Von wegen, die Isetta war gleich eingeschlafen! So getan hat er, war dann von der Couch runtergerollt und hatte sich lautlos bis zur einen Schlitz breit offenen Schlafzimmertür gerobbt, wo er gespannt hatte, wie wir, Martina und ich uns vergnügt hatten. Sein Hosenschlitz war noch offen, alles war über die Lederhose gelaufen, und so war er vor der Tür eingepennt. Ich musste mich durch den schmalen Türschlitz quetschen, um ans Telefon gehen zu können.

Es war Hans-Erich. Ich beruhigte ihn: Er könne nach Sülz kommen und seinen Pflegefall abholen. Eine Stunde später schlug er auf. Als er seinen Klienten auf unserem Fußboden liegen sah und sägen hörte, bekam er blassrosa Flecken im Gesicht und entschuldigte sich für sein Verschwinden am Abend zuvor.

„Mensch, *wir* haben dich doch gehen lassen. Und ist ja nichts passiert. Kein Problem. Den Knaben hier rauf zu wuchten war eine meiner leichtesten Übungen. Mach dir keinen Kopf!"

Ich kam auf die Idee, dass man ihn doch mal eine Probe *Dorf*-Kölsch analysieren lassen konnte. Eine von den jungen, wo die Substanz, die die Gärzeit beschleunigt, das Zeug aus Klunkertz' Chemieladen also … wo das noch nachweisbar ist. Müsste man nur rankommen, an so eine Probe.

Wäre doch ein prima Job für Martina. Beim Frühstück, nachdem wir zu dritt die Isetta wieder runtergewuchtet und in seinen Rollstuhl gesetzt hatten, betraute ich sie mit ihrer neuen Aufgabe. Montags fuhr sie raus nach Höhenhaus, ging von dort zu Fuß zur *Dorf*-Brauerei: Als PR-Maßnahme machten viele große Brauhäuser Publikumsführungen. Ich hatte sturmfreie Bude, konnte mit Moni telefonieren, scharwenzeln, mich mit ihr für den Abend verabreden. Ich hatte Dienst im *Laternchen*, beschloss aber, früher Schluss zu machen, um sie im *Tandoori* auf der Luxemburger Straße, Nähe Südbahnhof zu treffen. Wir aßen eine Kleinigkeit, indisch.

14

Ja, die Moni. War nicht blöd, das Mädchen. Roch direkt Lunte. „Wusste ich doch von Anfang an, dass du nicht bloß an mir interessiert bist. Ich kenne die Sorte Mann, die nur an mir interessiert ist, die lassen meistens das lange Vorspiel aus“, sagte sie, als ich ihr beichtete, wer die Isetta ist, und was … wie drückte ich mich aus? Was dessen Schwester so alles herausgefunden hatte.

„Tu mir einen Gefallen und lass mich außen vor! Ich helf euch gerne. Aber zieht mich bitte nicht mit rein.“

„Tu du mir auch einen Gefallen und ruf mich nie wieder an. Wenn, dann lass mich dich anrufen“, konterte ich.

„Wieso? Gibt's etwa noch mehr Frauen in deinem Leben?“

„Tja, ääh … ja!“, stammelte ich. „Meine Mutter. Bei der wohne ich, und, tja … die ist mit der Zeit lesbisch geworden, nicht wahr!? Verstehst du? Die hat mir schon mehr als einmal die Freundin auszuspannen versucht.“

Eine blödere Ausrede fiel mir nicht ein. Ich muss zugeben, ich war ziemlich unvorbereitet in dieses Treffen geschlittert.

„Ein Mamisöhnchen bist du? Und eine lesbische Mutti hast du? Das soll ich dir abnehmen?“

Wieder grinste sie nicht unfreundlich, eher amüsiert, wie damals in ihrem Auto, als ich ihr die Geschichte mit der liebestollen Hannelore verklickerte. Ich griente nur zurück, und bekam so wieder nicht raus, ob sie mir glaubte oder nicht.

„Ja. Meinen Vater hat das damals auch ganz schön hart getroffen!“, brachte ich mit treuem Dackelblick hervor. Sie lächelte, küsste die peinliche Situation weg, leckte mir den Curry aus den Lippenwinkeln.

„Nee, ich meine das ernst. Lass mich da raus“, sagte sie schließlich. „Dem Klunkertz eins mitgeben, immer. Dafür würde ich euch gerne ein paar Türen öffnen. Aber ihr müsst mir versprechen, dass nichts auffällt, und dass ich nicht mit hineingezogen werde.“

Moni zeigte die gleichen Symptome wie Hansi Schmönzes: eingeschüchtert von Klaus „Vizeklu“ Klunkertz und seinen dreckigen Tricks. Immerhin war sie kooperationsbereit.

„Weißt du was von einer Diktaphonaufzeichnung der Vertragsverhandlungen von Kralle Schickedantz? Angeblich hat Klunkertz darauf bestanden, dass ein Tonband mitläuft.“, fragte ich.

„Nur, dass es eins geben muss. Gesehen hab ich's noch nicht. Das schalten der Klunkertz und der Kutschhoven schon mal ein, um die verhandelnden Spieler ein bisschen einzuschüchtern. ‚Damit wir Sie auch beim Wort nehmen können‘ …“

„Und du hast keine Ahnung, wo die sich befinden könnten?“

„Die Aufzeichnungen, meinst du? Beim Klunkertz, nehme ich an. In seinem Schreibtisch, oder in einem der Schränke. In seinem Kühlschrank wird er die kaum aufbewahren, oder in seiner Hausapotheke.“

„Der hat ne Hausapotheke bei sich im Büro?“

„Ja, der braucht schon mal was zum in die Gänge kommen, hab dir doch erzählt, dass er schon mal einpennt bei der Arbeit. Die ist aber immer abgeschlossen, und den Schlüssel hat er an seinem Bund.“

„Jetzt mal Butter bei die Fische. Kämen wir unbemerkt in Klunkertz' Vizepräsidentenpalais? Ich meine, du hast doch ne Art Allgewalt über die automatische Schließanlage, wenn ich dich da neulich richtig verstanden habe.“

„Du meinst, nachts? Manipulieren ließe sich das schon, am nächsten Tag. Bloß …“

„Zu riskant?“

„Eigentlich schon. Du musst bedenken, du löst die Alarmanlage aus, die müsste ich abends dann abstellen. Aber bleibt immer noch das Risiko, dass der Hausmeister dich erwischt.“

„Mein Kumpel würde Schmiere stehen. Den würde niemand verdächtigen in seinem Elektrorolli. Über Walkie-Talkie könnte der mich zur Not warnen, wenn was dazwischenkäme.“

„Ich überleg's mir. Weil du's bist. Bloß diese Woche geht nicht, da bin ich immer schon früher weg. Meine Kollegin und ich, wir wechseln uns ab, und diese Woche habe ich Frühschicht. Also frühestens nächste Woche.“

„Was, ihr habt auch noch Schichten? Scheiße, das ist verdammt spät“, warf ich ein.

„Tja, aber geht nicht anders. Ich *muss* als Letzte die Geschäftsstelle verlassen, sonst kann ich die Alarmanlage nicht abstellen.“

„Tauschen?“

„Macht die olle Zicke nicht. Grundsätzlich.“

„Und freiwillig länger da bleiben?“

„Fällt auf. Morgens früher zur Arbeit kommen ist in Ordnung. Bloß abends nicht. Irgendwann, als wir die Eintrittskarten noch nicht über den Fan-Shop verkauft haben, war da was mit Einbrechern, die einen ganzen Stapel Tickets geklaut haben. Und seitdem ist das verdächtig. Nach Dienstplan ist sauber, einer muss ja die Lichter ausmachen. Aber freiwillig die Spätschicht übernehmen wollen, das wird abgeblockt. Außerdem, du weißt ja, mich hatten die schon wegen der Freikarten aufm Kieker, damals.“

„Diese Woche ist echt nichts zu machen?“, drängelte ich noch mal. „Das ist ganz schlecht!“

„Nichts zu machen. Echt!“

„Meinst du nicht, dass du da ein bisschen sehr zimperlich bist?“, fragte ich sie.

„Meinst du nicht, dass du da ein bisschen viel von mir verlangst? Ich tue so schon genug für euch. Und will nicht auffliegen. Wenn ihr Mist bauen solltet, will ich denen keine Anhaltspunkte liefern, dass ich euch die Tür geöffnet habe. Nee, da geht nix!“

Okay. Okay, okay. Musste ich kaufen. Brachte meinen Fahrplan durcheinander, vor allem den mit *RTL Explosiv* und den mit Dampflamms Nachforderungen, aber war nicht gegen anzustinken. Den Abend verbrachten wir diesmal nicht in der Waschtrommel, sondern bei ihr in Frechen, im zwölften Stock eines Hochhauses, ehe Moni mich in ihrem Fiesta nach Hause fuhr und augenzwinkernd Grüße an meine Mutter ausrichten ließ.

Es war Martina, die dann dafür sorgte, dass ich denen von der Redaktion wenigstens ein wenig Handfestes in Aussicht stellen konnte. Irgendwie war es ihr gelungen, bei *Dorf* in Höhenhaus eine Flasche aus einem Kasten einer relativ jungen Charge zu stratzen. Wie Fort Knox bewachen sie da die frisch abgezapften Kästen. Während der Brauereiführung mit anschließendem Freitrunk war es ihr aber trotzdem gelungen, hinter dem Rücken eines der Braumeister unbemerkt eine Flasche mit noch nassem Etikett in ihre Umhängetasche gleiten zu lassen.

Dienstagmorgens rief ich sofort bei Sarah Wigaldski in der Redaktion an, die besorgt klang: Anja Schickedantz war seit drei Tagen tot, der Sensationswert der Enthüllungen sank mit jedem Tag, mit jeder Stunde. Spätestens nach der Beerdigung, die für Donnerstag angesetzt war, war die Story fürs Erste tot. Ich wollte auf Zeit spielen, aber sie wurde energisch: Wenn das schiefginge, würden sie sie feuern. Sie stehe jetzt schon unter enormem Druck, weil sie sich auf meinen Scheiß eingelassen habe. Als ich ihr verklickern wollte, dass ich Geld brauchte, um eine absolut notwendige chemische Untersuchung durchführen zu können, wäre sie mir beinahe durch den Telefonhörer ins Gesicht gesprungen. Ich erläuterte ihr die Verdachtsmomente gegen Klunkertz und *Dorf*, ließ also die Katze aus dem Sack. Das ließe sich doch auch unabhängig von der Story um den Tod von Anja Schickedantz bringen. Ich redete ihr ins Gewissen, mit ihren Bossen zu reden. Der Deutschen Hauptnahrungsmittel nicht mehr rein! Was das für Wellen schlagen müsse! Sie überlegte; sicher nicht, weil sie mir einen Gefallen tun wollte. Eher schon, weil sie darin die letzte Chance sah – für sich selbst. „Rufen Sie mich morgen früh zurück!“, sagte sie barsch und legte grußlos auf.

Die Isetta stellte am Dienstagnachmittag seinen Zivi frei, damit der mit der frischen Flasche *Dorf*-Kölsch in sein Uni-Labor fahren konnte, um dort das frische Bier in seine Einzelteile zu zerlegen. Vorher hatte er Hans-Erich nach Möglichkeiten interviewt, wie man die chemische Zusammensetzung des Bieres über einen längeren Zeitraum konservieren konnte: Hans-Erichs Analysen, sollten sie unseren Verdacht bestätigen, würden von einem unabhängigen Labor gegengecheckt werden müssen, und das konnte dauern. Also musste der Auflösungsprozess der Katalysatorsubstanz, wenn sie denn in dieser Probe Kölsch noch enthalten war, gestoppt werden: musste der Klunkertzsche Geist in der Flasche gehalten werden. Eisfach, entgegnete Hans-Erich ebenso knapp wie trocken. Eisfach.

Abends kam die Isetta persönlich mit der Linie 18 nach Efferen raus, um mir, der ich wieder im *Laternchen* saß und auf Hannes Böcker wartete, brühwarm vom Ergebnis der Analyse zu berichten.

„Klöös, Mensch, da ist wirklich irgendein Sauzeug drin! Definitiv. Hans-Erich sagt, da gebe es gar keinen Zweifel. Eine Verbindung aus Kohlengedöns, und Wasserstoff, und Schwefel. Und der Clou bei der Sache ist, die Kohlendinger und der Wasserstoff aus der Substanz binden sich ganz einfach an die üblichen Biermoleküle und verschwinden da sozusagen, und der Schwefel geht erst in die Kohlensäure, also ins Gas, und sammelt sich dann, nach etwa dreißig, fünfunddreißig Stunden oben in der Flasche, gleich unterm Kronkorken. Und wenn du die Pulle mit nem Flaschenöffner aufmachst, *ffupp!*, geht auch der Schwefel weg, und du merkst nix mehr vom getürkten Bier, es sei denn, du riechst diesen Streichholzgeruch. Geil was? Das ideale Verbrechen: Der Durstige vernichtet mit dem Öffnen der Flasche die letzten Spuren! Geht übrigens auch mit Fässern."

Mir klappte der Unterkiefer runter. Die Isetta bestellte sich genüsslich, sich an meinem Erstaunen weidend, ein Kölsch; im *Laternchen* schenkten sie, FC-konform, *Dorf* aus. Ich schob meine Kölschstange ein Stück den Tresen hinauf, vermutlich, weil ich mir nicht sicher war, ob Schwefel giftig ist.

„Hat der Hans-Erich was Schriftliches?", wollte ich wissen.

Aus dem Netz hinter seiner Rückenlehne zog die Isetta eine Klarsichthülle hervor. Auf Universitätspapier gedruckt, standen da Kurven, Schlangenlinien, schraffierte Flächen. Unten schließlich des Rätsels Lösung: Hopfen, Malz und reines Wasser, und eben diese mysteriöse Benzohydrosulfsulfsulf-Verbindung.

„Was sagt Hans-Erich sonst? Schöpft er Verdacht?“, fragte ich und nahm mir das Analysepapier.

„Willst du's behalten?“, wollte die Isetta wissen. Der Bursche hinter dem Tresen, wohl besagter Jojo, den Ela geschmiert hatte, schob ihm sein Kölsch hin.

Natürlich wollte ich es behalten – bis ich es kopiert und an Frau Wigaldski geschickt hatte.

„Nöö, reicht, wenn du's hast. Vielleicht sicherheitshalber ne Fotokopie.“

„Jetzt werd man nicht malle. Ist ja schließlich nicht die Anleitung für die Atombombe aus dem Chemiebaukasten.“

Ich schwieg. Das wirkte.

„Na gut. Kriegst deine Kopie, du Spinner. Hans-Erich? Quatsch. Ich meine, gefragt hat er hinterher schon, was das denn soll. Nur ein komisches Gefühl, hab ich ihm gesagt. Weil's eben beim Aufmachen so gemüffelt hat, jedes Mal, hab ich ihm gesagt. Hat er dann geglaubt!“

Wir blieben noch bis elf, dann war auch diesmal klar, dass Hannes Böcker nicht auftauchen würde. Ich war soweit und wollte den Typen hinter der Theke fragen. Die Isetta hatte Bedenken, aber ich hatte ihn schon herbeigewinkt.

„Sag mal, vom FC kommt gar keiner mehr her?“, säuselte ich.

„Promitouristen?“

„Blödsinn. Bloß ne Frage!“

„Ich ruf euch gerne an, wenn mal einer herkommt. Mache das schon mal. Kostet aber was!“

Die Isetta sah rot: Das war Jojo, wirklich dieser Jojo, der Ela mit ihrer rasenden Liebe zu Kralle Schickedantz, ihren Gefühlen ausnahm. *Sssschlupp!*, hatte Jojo das dreiviertelvolle Kölschglas aus dem Rollstuhl auf dem Hemd.

Und das gab Ärger. Dabei hatte die Isetta noch nicht mal mit seiner Pisse geworfen, sondern nur mit diesem *Dorf*-Gebräu. Egal, wahrscheinlich war das ja sogar schädlicher als steriler Urin. Jedenfalls, Jojo verwies ihn des Lokals und erteilte ihm für selbiges ein unbefristetes Verbot. Ein paar Stammgäste am Flipper und vor dem Dart blökten, einer kreischte „Nass jeworden?"

„Musst du entschuldigen, der Hajo hat solche Aussetzer schon mal", versuchte ich die Situation für uns zu retten, als die Isetta schon wieder zurück, in Richtung *KVB*-Bahnhof zuckelte, wo Hans-Erich ihn abholen würde. „Sollten uns aber durch so was nicht vom intensiven Bemühen um die Integration von Randgruppen abbringen lassen. Ist kein Zuckerschlecken, behindert zu sein … *kiitos*!"

Ich trank; Jojo war besänftigt.

„Auch Finnisch? Hab dich noch nie an der Uni …"

„Nee, hatte mal ne Freundin aus Lappland. Ehrlich gesagt, nicht so sehr der Bringer", log ich.

„Nö, nich so direkt", bestätigte er.

„Wie sieht das nu aus mit den Kickern? Haben die die Kneipe gewechselt?"

Jojo war nun auskunftsfreudiger. Mein finnisches Wesen eben! Er sagte, morgen, zum Länderspiel, werden wohl einige hier aufschlagen. Tun sie zumindest sonst immer. Ich prostete ihm zu.

Mittwoch. Bei Sarah nichts Neues. Ihre Chefs waren weiter skeptisch, und die Sache mit dem getürkten Bier war angeblich nicht der Reißer, also keine fünf Mille wert. Ich sagte ihr eine Laboranalyse zu, behauptete, mein Chemiker warte nur darauf, dass ich ihm sage, er könne anfangen. Mit fünfhundert wäre sie dabei. Spätnachmittags sollte ich sie noch mal zurückrufen.

Ich nutzte die Zeit, um zur Isetta zu fahren und die Kopie von der Analyse zu ziehen. In der Zwischenzeit hatte jemand bei Martina angerufen, keinen Namen genannt, aber gefragt, ob sie, Martina, die lesbische Mutter sei. Martina hatte daraufhin aufgelegt und die Anrufe, die danach kamen, nicht mehr angenommen. In Panik stob ich raus in eine Telefonzelle, rief Moni an, zärtelte sie zu. Wenn ich ihr ein festes Rendezvous versprach, so hoffte ich, würde sie vielleicht mit diesem gefährlichen Scheiß aufhören: Freitag. Sie verzehrte sich nach Freitag.

Martina hingegen bekam den Mittwochskuss. Ich weihte sie in unseren Plan ein, eventuell nächste Woche nach dem Tonband zu stöbern. Mit der Moni, sagte ich ihr, habe ich gerade telefoniert, die würde uns helfen. Und das Tollste ist, ganz selbstlos würde sie das tun! Weil sie auch Gerechtigkeit wolle, weil sie auch ein Hühnchen mit Klunkertz zu rupfen habe. Martina schaute skeptisch. Ich erzählte ihr nochmal die Geschichte von dem Sexskandal auf der FC-Geschäftsstelle.

„Da war die das Opfer!"

„Ahaaa!?" Martinas Miene verdüsterte sich. Alarm!

„Wo die Leidenschaft hinfällt, nicht wahr? Der Klunkertz muss blind sein. Keine Offenbarung, die Moni. Aber mach da mal was. So ältere Männer werden ja schon mal komisch."

„Blind. Soso." Martina klang nicht unbedingt überzeugt.

„Spatzl. Was ist das? A bisserl aifersichtick? Aber, aber ..."

Ich küsste ihr die dummen Gedanken weg. Mein gutes Spürwauwauchen. Mein Flaschenklauerli. Mein lesbisches Muttilein. Langsam kamen meine Hormone in Stress: Dienstag früh Moni, Samstag Martina, Sonntag Martina, Montagabend Moni, Mittwoch Martina, und am Freitag stand wieder Moni auf dem Programm.

Spätnachmittags war Sarah Wigaldski immer noch kurz angebunden. Letzte Chance: fünfhundert Mark, und spätestens am Freitag musste das Chemikerdossier bei ihr auf dem Tisch liegen. Sonst müsse ich mir eine Neue ausgucken, die ich ausspionieren, in deren Privatleben ich rumschnüffeln könne – weil sie nämlich dann wirklich gefeuert werden würde. Ich säuselte ihr ein „Ganz, ganz sicher" in die Ohren und garantierte ihr, dass auch *ich* keine Lust auf einen neuen Voyeursmarathon habe, um eine andere Journalistin aufzutun.

Ich fuhr zum Postamt auf der Berrenrather Straße, um die kopierte Analyse des *Dorf*-Gebräus aufzugeben, per Einschreiben. Dann mit dem Fahrrad wieder raus, nach Efferen: Mittwochabend, Länderspiel in Cardiff und im *Laternchen*.

Und ja! Da saß er schon, der Hannes Böcker, zusammen mit Hans Holtz, Alfred Biegel und ein paar Vertragsamateuren. Morgen war Anjas Beerdigung, und hier saßen die Profis und ließen sich vollaufen! Geschmacklos.

Hannes Böcker gab eine Runde aus. Das ganze *Laternchen* sollte auf ihn anstoßen: Am Nachmittag erst hatte er seinen ersten Profivertrag unterschrieben. Auf die Zukunft, auf den FC! Ich lachte ihm freundlich zu, bedankte mich mit einem netten Knuff auf den Arm, trank die üble Brühe auf sein persönliches Wohl.

Die Kneipe füllte sich, als es auf viertel nach acht zuging. Jojo, der wieder hinterm Tresen stand, rotierte. Die Efferener hauten ganz schön was weg, einige trauten sich zu den Kickern rüber, gratulierten nachträglich zum knappen Sieg gegen den HSV, machten ernste Mienen und wünschten Kraft für den morgigen Beerdigungstag.

Sollte es noch was werden mit der Qualifikation für die Europameisterschaft, musste man in Cardiff punkten. Bertis Buben legten denn auch los wie die Feuerwehr; vor allem „Icke" Häßler klotzte wie blöde. Verhaltene Trauer im Publikum über den FC-Ehemaligen: mehr Getuschel als offenes Stöhnen, denn mit Hans Holtz war so was wie der legitime Nachfolger von Icke unter den Gästen. Der hatte es zwar auch schon mal bis zu einem Sichtungslehrgang bei Berti gebracht, war aber danach nie mehr berücksichtigt worden. Berti mochte die Kölner irgendwie nicht: Seit dem Knatsch mit Tasso Dörfler damals, als der einfach mir nichts, dir nichts ankündigte, zurückzutreten, war Rauschen im Kanal zwischen Bertis Heimatdorf Korschenbroich und dem Großdorf Colonia. Entsprechend sauer reagierten die Leute, wenn sie den Bundestrainer im walisischen Stadion einblendeten.

Zwanzigste Spielminute, 0:1: Kirsten, der Leverkusener Ossi, dem alle hier insgeheim eine mittelschwere Verletzung an den

Hals wünschten, weil er so für das Derby gegen den FC ausfallen würde, markierte die Hütte per Kopf. Zufriedenheit im Publikum, immerhin spielte hier ja auch Deutschland, nicht bloß Berti oder Leverkusener. Kurz vor der Halbzeit das 0:2, Klinsi, der zur Weißwurst mutierte Spargeltarzan. Zufrieden orderten alle ihr nächstes Bier, qualmten die in Holz ausgeschlagene Kneipe voll, ein paar wagten sich in Fachsimpeleien mit Biegel und Holtz. Ich aber schlich Böcker hinterher, der auf dem Klo seine Schwefelsuppe in die Ecke stellen war.

„Wie sieht's mit dir aus?", sprach ich ihn an, während es zweimal goldgelb nebeneinander in die Porzellanbecken klatschte. „Wann können wir dich mal in dem kleinen Kasten erleben?"

„Hää?" Böcker begriff nicht.

„Im *Fernsehen*!"

„Aahso. Joo. Hehee! Ens luure, wa!?"

Ens luure. Das kölsche „Schaun mer mal". Langsam dämmerte mir: Hannes Böcker war schon ziemlich sternhagelvoll. Ich nahm es hin nach dem Motto Schicksal als Chance.

„Na komm, jetzt mit dem Profivertrag. Zieh doch mal dran und starte richtig durch, Jung!"

„Meinste? Meinste wirklich!?" sabberte er und zog sich den Reißverschluss wieder zu.

„Klar, hier. Moment, so geht dat nich!" Er war schon so besoffen, dass er vergessen hatte, sein bestes Stück zuerst wieder in die Unterhose zu verstauen, ehe er die Jeans zuzog. Jetzt guckte die Spitze von dem Ding blöde oben raus.

„Darf ich mal!?", markierte ich Solidarität unter Männern. Er torkelte, ließ es aber geschehen. Ich zog ab zum Händewaschen, er lallte ein „Nndannggeschön!".

„Gib mir einfach noch einen aus, dann sind wir quitt!", schlug ich ihm vor. Er versuchte zu lächeln, die Augen auf Halbmast, wischte mit seiner linken Pranke in der Luft vor ihm, setzte dann entschlossen zum Schulterklopfen an. Traf sogar. „Komm Jung, du has' dir ein Bier verdient!"

Auf die Art sicherte ich mir das Privileg, mit am Spielertisch sitzen zu dürfen. Die anderen zwei waren auch schon knülle, nahmen mich kurz zur Kenntnis, gafften dann wieder zu den Weibern.

Zweite Halbzeit, etwas nachlassende deutsche Nationalmannschaft. Heintje alias Andy Möller, das Weichei, wurde eingewechselt, hatte aber offensichtlich auch keinen Bock. Ian Rush schafft den Anschlusstreffer, und für den Rest der Spielzeit hieß es: Ergebnis über die Zeit retten.

Alfred Biegel war leise geworden; ihn faszinierten die britischen Verteidiger, mal vorne, mal hinten, dann die Pille nach vorne pumpen, und gleich wieder hinterher. So was würde er *nie* auf die Beine stellen. Ich schätze mal, insgeheim hatte er fürchterlich Schiss, gleich gegen einen schottischen oder englischen Verein gelost zu werden, sollte der FC die UEFA-Cup-Qualifikation schaffen. Der hatte Angst vor einem Sturmlauf wie Zweiundneunzig-dreiundneunzig der von Celtic Glasgow.

Hannes Böcker seichte vor sich hin, goss sich ordentlich die Birne nass. Ich versuchte, das zu fördern: konnte ja sein, dass ihm das die Zunge löste.

Fünfundachtzigste Minute: dummer deutscher Konter. Kirsten lässt sich von Neville Southall im walisischen Tor touchieren, segelt schreiend durch den Strafraum: Elfmeter. Lodda tritt an, Anlauf, Schuss. Tor. 3:1, das Match war gelaufen. Holtz und Biegel verabschiedeten sich, wollten auch Hannes Böcker mitnehmen, aber ich wimmelte sie ab: Ich würde das schon machen, sie könnten ruhig gehen.

Als sie gerade draußen waren, fiel das 3:2. Mark Hughes, der Stahlfuß aus Manchester. Nachspielzeit. Zitterndes *Laternchen*. Dann endlich finito. Ein Aufatmen, ein kollektives Bierbestellen. Jojo tillte wieder.

„Sach mal, Hannes, *Glück*wünsche nochmal für deinen Profivertrag. Ist ja subbadoll!"

Ich wusste nicht so recht, zu welchen mentalen Anstrengungen alkoholisierte Fußballprofis in der Lage sind. Also fing ich vorsichtig an.

„Jeil, wa!? Is so'n superjeiles Fielink, den Kuli so inner Hand zu halten, un dann draufloszuhalten. Und dann setzte doch *tatsächlisch* deinen eijenen Namen unten auffen Blatt Papier, wo oben draufsteht, datzte von jetz an ne Viertelmillion im Jahr kriss."

„Kann ich mir vorstellen, muss irre sein. Was ham die anderen gesacht?"

„Also … der Präsident war jarnit da. Der is irjendwie nie da, wennsten brauchs. Naja, für mich war dat sojar besser so, weil, so konnt isch in aller Ruhe mit Klunkertz un Kutschhoven anstoßen, mit nem Pikollöschen. Wir drei, sind doch so kleine Banditen, wa, muss doch ma jefeiert wer'n, wennsten Ding jedreht has un alles is sauber übere Bühne, wa, muss doch jefeiert wer'n!"

Er wurde laut, Besoffenenaggressivität.

„Macht ma los hier, wat! Jetz ma feiern, hier! FEIAN!! Jibt wat zu feiern, also los, ihr Ärsche, FEIAT MA!!", brüllte er quer durch die Kneipe. Ein paar Fönfrisuren drehten sich um, rosa Lippenstifte lächelten ihn verlegen an. Jojo kapierte glücklicherweise, was abging, und brachte Hannes Böcker seinen Schnuller: ein frisches Kölsch.

„Da haste deinen Promi!", raunzte er mir zu, als er an Böckers Deckel den vierten Fünfer wegstrich. Ich sagte:

„Kleine Banditen seid ihr, sieh mal einer an. Und sicher furchtbar gerissen, bei so Kerlen wie dir."

Ich lächelte ihn bewundernd an.

„Jaloggo! Hier, wir ham doch'n dickes Ding gedreht, wir zwei, hier! Aber hallo ham wer dat! Der Klunkertz is echt ne Sau, der Typ, abba juut! Äsch juut!"

„Nee, ehrlisch? Erzähma! Komm, muss ich wissen, erzähl ma!"

„DieeeehihihiHIIIÄÄH, pffft!" Er musste sich erst mal auslachen, sabberte dabei ein halbes Kölsch in seinen Latz. „Die Krallemaus, weißte doch, die, wieheissenoch, Anja, uuuaaahi! HI! Platsch! Wegjeklatsch ham wer die, zupp! Abba, also nich isch.

Nich isch jetz persönlisch. Isch hab bloß die andere, die … pffffut! Fantenela, Fanten ELA, wie nennen sie die, Fantttpf …"

„Fanaten Ela!?", half ich ihm auf die Sprünge.

„Jenauuu. Die, janz jenau. Hier, isch also hin zu der, weil die ja stand, da. Mit ihrem Asiauto stand die ja da, wa!? Weil die Jungens mit de Näjel vorher da waren und der ihren Reifen, puff! Hu-hu. PUFF! hatt et da jemacht. Janze Kette voller Näjel, verstehste, so Näjel in einer Reihe. Hier, so janz viele Näjel …"

„Mensch, un dat hat funktioniert!? Is ja'n Ding!"

„Jaaauuu-uu-un dat war, weil hier der Jojo, hi-hi, die Sau is auch mit dabei, der steck auch mit drin, nee!? Weiße, die Fannte Neler … die Fantan … DIE BLÖDE ZICKE hat den hier jeschmiert, datt der se anruft wenn ihr Schwarm kommt un hier Bier trinken tut. Un dat hat der Jojo ja auch jemacht, vorher, jetz, sonz wär die blöde Kuh ja nich unterwegs gewesen und wir hätten ihr den Reifen nich plattmachen können. Verstehste?"

Naja, vage. Jojo hatte bei Ela angerufen, obwohl Kralle gar nicht hier war. Jojo hatten sie scheinbar gekauft für den einen Anruf. Jojo war ein Schwein.

„Jojo ist auch so'n kleiner Bandit, was!?"

„Ja, abba bloß'n janz Kleiner. Jar kein Vergleich mit mir, hier! Abba überhaupt keiner! Für'n Fuffi hat der anjerufen, un dat war et dann. Mehr nich! Hab ich echt mehr jemacht, dajejen!"

„Jetz komm ma raus, wat haste'n jemacht mit der als die da so stand mit ihrem platten Auto? Die muss doch tierisch blöd aus der Wäsche jekuckt haben, oder?"

„Un wie! Voll doof hat die jeglotzt, so blbbffffpt! hat die jeglotzt. Jaaa …"

„Un du hast ihr ma eben den Reifen gewechselt, wa!? Du, Hannes, alter Schwerenöter, was, alter Weiberheld, hast ihr dann den Reifen jewechselt, stimmt's!?"

„Un abba hallo! Ruckizucki jing dat. Bin doch'n alta Reifenwechsler, wa!? Ja, un dann, wrgskrffft, musste isch ja mit ihrem Warenheba … ich meine … da musste ja dat Blut noch irjendwie dran, wa. Dafür bin isch ja dahinjefahrn, für sonz ja nix wie datt dat Blut annen Warenheba kam, ne!?"

Ich stutzte, versuchte, meine Verblüffung hinter dem schmalen Rand des Kölschglases zu verbergen. Blut? Was für Blut?

„Wat denn für Blut, hier?"

„Ja, Mensch, biste denn so schwer von kappeeh, Mann? Dat von der Anja natürlisch! Welches denn sonz, eh! Damit dat so aussah, als hätte die dumme Jans der Anja mit'm Warenheba auffe Birne jeklopp. Is doch logisch, oder?"

„Ääh, ja klar. Klar is dat logisch. Ich Idiot! Un wo hattste dat her? Dat Blut, mein ich?"

„Vom Klunkertz natürlisch. Von wem denn sonz, hier!?"

„Un wo hatte der dat her?"

„Keine Ahnung. Weiß isch doch nit. Jojo, noch eins!"

„Aber Blut von der Anja Schickedantz doch, ne? War doch von der?"

„Ja, sachischdoch. Hörstu mir überhaupt zu!?"

„Klardoch. Ich muss schon wieder pinkeln …"

Mir rauchte der Kopf. Blut von Anja. Die dicken Blutstropfen an Böckers Hand, von denen Ela erzählt hatte, ja. Bloß wie waren sie an das Blut von Anja rangekommen? Hatten sie sie erst niedergestreckt und dann was abgezapft? Schon möglich. Aber das wäre doch dem Notarzt aufgefallen, oder spätestens im Krankenhaus, wenn ein mutmaßlicher Laie bei einer bewusstlosen Frau Blut abnehmen will. Waren die Ärzte auch geschmiert? Unwahrscheinlich. Außerdem wär es ein ausgesprochen knappes Timing: Gegen zwölf wurde Ela Wolkenheim von Jojo angerufen, und um etwa die gleiche Zeit hatte Anja Schickedantz die Siegesfeier im Geißbockheim verlassen. Also doch: ausgeschlossen!

Aber wie dann sonst? Wie kam Vizeklu an Blut seiner ärgsten Widersacherin?

Vom schwefeligen Bier aufgeweicht, konnte mein Hirn nicht mehr ordentlich durchsteigen. Ich beschloss, abzuziehen.

„Tschö Hannes. Halt die Ohren steif!"

„Wa!? Wer bissu?“ Er glotzte mich dumpf an.

„Peter, dein Cousin. Kennste mich nicht mehr?“ Man konnte es ja mal versuchen.

„Ach … achso.“

Er sah mich mit glasigen Augen an. In seinem Schädel schien unentwirrbares Chaos zu sein. Seinen Cousin schien er nicht zu finden, also glaubte er mir aufs Wort.

„Übrigens, wann krieg ich endlich mal meine Kohle wieder?“ Man konnte es ja mal versuchen.

„Hä? Wat für Kohle?“

„Komm, tu nich so, Hannes. Nen glatten Tausender krieg ich noch von dir!“

Er schwieg und stierte. Wieder wurde er nicht fündig in seinem Matschehirn.

„Ählisch?“

„Wenn ich's sage. Haste was dabei?“

Er nestelte an seiner Hosentasche, zog eine schwarze Ledergeldbörse heraus. Scheine blitzten. Drei, vier, vielleicht fünf Hunnis.

„Anzahlung tät's auch.“

Er musterte mich dämmrig, griff dann in die Scheine, zog drei Hunderter und zwei Fünfziger raus.

„Noch'n Hunderter, und du bezahlst die Zeche. Dann bin ich erst mal übern Berg. Okay!?“

Er lallte so was wie Einverständnis. Ich winkte Jojo rasch herbei, machte ihm klar, dass Hannes Böcker meine Zeche mitübernehmen wollte. Dann verduftete ich.

15

Einen Augenblick lang hatte ich am Donnerstag überlegt, vielleicht doch zur Beerdigung zu gehen. Hätte mir zu gerne angeschaut, wie Hannes Böcker und Klaus Klunkertz scheinheilig und absolut verlogen am Grab stünden, ein paar Krokodilstränen rausquetschten und dem armen Kralle Schickedantz kondolierten. Dann aber siegte doch mein Kater.

Martina ging hin; immerhin war es ihre ehemalige Klassenkameradin. Sie wusste von Hansi Schmönzes, dass der auch dort sein würde. Ich hatte sturmfreie Bude, und auf Moni hatte ich keine Lust: Die war ja morgen dran. Ich rief bei Günter Gras an und fragte, ob ich nicht mal vorbeischauen könne. Günter, geschäftstüchtig wie immer, lud mich zu sich ein.

Sein Afghane war ordentlich und nicht übermäßig teuer, außerdem wollte ich mich ein bisschen belohnen für den Coup gestern Abend mit den Scheinen aus dem Böckerportemonnaie: Dampflamm und die Mieter kamen noch früh genug an ihr Geld. Gleich am frühen Nachmittag würde ich runtergehen, nahm ich mir vor, um drei Hunderter abzuliefern und gleichzeitig für den Rest um ein wenig Aufschub zu bitten. Ich machte es mir vor der Glotze gemütlich, stellte den Ton ab und stattdessen Edvard Grieg auf volle Lautstärke.

Irgendwann musste ich dann eingedöst sein, jedenfalls hörte sich das Klingeln, das ich irgendwann doch wahrnahm, an, als ob da wer schon länger den Knopf drückte. Ich wälzte mich zur Tür und drückte auf. Ein Mann mit einem Bierfass auf der Schulter erschien und sah mich an.

„Wohnt hier Martina Schmitz?“, fragte er.

„Sicher doch. Sie bringen das, äh, Bier?“

„Du bist ihr Freund?“ Der Kerl sah verächtlich an mir runter und wieder rauf. „Mein Gott!“

„Hehee! Freundchen!“

Es war Hansi Schmönzes.

„Beerdigung schon zu Ende?“, wollte ich wissen.

„Leichenschmaus? Nein, danke!“

Er war wütend, irgendwie aufgebracht. Hatte ihn wohl ordentlich aufgemischt, die Beerdigung. Klunkertz, womöglich der Chef von *Dorf* als Repräsentant des FC-Sponsors, und dann seine Anja!

„Martina noch da?“

„Keine Ahnung!“, raunzte er.

„Jetzt weiß ich: das Geburtstagsbier! Jetzt erinner ich mich!“

Er stierte mich an. Ja klar, was denn sonst, schien er sich zu sagen. Er schwang das Fässchen runter und ließ es laut auf die Dielenbohlen poltern.

„Gruß an Martina. Falls du das behalten kannst!“ Dann zog er wieder ab.

Zwei Welten: er erwerbstätig, fleißig, bestrebt; ich lebenslustig, *bohémien*, vollgekifft. Tja.

Dampflamm war wider Erwarten gut drauf – vielleicht, dass eine von seinen Wäscherinnen ihn ein bisschen was hatte fummeln lassen. „Ah, da kommt ja der Gute! Kommt ein Vogel geflogen, setzt sich nieder auf mein Schoß – hat ein Scheinchen im Schnabel, von der *Schufa* nen Gruß!“, sang er. Ich gab ihm nochmal dreihundertfünfzig und stellte ihm außerdem das Wohngeld in Aussicht.

„Ist gut, ist gut“, säuselte er. „Hat bis nächste Woche Zeit. Wegen mir machen Sie sich mal keine Sorgen. Wir kommen schon aus miteinander. Aber um ihre Mitmieter sollten Sie sich mal kümmern, die werden langsam ungeduldig“, riet er mir.

Mit Restkiff im Hirn rief ich bei der Isetta an und erzählte ihm von meinem Handstreich gestern im *Laternchen*. Er war heiß.

„Geil, Mann. Und, haste ihn gefragt, wer das mit Anja war? Der ist doch voll eingeweiht – du hast ihn doch gefragt, oder!?“

Hatte ich nicht.

„Nö, hab ich nicht. Mensch, Isettarolf, ich …“

„Bist du denn nur blöde, Klaus Vogel?“, schrie er mich an. Rastete förmlich aus.

„Momentchen mal. Moment! Wer hatte im *Laternchen* verschissen, so dass ich alles alleine machen durfte? Stell dir mal vor, der Böcker wäre nicht gekommen. Wegen deinem Lokalverbot wär ich doch dann der Idiot gewesen! Und außerdem …"

„WAS!?", hämmerte er. Dicke Luft. Das erste Mal, dass sich die Schnüffler nicht grün waren, dass die Chemie nicht stimmte.

„Außerdem musste ich ordentlich mittanken, du Kackbratze".

„Red keinen Scheiß, Arschgeige!", raunzte die Isetta mich an.

„Jung, jetz hör mal zu. Ich war selber ziemlich breit. Breiti, verstehst du? War am Ende ziemlich froh, überhaupt was rausbekommen zu haben. Außerdem, der Böcker läuft uns nicht weg. Der ist ja nicht aus der Welt, den können wir uns immer noch mal vornehmen."

„Aber nicht vor nächster Woche. Heute nicht, morgen fahren die ins Trainingslager, und am Samstag ist das Spiel in Frankfurt. Vor Sonntagabend ist da nichts!", blökte er.

„Na und? Dann eben nächste Woche!"

Warum er plötzlich auf die Tube drückte!? Stand die Isetta etwa auch unter Zeitdruck? Hatte *er* auch, hinter *meinem* Rücken …?

„Was drängt dich denn so?", fragte ich sanft. „Hast du's eilig?"

Er schniefte, oder blies Zigarettenrauch aus.

„Falls du es vergessen haben solltest: seit Freitagmittag, seit Anja Schickedantz tot ist, ist Ela Wolkenheim nicht nur Attentäterin, sondern auch die vermeintliche Mörderin! Wenn wir nicht ruckzuck dagegenhalten, ist sie hinüber! Ratzfatz, lebenslänglich!"

Er fing wieder an mit seinem verdammten Altruismus. Ich machte ihn höflich darauf aufmerksam, dass es auch um andere als nur Ela Wolkenheim ging.

„Jetzt sieh doch mal", er versuchte es jetzt wenigstens auf die ruhige Tour. „Uns kann es egal sein, *wann* wir an die Beweise kommen. Der Fall ist doch längst klar wie Klärschlamm. Was macht es uns da groß aus, wenn wir uns ein bisschen ins Zeug legen … für die Ela!?"

„Ich weiß nicht, was du willst. Anfang nächster Woche steigt das Ding im Geißbockheim. Übrigens: wir bräuchten noch Walkie-Talkies oder so was. Und es wäre nett, wenn du mir morgen Abend die Martina vom Hals halten könntest: Ich hab ein Date mit Moni, mit der will ich die Sache festzurren …"

Offensive. Überrumpelungstaktik.

„Schick sie vorbei." Er war schlagartig wieder sanft. „Ich lade sie zum Essen ein. Vielleicht hat sie ja Lust, mit Hans-Erich und mir nach Frankfurt zu fahren."

Das wäre toll, dachte ich.

Martina kam irgendwann am frühen Abend heim, zog sich die Pömps von den Füßen, rollte die Strumpfhose die Waden herunter, pellte sich aus dem engen Schwarzen. War vollkommen geschafft.

„Ich war noch in der Uni und zur Post. War so'n komischer Umschlag im Postfach, von *RTL* …!"

Rrrring! Scheiße. Ich kapierte, dass ich gepennt hatte. Merkte, wie mir die ganze verzwickte Angelegenheit allmählich über den Kopf wuchs. Den erneuten Vorschuss hatte ich total vergessen!

„Jetzt ruh dich erst mal aus. Ich mach uns einen Tee. Bist ja total ausgelutscht!"

Ich verschwand in der Diele, wühlte in ihrer Handtasche: nichts. In der Küche setzte ich Wasser auf, fragte so beiläufig wie möglich, wo sie denn den Brief habe.

„In meiner Unimappe, irgendwo. Warte …"

Es hörte sich an, als raffte sie sich auf und wollte sich zu ihrer Mappe schleppen, die in der Diele auf der Telefonkonsole lag. Ich rannte los, war zuerst da, versperrte ihr den Weg.

„Du legst dich jetzt schön wieder hin. Wird nicht so wichtig sein. Darjeeling, mein Darling? Oder keinen Schwarzen? Lieber Pfefferminz?", geleitete ich sie zurück zur Couch. Sie ließ es geschehen, gab mir sogar einen Kuss für mein Zuvorkommen. Pfefferminz wäre gut. Sie fläzte sich wieder hin.

Ich wühlte in der Unimappe, die ich leise aus der Diele in die

Küche mitgenommen hatte: Da war er! Derselbe Umschlag wie vor ein paar Tagen schon. Ich öffnete: fünfhundert deutsche Mark! Ich kramte mir die Scheine in meine Hosentasche, nahm aus der Zeitung vom Tag ein Werbeprospekt vom *Pro Markt* raus, faltete es und steckte es in den Umschlag.

Mit dem Tee servierte ich ihr die Post.

„Ein Mailing. Die Brüder stecken auch schon unter einer Decke: *RTL* und der *Pro Markt*. Nicht zu glauben!"

Friday, oh sweet Friday. Der Isetta gelang es, sein Schwesterherz von mir wegzulotsen, allerdings nur um den für ihn wenig angenehmen Preis eines Besuchs bei seinen Eltern. Martina, ohnehin schon überrascht vom Engagement von Isetta für Ela Wolkenheim, entdeckte freudig den neuen, guten Kern in ihrem Bruder und fuhr erwartungsfroh mit. Bahn frei für Kamasutra!

In ihrer Hochhauswohnung zeichnete Moni mir auf, wo genau Klunkertz seinen Raum im Geißbockheim hatte. Sie versprach, mir am Montagabend ihren Schlüssel für den Personaleingang zu geben, so dass ich problemlos reinkam. Vielleicht sei es besser, doch nicht allzu spät mit der Aktion zu beginnen: Der Hausmeister des Geißbockheims habe nämlich einen Hund, der beim kleinsten bisschen gleich anfängt zu bellen. Bis gegen Mitternacht sind es aber meistens Spaziergänger, weswegen der Köter anschlägt. Der Hausmeister beruhigt das Viech dann in der Regel nur, und sieht nicht extra nach dem Rechten.

Ich nickte, nickte, nickte und wir kamen zum nicht mehr so geschäftlichen Teil des Abends. Moni zeigte mir ihr Fitnesszimmer: eine Bank für die Liegestütz-Kamasutra, eine Art Rhönrad zum Stretching, in das man sich auch zu zweit einhängen und dann Kopfstand-Kamasutra machen konnte, sogar zwei Seile mit Ringen baumelten von der Decke, die man beliebig tief herunterziehen konnte und durch die Monis Oberschenkel genau durchpassten zum Hochhieven für bequeme, rückenschonende Spielarten des indisch inspirierten Sichnäherkommens …

Am Samstag – Martina schlief bei ihren Eltern, von wo aus sie mit der Isetta direkt zum Fußball nach Frankfurt wollten – pennte ich ordentlich aus. Am Nachmittag punktete der FC so, wie ich es in meiner Marschtabelle vorgesehen hatte: 1:1. Adi Pikler, Elfmeter, glich die Frankfurter Führung aus. Nur blöd, dass Bayer Leverkusen daheim die Grubenbuben aus Schalke mit ner Fünfeins-Packung nach Hause geschickt hatte. Damit waren's nämlich wieder zwei Punkte Rückstand, und in der Tordifferenz lagen sie jetzt zehn Tore besser als wir. Nächsten Samstag kam's also drauf an: ein Vierpunktespiel würde das geben. Gewännen wir mit, sagen wir, fünf zu null, dann stünden wir mit denen punkt- und torgleich da. Gewännen wir sechs zu null, hätten wir sie überholt. Verlören wir … ich mochte es mir nicht ausdenken, bei nur noch sechs verbleibenden Spieltagen.

Sonntag: Ruhe. Am Abend vorher ein Bier bei der Isetta, letzte Abstimmung für den Montagabend. Martina liebte mich und ihren Bruder, war ausgeglichen und fröhlich. Ihre Seminararbeit nahm zudem langsam Konturen an. Die Literatur hatte sie gesichtet, ein paar Absätze standen schon. Ich schämte mich ein wenig. Moni rief nicht mehr an.

Montag. Gespannte Anspannung den ganzen Tag über. Martina hielt es nicht mehr aus, ging in die Uni, bastelte lieber an ihrer Seminararbeit über Gattungsmerkmale des Pikaresken in ausgewählten amerikanischen Romanen der Achtziger Jahre als sich von uns beiden Nervenbündeln anmachen zu lassen. Am frühen Nachmittag kam ich auf die Idee, das Fässchen *Schmönzes*-Kölsch, das wir von Hansi gebracht bekommen hatten, in den Volksgarten zu schleppen, um zum einen „die Nerven ein wenig zu beruhigen", zum anderen „unsere Nieren zu entgiften" nach all dem Panschkölsch aus dem *Laternchen*. Die Isetta war einverstanden, und dat Sünnsche war ein bisschen neugierig: es zeigte sich jedenfalls am Himmel. Im Volksgarten war wenig los; bloß ein paar Penner und Akrobaten stratzten sich die eine oder andere Stange von unserem Bier.

Gut blau schlenderte ich, tuckerte die Isetta gegen halb sechs Uhr abends vom Volksgarten in Richtung Eifelwall; von hier nahmen wir die Neunzehn bis Sülzburgstraße. Um halb sieben waren wir mit Moni verabredet, die uns die Schlüssel übergeben wollte.

„Und wo ist das, *ABS*?“

„Gleich hier vorne. Richtung Bahnunterführung. Wie geht das mit dir heute weiter? Für wann hast du Hans-Erich bestellt?“, wollte ich wissen.

„Nix Hans-Erich. Heute ist Wechsel. Abends kommt der Marcel wieder, gegen halb zwölf. Und der wird nicht gleich nervös, wie der Hans-Erich. Bei dem kann ich auch später zurück sein: Ausgang bis zum Abwinken. Der weiß ja, wo meine Pornos liegen, dem wird die Zeit nicht lang!“

Aha, Wechsel. Nu gut. Behaglich war das nicht, weil ich mir insgeheim einen fürchterlich schlecht gelaunten Marcel vorstellte, dessen Freundin fürchterlich depressiv war. Aber gut.

Wir nahmen beide einen Cappuccino, zum Ausnüchtern, dann trudelte Moni ein. Sie gab uns den Schlüssel, und wir versprachen ihr, gleich nach dem Einbruch bei ihr anzurufen. Sie würde sich dann direkt auf den Weg machen zur Schlüsselrückgabe. Moni drückte uns die Daumen, umarmte die Isetta herzlich, mich noch herzlicher, knutschte uns auf die Bäckchen. Die Isetta, angetörnt, versprach, ihr bei Gelegenheit mal seine Sammlung mit Vereinsemblemen zu zeigen, was Moni lächelnd annahm: „Gerne!“ Na, wenn die wüsste …

Gegen halb neun brachte ich das leere Fässchen zu mir in die Wohnung rauf. Wir hatten noch massig Zeit, es war noch viel zu früh. Die Isetta, der unten gewartet hatte, fummelte an den elektrischen Leitungen seines Rollstuhls. Ein Walkie-Talkie hatten weder er noch ich auftreiben können: ehrlich gesagt, hatten wir uns auch nicht weiter drum bemüht. Er Schmiere, ich rein, und wenn was sein sollte, dann würde er laut pfeifen: Die uralte, etwas angestaubte Ganovenmasche musste reichen. Irgendwie so. Wir wollten ja keine High-Tech-Schnüffler sein. Wenn schon von unten, dann richtig.

Halb elf, elf. Wolken waren aufgezogen und es begann zu nieseln. Wir summerten den Fußweg neben der asphaltierten Straße zum Geißbockheim entlang, ich leuchtete den Waldweg mit einer Taschenlampe aus, damit der E-Rollstuhl von der Isetta, dessen Batterie ziemlich tief gelegt war, nicht irgendwo aufsetzte.

Das weiße Gebäude lag träge in der Nacht; das Wappen des Vereins leuchtete matt und mit ineinander verlaufendem Rot und Weiß über den verwaisten Parkplatz; die Trainingsplätze schliefen. Ein paar Kaninchen stoben in die Büsche, aus den Stahlstreben hinter der Tribüne des Franz-Kramer-Stadions gurrten noch ein, zwei Tauben mit Schlafstörungen. Kein Mensch mehr unterwegs.

Warmes, bernsteinfarbenes Licht schien aus den Ritzen der geschlossenen Rollladen der Hausmeisterwohnung und balgte sich mit dem kalten Licht der Peitschenlaternen, die den Parkplatz einsäumten. Das Restaurant im Geißbockheim hatte heute seinen Ruhetag; ein Umstand, den Moni am Freitag noch angesprochen hatte und der den endgültigen Ausschlag dafür gegeben hatte, die Sache heute zu versuchen. Alles war ruhig, wie auf einem Friedhof.

Vom Fußweg, der ein paar Meter runter zum kleinen Grüngürtelstadion führte, näherten wir uns vorsichtig dem zweigeschossigen Bau und schlichen uns in Richtung Betontreppe, die links ins Souterrain zur Geschäftsstelle, rechts hinauf zu den Büros führte.

Die Isetta blickte sich um; ich nahm die Taschenlampe in die Rechte, den Schlüssel aus meiner Hosentasche in die Linke, sah mich auch noch einmal um. Stille. Ich huschte die Treppe hoch.

Oben kniete ich mich vor die Aluminiumtür, um den Schutz der Betonmauer auszunutzen, die die Treppe einfasste. Ich führte den Schlüssel ins Schloss. Er passte. Ich sah noch einmal runter zur Isetta, machte ihm einen *Daumen hoch*. Dann stieß ich die Tür vorsichtig auf; ein leises metallisches Klicken, ein kurzes Surren. Wahrscheinlich der Kontakt für die Alarmanlage und das Signal für die Zeiterfassung der Sicherheitsanlage, deren Aufzeichnungen Moni morgen früh wieder löschen musste. Ich schlich mich durch den schmalen Schlitz herein, schob die Tür vorsichtig wieder zu. Vollkommene Dunkelheit umgab mich. Weil der Lichtschein meiner Taschenlampe mich verraten würde, tastete ich mich zuerst langsam ins Innere des Gebäudes vor. Es dauerte eine Ewigkeit, bis ich an die erste Türangel gelangte. Ab hier, hatte mir Moni mitgegeben, würde ich bedenkenlos die Taschenlampe anknipsen können.

Der Isetta kam es ebenfalls wie eine Ewigkeit vor. Es nieselte jetzt kräftiger, und er war ein Stück in den Schutz der Betontreppe gefahren, um sich ein wenig unterzustellen. Sein Zeigefinger tippte nervös auf dem Joystick am vorderen Ende der Armlehne herum, mit dem er den Rollstuhl in Bewegung setzen konnte. Links hielt er eine alte Lederleine gegriffen: sollte jemand kommen, dann wollte er sich als Spazierroller ausgeben, der nochmal eben mit der Töle Gassi geht.

Von Ferne brandete ein wenig Straßenlärm an sein Ohr: der Verkehr auf dem Militärring und der Berrenrather Straße. Hinter den Rollladen der Hausmeisterwohnung tat sich nichts; zwar schlug der Hund einmal an, aber alles blieb ruhig: Die Isetta hörte Stimmen, die mit dem Tier schimpften.

Eine Krähe zog über das Gebäude hinweg, kreischte laut auf. Die Isetta erschrak, beruhigte sich dann wieder: Blödes Viech, macht mir nur den Hund wieder jeck. Er fluchte leise, als das Gekrächze des Vogels sich entfernte. Das Geräusch zog weiter, mischte sich mit den anderen, verlor seine Dominanz. Andere schoben wieder sich in den Vordergrund. *Ein* anderes. Motorengedröhne.

Diesmal war sein Schrecken heftiger. Und gerechtfertigt. Ein Scheinwerferpaar kristallisierte sich aus dem dunklen Nichts heraus und bewegte sich die Clubalee herauf. Wer kam um die Zeit noch mit seinem Wagen hierher?

Hektisch fuhr die Isetta an; mit einem Satz rauschte der Rollstuhl los. Wenn das die gleichen waren, die Ela Wolkenheim mit der Nägelkette aufgelauert hatten, dann gute Nacht, schoss es ihm durch den Kopf. Die nehmen mich hier hoch, aber ohne mit der Wimper zu zucken …

Als er den Asphalt des Parkplatzes erreichte, bremste der Wagen ab und hielt, noch auf der Zufahrtsstraße, an. Er sah aus wie ein zögerndes Raubtier, kurz vor dem todbringenden Sprung.

Die Isetta setzte alles auf eine Karte. Mit Vollgas fuhr er quer über den Parkplatz, auf die schmale Straße und die Limousine zu. Seine fettigen, nassen Haare wehten im Regen.

Der Wagen stand immer noch da, die Scheinwerfer zu Schlitzen verzogen, der Motor leise laufend. Gegen das grelle Licht konnte die Isetta nicht erkennen, wie viele, geschweige denn wer in dem Auto saß. Allenfalls den Wagentyp konnte er erahnen: ein Sportwagen Marke *Toyota* oder *Mazda*, irgendein schnittiger Japaner jedenfalls.

Sein Rollstuhl erreichte die Mündung des Parkplatzes; der Wagen war jetzt noch etwa fünfzig Meter von ihm entfernt. Er fuhr ein kleines Stück in die Zufahrtsstraße hinein, ließ dann abrupt den Joystick los, verharrte eine Sekunde, zwei. Nichts tat sich.

„Oh, nein! Heilige Scheiße!! Das darf doch nicht wahr sein!“, brüllte er plötzlich in Richtung des Wagens, so, dass man sein Lärmen hinter ihm, im Geißbockheim, hoffentlich nicht hörte. Der Hausmeister hätte hier draußen jetzt noch gefehlt!

„Kacke, Kacke, Kacke!“

Der Wagen reagierte. Er rollte langsam heran. Bremste vorsichtig ab. Die Beifahrertür ging auf, das Abblendlicht erlosch, das Motorengeräusch erstarb. Jemand zog die Handbremse an. Der Isetta blieb fast das Herz stehen: Es waren zwei Männer! Jetzt konnte er auch das Nummernschild erkennen. Und traute seinen Augen nicht. Der Wagen kam aus Leverkusen.

Die Isetta zwang sich zu einem „Oooh, so ein Mist! Ausgerechnet jetzt!“ Er hatte die beiden Männer erkannt. Der eine, der Fahrer, der sich mühsam aus dem engen Coupé zwängte, war

Heiner Klabund, der Manager von Bayer Leverkusen: eine Type, in etwa so hübsch anzusehen und wohlproportioniert wie die Isetta selbst. Der andere war … Klaus Klunkertz!

Die beiden Männer näherten sich dem Rollstuhl: vorsichtig der Vizepräsident, tapsig und mit kleinen Schritten der feiste Klabund.

„Wer sind Sie?“, fragte Klunkertz misstrauisch. „Was machen Sie da?“

„Oh, Mann, scheiße, ich hab ne Panne!“, jammerte die Isetta, der jetzt, wo er wusste, mit wem er es zu tun hatte, langsam in Form kam. „Wahrscheinlich die Batterie, die verträgt das Wetter nicht.“

„Und was machen Sie mitten in der Nacht hier draußen?“, bohrte Klunkertz barsch weiter.

„Meinem Hund hinterher. Hat sich losgerissen, die scheiß Töle. Sie haben doch gesehen, wie ich dem wie ein Blöder hinterher bin. Hat sicher wieder so'n scheiß Karnickel gewittert …“

„Um die Zeit?“. Klunkertz blieb misstrauisch.

„Was glauben Sie, was *ich* sauer bin. Meine Frau schon im Bett, und der Köter fängt an zu jaulen. Und jetzt hat er sich auch noch verpisst!“

„Das soll ich Ihnen glauben?“

„Aber im wahrsten Sinne des Wortes!“ Die Isetta beugte sich zur Seite runter, tastete absichtlich unbeholfen nach der Batterie. „Sie sind der Herr Klunkertz, nicht wahr!? Ich kenn Sie noch von der Jahreshauptversammlung“, sagte er. Das schüchterte die beiden Männer ein.

„Können wir Ihnen helfen? Ich meine, dass wir Ihren Rollstuhl irgendwie von der Straße kriegen“, fragte Klunkertz, nachdem er irgendwas mit Klabund getuschelt hatte, das die Isetta nicht verstand. Sein Rollstuhl stand so ungünstig da, dass die beiden anderen mit ihrem Sportwagen weder links noch rechts vorbei konnten. Wohl oder übel mussten sie zuerst das Hindernis aus dem Weg räumen.

„Ach, und das ist ja der Herr Klabund!". Die Isetta wurde jetzt richtig munter. „N'Abend auch!"

Der Angesprochene nickte zurück, die Frisur langsam strähnig vom Regen.

„*Können* wir Ihnen jetzt vielleicht helfen!?", drängte Klunkertz.

„Tja, ich weiß nicht. Ich schätze wie gesagt, dass es wieder die Batterie ist, die setzt bei Feuchtigkeit schon mal aus. Hier unten, direkt unter meinem Sitz ist die."

Klunkertz sah ihn genervt an. Er ging in die Knie, stützte sich mit den Fingern beider Hände vorsichtig ab, um nachzusehen. Weil er nichts finden konnte, kniete er sich schließlich hin, bückte sich unter den Sitz von der Isetta.

„Vielleicht, dass Sie Hilfe holen!", schlug der kess vor.

„Das machen wir schon. Wär doch gelacht wenn wir das nicht selber hinkriegen", stöhnte Klunkertz von unten. Klabund, der neben seinem Kollegen in die Knie gegangen war, sah aus wie eine Mozartkugel, so prall.

Die Isetta war jetzt in seinem Element.

„Ooouh, oh, auwieh, oh, nääääh!", jammerte er theatralisch. Dann ließ er einen mächtigen Furz los, genau in Klunkertz' Verbrechervisage. „Oh, nein, um Gottes Willen, nein, entschuldigen Sie! Bitte, Verzeihung!", heuchelte er Betroffenheit. Klunkertz stand wieder auf, zog ein Taschentuch aus der Hose, wischte sich über sein Gesicht. Er schwieg.

„Tut mir furchtbar leid. Ich kann es nicht mehr kontrollieren!", setzte die Isetta hinterher. „Nichts gefunden? Da muss irgendwo ein Kabel lose sein!"

Klunkertz schüttelte den Kopf. Er war in Rage. Ginge es nach ihm, er hätte die Isetta am liebsten umgebracht, so sah er aus. Nein, umbringen *lassen*.

Klabund flüsterte ihm wieder etwas zu. Klunkertz wandte sich wieder an die Isetta.

„Der Kollege hier wird es einmal versuchen!", knirschte er.

Na, wunderbar, frohlockte die Isetta. Dem fetten Bayer-Sack

einmal ins Gesicht furzen! War das nicht immer schon der allergrößte seiner gesammelten Träume? Und jetzt sollte er wahr werden!?

Klabund ging in die Knie, dass es knackte. Sein nasses Sakko blähte sich und stob auseinander, unter dem blassblauen Oberhemd zeichneten sich hässliche Fettmöpse ab; die Wampe ruhte fast auf den Füßen von der Isetta. Klabund inspizierte die Kontakte der Batterie: Immerhin war er so clever und versuchte von vorne an die Batterie heranzukommen.

Er beugte sich ein Stück vor, griff nach einem Kabel. Jetzt wäre der günstigste Moment!

Die Isetta fing an zu pressen. Und ... als er gerade loströten wollte, passierte es.

Ein kleiner, schwarzer Schatten, dann polterte Pappe und kullerten kleine weiße Pünktchen. Beim Vornüberbeugen war dem dicken Funktionär eine Schachtel aus der Brusttasche des Sakkos gerutscht und auf den feuchten Asphalt gefallen. Pfenniggroße Tabletten perlten aus der offenen Lasche der Packung und rollten sich aus, quer über die ganze Zufahrtsstraße hinweg.

Klabund bemerkte es rasch, die Isetta rascher. Geistesgegenwärtig fuhr er an und den schwergewichtigen Manager über den Haufen, der nach hinten wegkugelte, auf der Seite zum Liegen kam, sich dann mit hübsch verdrecktem Sakko wieder auf die Beine mühte.

„Oh, wunderbar! Sehr gut!“, jubelte die Isetta, während Klunkertz sich eifrig daran machte, die Tabletten wieder zusammenzuklauben. „Er tut's wieder. Sie sind ein Experte, Herr Klabund!“

Sprach's und fuhr wieder an, zielte auf die Tablettenpackung, die genau vor seinem rechten Vorderrad lag. Weiche Gummireifen zermahlten die Pappe; innen knirschte es. Das Gewicht von Isettas Rollstuhl zermörserte die Pillen zu Krümeln, die an beiden Seiten herausgequetscht kamen und sich sogleich auf der feuchten Straße auflösten. Die konnte Klunkertz nicht mehr sicherstellen.

Hastig verschwanden die beiden Männer wieder im Inneren des

Sportwagens, grußlos und fluchend, nachdem sie die flüchtigen Tabletten und die Packung aufgehoben und in ihren Anzugtaschen verstaut hatten. Sie fuhren mit quietschenden Reifen und ohne Licht los, knapp am Rollstuhl vorbei, mit dem die Isetta jetzt am Fahrbahnrand stand. Gleich vorne an der Geschäftsstelle hielten sie, stellten den Motor ab. Dann warteten sie ein paar Minuten, offensichtlich wollten sie sichergehen, dass der Hausmeister nichts bemerkt hatte. Endlich stieg zuerst Klunkertz, dann Klabund aus. Sie gingen die Betontreppe hoch, auf die schwere Aluminiumtüre zu. Klunkertz fummelte in seiner Jackentasche, kramte nach dem Schlüssel. Zuerst aber fuchtelte er mit etwas anderem herum, einem kleinen, rot aufleuchtenden Ding, das er rasch wieder in seiner Tasche verschwinden ließ. Aus der Ferne konnte die Isetta sich keinen Reim darauf machen, was das gewesen sein mochte.

In panischer Angst wartete er, was geschehen würde. Machte sich Vorwürfe, weil er mich nicht gewarnt hatte. Dachte, die beiden Herren würden mich ordentlich zwischennehmen. Einen Augenblick war er sogar fest entschlossen, zur Tür des Hausmeisters zu rollen, um ihn zu alarmieren. Als sich nichts tat, wandte er sich ab und starrte hilflos in die Dunkelheit.

Er betrachtete den weißen Pulverfleck auf der Fahrbahn: Was das für Zeug sein mochte!? Vielleicht ein, vielleicht sogar *das* Indiz. Scheiße. So kurz vor dem Ziel, dachte er, und dann erwischen sie seinen Kompagnon in Klunkertz' Zimmer.

Er hörte nicht, wie sich ihm eine Gestalt näherte, von hinten an seinen Rollstuhl trat. Wie sie den Arm ausstreckte. Er bemerkte es erst, als sie ihre Hand auf seine Schulter legte. Ein fester Griff, eine schwere Hand.

Meine.

16

Ich hatte mich ziemlich rasch bis in Klunkertz' Zimmer durchgeschlagen: Mit der Taschenlampe war das kein sonderliches Problem, außerdem hatte Moni mir die Räumlichkeiten ausführlichst beschrieben. Die Tür war nicht verschlossen. Ich verlor keine Zeit, durchsuchte als erstes das kleine Stahlregal an der Wand, dann den Schreibtisch: nichts. Geschäftspost, Einladungen zu Freundschaftsspielen, Ausrüsterprospekte: die Hausaufgaben eines Vizepräsidenten. Auf dem Schreibtisch, neben dem Telefon, lag ein aufgeschlagener Wochenkalender; ich blätterte zurück in die fragliche Zeit. Kempfs Nummer stand irgendwo eingetragen, andere Telefonnummern hinter mysteriösen Initialen.

Die Schubladen des Schreibtischs waren unaufgeräumt. Eine Geldkassette fiel mir ins Auge, der Schlüssel steckte. Ich öffnete: Kreislauftabletten, Akkreditierungskarten zur Fußball-Weltmeisterschaft in den USA, sogar ein paar Päckchen Kondome. Dann die untere Schublade.

Zuerst nur unbenutzte Briefbögen: Müll, weil sie noch die alte Postleitzahl im Briefkopf hatten. Darunter das Diktaphon: leider leer. Ganz hinten durch, am Ende der Schublade, eine Schatulle, die ich herauszog und öffnete. Fein säuberlich, sozusagen nach Datum von links nach rechts geordnet die Bänder mit den Vertragsverhandlungen mit den Spielern Böcker (die jüngste), Schickedantz, Tasso Dörfler bis hinunter zu Andy Fuss, dem Faktotum der Geißböcke. Ich ballte die Faust, zog mit spitzen Fingern die Kassette „Schickedantz" heraus, räumte den Rest wieder zurück. Kurz überlegte ich, ob ich nicht das Diktaphongerät gleich mitnehmen sollte, schließlich besaßen weder die Isetta noch ich eines. Dann entschied ich mich anders. Wahrscheinlich hatte Moni so ein Ding.

Alles hatte hervorragend geklappt; ich schaute mich noch ein wenig um. Vor allem interessierte mich die verschlossene Hausapotheke, die über dem Minikühlschrank an der Wand schräg hinter dem Schreibtisch hing: verschlossen und verriegelt, wie Moni es gesagt hatte.

Dann öffnete ich den Kühlschrank: Whisky, eine angebrochene Flasche Cola, sogar Magenbitter, das alles überraschte mich nicht. Seltsamer waren da schon die ungespülten Cognacschwenker, Whiskygläser und Schnapsgläschen, die mit einem Plastikdeckelchen verschlossen, aber leer waren. Keine Ahnung, wozu die gut sein mochten.

Ich wollte gerade das Eisfach öffnen, als ich von draußen das Reifenquietschen hörte. Da kam jemand! Scheiße, wo war die Isetta!? Ich schloss den Kühlschrank, griff nach dem Tonband, zog die Bürotür hinter mir zu und suchte mit angeknipster Taschenlampe den Weg zurück.

Kaum sah ich den matten Lichtschimmer des Parkplatzes durch die Milchscheiben der Eingangstür, machte ich die Lampe aus. Ich huschte raus, kniete mich hin, zog die Tür zu. Vorsichtig linste ich zum Parkplatz hin: niemand. Die Isetta war verschwunden.

Also peilte ich die Lage. Die Hausmeisterwohnung konnte man von hier schlecht sehen, ich schlich mich also langsam an die Treppeneinfassung aus Beton, schielte hinüber: nichts. Gerade als ich die Treppe wieder hinunter wollte, hörte ich, wie sie ein Wagenschlag öffnete, dann ein zweiter. Geistesgegenwärtig kletterte ich auf die hüfthohe Mauer, warf kurz einen Blick in die Tiefe und sprang, als ich gesehen hatte, dass ich nicht gerade mit Getöse in volle Mülleimer krachen würde.

Die Landung war ziemlich unsanft; die Fußsohlen schmerzten, immerhin waren es glatte zwei Meter, die ich ins Dunkle heruntergesprungen war. Ich versteckte mich im Halbschatten unter der Treppe.

Es dauerte keine zwei Sekunden, da hörte ich die flüsternden Stimmen von Klunkertz und Klabund. Dann piepste etwas, und an der Tür hörte man ein monotones Surren. Schließlich hörte ich, wie ein Schlüssel ins Schloss glitt und die Türe sich öffnete.

Kein Klicken, kein weiteres Surren, wie vorhin bei meinem Eindringen noch.

Als die Tür wieder zu war, schlich ich vorsichtig an den Fuß der Treppe und sah nach, ob die Luft rein war. Dann lief ich hart an der Hecke entlang, die den Parkplatz hier einfasst, in Richtung Franz-Kremer-Stadion, zum Spazierweg, den ein paar Bäume säumen und der mir somit Sicherheit bot.

Die Isetta entdeckte ich auf der Zufahrt. Ganz schön bedröppelt sah der aus. Ich konnte mir den Spaß nicht verkneifen, auch wenn er sich furchtbar drüber aufregte, sogar nach mir schlug und mir ein herzhaftes „Arschloch!" entgegenzischte.

Dann berichtete er mir kurz, was vorgefallen war, zeigte mit dem Finger auf den weißen Fleck auf dem Asphalt: die aufgelösten Pillen.

„Hast du was zum reintun? Plasiktüte oder so?", fragte ich ihn, während ich mich niederkniete und die nassen Reste der Tabletten zusammenkratzte. Er kramte in seiner Jeansjackentasche, zog mühsam sein Portemonnaie vor, fummelte ein Kondom raus.

„Hier. Hab nichts anderes."

Ich riss die Verpackung auf, rollte den Pariser aus und versuchte, mit den Fingern etwas von der weißen Pampe in die Lümmeltüte zu stopfen, was leidlich gelang. War zwar schon ordentlich mit Straßenstaub und Regenwasser vermischt, aber Hans-Erich würde das schon richten.

Dann warnte mich die Isetta, dass Klunkertz und Klabund wieder rauskamen. Ich knotete das Kondom zu, half der Isetta, mit dem Rollstuhl den kleinen Abschuss auf den Spazierweg herunter zu gelangen, und wir suchten das Weite.

Als ich mich noch einmal umdrehte, beobachtete ich, wie der Sportwagen mit Klabund und Klunkertz an der Stelle anhielt, wo ich vor ein paar Sekunden noch die Reste aufgelöster Tabletten aufgeklaubt hatte. Klunkertz stieg aus, entkorkte eine Flasche mit irgendeiner Flüssigkeit, goss die über die weiße Pillenlache. Dann stieg er wieder ein, und die beiden brausten davon.

Die Isetta wollte zwar nur noch weg von hier, aber ich bestand darauf, noch einmal nachzusehen. Es war Whisky, den Klunkertz über die aufgeweichte Pillensuppe gekippt hatte. Gründlich, der Bursche: sämtliche Spuren vernichten.

Moni kam wie verabredet und holte sich den Schlüssel. Alles hatte wie am Schnürchen geklappt, jetzt musste sie nur noch den Rest erledigen, am Morgen rechtzeitig da sein und die Registrierung der Sicherheitsanlage manipulieren.

„Scheiße", meinte ich, „hör mal: Der Klunkertz war doch auch drin! Den muss der Apparat doch auch registriert haben!"

„Sehe ich ja. Auf jeden Fall kriege ich deinen Besuch da sauber rausgelöscht. Außerdem habe ich da so nen Verdacht", sagte Moni mit düsterer Stimme.

„Aha?" Die Isetta und ich schauten sie an.

„Das hier haben wir zusätzlich erbeutet!" Ich zeigte ihr das Kondom mit der weißen Soße. Sie sah mich erstaunt an. „Nee, nicht was du denkst. Das sind aufgelöste Pillen, die hat der Klabund verloren, auf dem Parkplatz", beruhigte ich sie.

„Und jetzt dein Verdacht!", drängelte die Isetta.

„Ach, wegen Klunkertz. Ich glaube, der hat den Trick raus, wie man unbemerkt nachts ins Geißbockheim kommt. Waren schon ein paar Mal so Ungereimtheiten auf den Schließprotokollen, nicht zu Ende gelaufene Einträge und so. Das passiert im Grunde nur, wenn an der Tür manipuliert wird."

„Das erklärt das rote Lämpchen, als er und Klabund vor der Tür standen. Ne Leuchtdiode, irgendwie so was. Ein Türöffner, ein ferngesteuerter Kontaktunterbrecher oder so."

Und das wiederum erklärte auch das Surren, das ich aus meinem Versteck unter der Treppe gehört hatte. Und das Fehlen von Klicken und Surren an der Tür selbst. Trotzdem kamen mir Zweifel.

„Und warum taucht dann in der Tatnacht trotzdem die Codierung ‚Vizeklu' auf? Warum hat er es da nicht genauso gemacht?", fragte ich.

„Weil da der Böcker dabei war, du Idiot!“, keifte die Isetta. „Der musste ja nicht alles mitkriegen!“

„Aber der Klabund, was?! Der weiß davon, der *darf's* mitkriegen?“, setzte ich dagegen.

„Ja. Klar der Klabund!“, sagte die Isetta kühl. Ich schwieg. Seine coole Reaktion wirkte; die Isetta hatte recht: selbstverständlich der Klabund!

„Und da ist noch was“, schaltete sich Moni wieder dazwischen. „Die Rechnungen über den Einbau der Sicherheitsanlage hält Klunkertz unter Verschluss. Als der Steuerprüfer die damals einsehen wollte, hat mich der Klunkertz aus dem Zimmer gejagt und gesagt, er mache das schon. Wer weiß, vielleicht hat er sich seinen ganz persönlichen Zugang sichern wollen, mit so ner Art Garagenfernbedienung.“ Die Isetta grinste mich speckig an.

„Sag mal, Moni, hast du ein Diktaphongerät zu Hause?“, wollte ich wissen.

Sie hatte. Blieb uns nur noch, der Isetta klarzumachen, dass wir ihn nicht bis in den zwölften Stock eines Frechener Hochhauses zu schleppen gedachten, und Marcel für ihn anzurufen, der ihn mit dem Auto abholen kam. Gesagt, getan.

Moni nahm ihren ausgepowerten Privatschnüffler sanft in die Arme, ließ ihn Kraft sammeln, wieder auferstehen. Irgendwann schlief ich ein. Zum Glück besaß sie einen ohrenbetäubend lauten Wecker.

Das Diktaphonband gab sie mir mit, wartete geschickt bis gegen viertel vor acht, um dann nicht zu früh und nicht zu spät zur Arbeit zu erscheinen und meine Spuren in der Sicherheitsanlage des Geißbockheims zu vernichten. Mit schlechtem Gewissen trottete ich in der Zeit nach Hause.

Martina sagte kein einziges Wort, nippte an ihrem Tee, verschwand dann grußlos zur Uni. Ich legte mich gleich aufs Ohr. Den Kampf mit ihr konnte ich genauso gut auch am Nachmittag ausfechten.

Gegen zwei rief ich Moni an: „Alles hat reibungslos geklappt" übermittelte sie mir mit dem verabredeten Codesatz „Es sind noch genügend Sitzplatztickets vorhanden, kommen Sie doch einfach mal hier bei uns im Geißbockheim vorbei!".

Mit der Isetta traf ich mich draußen bei ihm, in Rodenkirchen. Marcel grüßte knapp, verabschiedete sich dann zum Einkaufen.

„Ist was mit dem!?", fragte ich die Isetta vorsichtig.

„Irgendwie nicht so richtig in der Spur. Weiß nicht", jammerte der. Tja.

Wir schlenderten die paar Meter runter zur Rheinwiese, suchten uns ein ruhiges Plätzchen und hörten uns zu Dosenbier und müffelndem Vater Rhein das Band an. Es dauerte eine Weile, bis wir heraus hatten, wessen Stimme zu wem gehörte. Das Gespräch fand im Büro des Präsidenten Boltzinger-Matten statt, der aber selbst nicht anwesend war. Dabei waren außer Anja und Kralle noch Klunkertz, Kutschhoven, Trainer Toftson und aus dem Vorstand Wolfhard Berms.

„*Anja*: Wir müssen nicht um jeden Preis verlängern. Es gibt auch noch andere Vereine.

Kutschhoven: Rauf auf Siebenhunderttausend wollen Sie? Nur über meine Leiche. Das wären glatte Dreihunderttausend mehr als jetzt. Ausgeschlossen!

Klunkertz: Und bedenken Sie bitte, werte Frau Schickedantz: Welche Alternativen besitzt Ihr Mann? Welcher andere Verein …

Anja (wirft ein): Oh, sicher genügend.

Klunkertz (fährt fort): … wäre denn bereit, einen Spieler zu verpflichten, von dem jeder weiß …

Anja (fährt erneut dazwischen): … schließlich steht er auf dem Sprung zur Nationalmannschaft, hat in der laufenden Saison schon neun Tore erzielt, und es ist noch nicht mal Winterpause …

Klunkertz (fährt unbeirrt fort): … von dem jeder weiß, mit was für einer Kneifzange der verheiratet ist! *(Sekundenlange Stille)* Glauben Sie nicht, dass man in den anderen Vereinen noch nichts von Ihnen gehört hat, werte Frau Schickedantz! *(Genüsslich:)* Seien Sie versichert, dass bereits Sorge dafür getragen worden ist, dass die Verantwortlichen der anderen deutschen Topclubs über Sie und Ihren Verhandlungsstil im Bild sind.

Stimmengewirr.

Kralle: Augenblick mal, Herr Klunkertz!

Berms: Schon mal an Scheidung gedacht, Kralle?

Toftson: Meine Herre! Wolle wir nis widda sachlis …

Anja: Ihre Methoden, Herr Klunkertz, sind mir ja bekannt. Wie Sie wissen sollten, verfängt so was bei mir nicht. *(Sie setzt sich gegen das Gemurmel der anderen durch)* Was werden die Leute sagen, wenn ihr angeblich so bodenständiger Vizepräsident eingestehen muss, dass er den Liebling der Fans nicht halten *wollte*?

Klunkertz: Was heißt, nicht halten wollen? Herr Kutschhoven, Herr Berms, haben wir jemals behauptet, wir wollen Kralle Schickedantz nicht behalten!?

Kutschhoven: Mmmh-mh.

Berms: Hat keiner hier behauptet!

Anja: Ich wäre aber gezwungen, eine dementsprechende Äußerung zu tun, wenn Sie sich nicht langsam ein bisschen bewegen.

Kralle: Anja, bitte!

Klunkertz: Sie wollen uns drohen?

Anja: Ich kenne mehr als einen Journalisten, der nur darauf wartet, von mir Genaueres über das Gehaltsgefüge beim FC zu erfahren.

Kutschhoven: Sie wissen, dass wir Sie dafür belangen könnten?

Anja: Das müssten Sie mir zuerst einmal nachweisen.

Kralle: Anja, das Band!

Anja: Na und? Juristisch nicht verwertbar. Sie halten mich wohl für vollkommen blöd. Es geht nicht an, dass abgehalfterte Torhüter wie Tasso Dörfler oder ein Spieler wie Hans Holtz eine Dreiviertelmillion kassieren, ganz zu schweigen von Adi Pikler, und mein Mann soll mit demselben mickrigen Betrag bei der Stange gehalten werden, den er bisher verdient.“

Die Quängelei ging so weiter: Anja blieb stur. Irgendwann musste eine der beiden Parteien sich bewegen; scheinbar fiel Berms der Part zu, hier vorzupreschen.

„*Berms*: Also, wir haben ja glücklicherweise einen gewissen Spielraum, den wir ausreizen können. Da wäre etwa die Möglichkeit, Kralle, dass sie Ihren Wohnsitz ins benachbarte Ausland verlegen.

Anja: Ich bitte Sie, Herr Berms: den Kuhhandel haben Sie mir schon beim Volker angeboten. Das machen wir nicht mit!

Berms: Unser Trainer kann Ihnen dazu was sagen. Herr Toftson wohnt in Eupen.

Toftson: Tsja, Kralle, iss sugegeben bissen weit mansmal, aber hätt is nix dagegen. Wenn de este Efse Kölen dis so dann behälet.

Anja: Kommt nicht in die Tüte. Dass wir in Deutschland ordentlich Steuern zu zahlen haben, ist nun mal so. Kralle und ich wollen nicht dastehen wie die Drückeberger. Außerdem würden Sie es auch nicht gut vertragen, wenn es schon wieder heißt, ‚Der Berms vom Finanzministerium treibt seine Spieler ins steuerbegünstigte Ausland!' Oder!? Denken Sie nur an Ihre Fraktionskollegen von der Besserverdienendenpartei, wenn die wegen solcher Geschichten noch mehr in die Schlagzeilen rutschen und womöglich endlich mal aus'm Bundestag fliegen!

Tumult, aufgeregte Zwischenrufe.

Klunkertz: Kralle, jetzt wirken Sie mal auf Ihre Frau ein. Die dreht ja durch! Frau Schickedantz, wo wir außerhalb des Vereins engagiert sind, geht Sie einen feuchten Dreck an. Das ist nicht Ihr Bier!

Anja: Ach ja? *(süffisant:)* Ehrlich gesagt, Klunkertz, mit Ihrem Bier möchte ich in der Tat in keinster Weise etwas zu tun haben müssen! *(Bedrohlich:)* Aber bedenken Sie: Die Welt ist ein Dorf! So was spricht sich schnell rum!

Stimmengewirr.

Kutschhoven. Wovon spricht die, Klaus?

Berms: Was wollen Sie damit sagen!?

Anja: Was ich damit sagen will? *KHD* war bei den Verhandlungen von wegen Trikotwerbung bereit, bei Kralle als Privatsponsor einzuspringen. Der FC hätte damit ne hübsche Stange Gehalt eingespart. Kralle hat ne Lehre in Deutz gemacht, Kralle wäre das Aushängeschild von *KHD* beim FC gewesen. Aber *KHD* kam ja nicht durch als Trikotsponsor. Obwohl sie ne glatte halbe Million mehr auf den Tisch gelegt hätten als *Dorf*, haben sie den Zuschlag nicht gekriegt! Klunkertz, könnten Sie so was der Öffentlichkeit plausibel erklären, wenn's rauskäme?

Kutschhoven: Jetzt mal halblang: *KHD* ist ausgestiegen, weil die keine Chancen mehr sahen gegen das Angebot der Brauerei.

Klunkertz: Das grenzt an Rufmord, werte Frau Schickedantz! Ich darf Ihnen im Vertrauen sagen: wenn Sie *meine* Frau wären, ich wüsste, wie ich Sie an die Kandare kriegte!

Anja: Ich glaube, ich muss es mir nicht antun und erst Ihre Frau werden, um zu verstehen, wo die ihr Veilchen her hat!

Klunkertz: Sie ... Sie ... SIE alte KICKERQUETSCHE, Sie!!

Geschrei, Lärm, ein Handgemenge. Plötzlich ein Schrei.

Anja: Scheiße, aaah!

Klunkertz: Immer drauf, Kralle. Feste!

Kralle: Oh Mann, Anja. Tut mir leid. Euch kann man ja nur noch mit Gewalt auseinanderhalten!

Toftson: Ssie isja am bludn ausse Nase. Snell, mussmer Tempotüser ....

Klunkertz (widerwillig:) Los, Wolfhard, hol ihr mal ein Taschentuch. Mensch, die blutet ja wie'n Tier. Wenn der Boltzinger-Matten zurückkommt und die Sauerei ... Toftson, geben Sie mir mal eins von den Scotchgläsern hinter Ihnen, schnell!

Kralle: Geben Sie her, Trainer. Hier! Halt das drunter! Hört gleich auf ...

Klunkertz: Passen Sie doch auf, Sie unmögliche Person! Sie tropfen auf den Läufer ... Himmel noch mal! Ins Glas, INS GLAS!!

Kurzes Schweigen. Anja schluchzt ein wenig.

Kralle: Wird schon besser, Schatz. Hört schon auf. Soll ich schauen, ob unser Physio noch da ist? Dass der mal nach dir sieht?

Anja (schwächlich:) Geht schon, geht schon. Hört schon wieder auf.

Kutschhoven: Nehmen Sie das Taschentuch hier. Ihr Gatte hat Sie ganz schön angeknockt!

Klunkertz (hastig:) Komm, Klaus, gib das Glas her, ich bring's weg. *(Man hört, wie jemand eine Türklinke drückt, die Tür dann schließt)*

Kralle: So geht's nicht weiter. Meine Herren, ich bitte Sie, ein wenig auf Herrn Klunkertz einzuwirken, wenn er wieder zurückkommt. So hat das keinen Sinn!

Wieder geht eine Tür, Schritte.

Klunkertz (wieder da:) Was ist? Meine Herren, was sehen Sie mich so an? Habe ICH ihr etwa eine verpasst!?"

Das ging in dem Ton so weiter. Nichts, was wir nicht ohnehin geahnt hätten. Irgendwann begann ein zweites Verhandlungsgespräch, später ein drittes. Je mehr Zeit verstrich, desto günstiger wurde offensichtlich die Lage für Anja und Kralle. Wenn Kralle nicht schleunigst einen neuen Vertrag unterschrieb, war er zum Saisonende von jedem anderen Verein für nen Appel und ein Ei zu haben. Gegen Kutschhovens bitteren Widerstand brachte schließlich Anja ihre Gehaltsvorstellungen durch. Klunkertz war im Gegensatz zu seinem Spießgesellen Kutschhoven am Ende nicht mehr ganz so bissig und gehässig; eher war sein Verhandlungsstil am Ende deutlich auf Kompromiss aus.

Die spannende Sache war aber eine andere. Wir wussten mit diesem Ausschnitt der Vertragsverhandlungskeilerei, wie Klunkertz an das Blut von Anja Schickedantz kam! Unwahrscheinlich schnell geschaltet hat er da – der Ganove in dem Kerl ist scheinbar immer hellwach. Nimmt einfach das Glas mit dem Blut, alle meinen, er tue ihnen noch einen Gefallen, wenn er's selber wegbringt. Und Klunkertz wird nichts Eiligeres zu tun gehabt haben, als in sein Büro zu rennen und sorgfältig die für ihn später so wertvollen Tropfen in seinem Kühlschrank zu deponieren.

„So. Jetzt ist die ganze Sache allmählich wasserdicht. Wir könnten uns mal überlegen, wie's weitergehen soll!", schlug die Isetta vor. „Wir haben ein paar Beweismittel, das Band, die Analyse vom *Dorf*-Kölsch ..."

Mir war nicht wohl bei dem Gedanken. Erst recht nicht, als er vorschlug, dass wir uns erstens mit dem Anwalt von Ela Wolkenheim in Verbindung setzen sollten, und zweitens er mal mit Marcel reden wollte, von wegen der Connection zu seiner Freundin Sarah bei *RTL*. Meine Strategie musste lauten, ihm die Sarah wieder auszureden; wahrscheinlich war es dafür unumgänglich, dass ich in puncto Mitleid für Ela Wolkenheim nachgeben musste.

„Nee. Bitte nicht *RTL*. Bei denen hab ich mich mal für ein Praktikum beworben. Den arroganten Säcken gönne ich's nicht. Da stehen uns wirklich andere Möglichkeiten offen. Außerdem halte ich's für verfrüht, jetzt schon ..."

„Klöös, du Blindfisch!", fuhr er dazwischen. „Wir haben eine lückenlose Beweiskette. Da fehlt nichts! Die Kiste sollten wir rechtzeitig zum Leverkusenspiel am Samstag hochgehen lassen, wenn du mich fragst! Ich werde gleich mal mit Hans-Erich telefonieren, dem hab ich heute früh das Kondom mit der Tablettenprobe vom Klabund gebracht. Wenn da irgendeine neue Sauerei im Busch ist, wovon ich mal ganz feste ausgehe, dann wird das die Bombe zum Spiel des Jahres! *Geißbockgate*, Klunkertzklüngel, Klukutsch-Clan aufgeflogen! Nee, wahrscheinlich sogar Klu-Kutsch-Klabund-Clan! Das ist doch der Reißer! Da sind sich ganze Fließbandstraßen beim *Ford* untereinander spinnefeind, weil die einen den FC supporten und die anderen Bayerschweine sind, da macht die Presse ein Riesentamtam und lässt richtig schön die Fetzen fliegen zwischen den zwei Vereinen – und dann ist die ganze Chose längst unterm Tisch ausgemaggelt!"

„Also gut", versuchte ich ihn zu bremsen. „Ein Zugeständnis mache ich: dass wir zuerst mit dem Anwalt von Ela Wolkenheim reden. Aber der wird uns genauso wie alle anderen eines fragen ..."

„Na? Was wird der uns noch fragen? Wenns ein Anwalt mit nem Rest Anstand ist, wird er uns dankbar die Füße küssen!", raunzte die Isetta.

„Er wird wissen wollen, wer Anjas Mörder ist, wenn nicht seine Ela. Das wird der uns fragen!"

Die Isetta kam ins Grübeln. Es sah so aus, als hätte ich Zeit gewonnen.

„Okay", machte er den Rückzieher. „Was schlägst du vor?"

„Was ich vorschlage? Deinen Vorwurf an mich von Donnerstag schlage ich vor, du Kurzzeitgedächtnis auf Rädern! Hannes Böcker noch mal rannehmen, schlage ich vor! Der weiß vielleicht nicht alles, aber wahrscheinlich doch genug, und außerdem haben wir den vollkommen in der Hand!"

„Böcker? Naja", sinnierte er, um Tiefgang seiner Denkanstrengung bemüht. „Vielleicht kein schlechter Gedanke."

„Penner!", konterte ich. „Wen denn sonst?"

„Und wie?"

„Ich red mal mit der Moni. Die wird sicher wissen, wo der wohnt. Abfangen, und dann bist du mal dran mit deinem Totschläger von Rollstuhl!"

Wir verabschiedeten uns vor der Eisdiele an der großen Rodenkirchener Kreuzung. Ich hatte keine Lust auf Marcels langes Gesicht. Zuhause hatte Martina gekocht: eine einzige Portion, nur für sich.

„Na klasse", meckerte ich, „wir rackern uns die Seele aus dem Leib, zerfetzen uns die Nerven bei Hochrisiko-Einbrüchen, holen uns im Regen fast den Tod, und du pampst ab!" Offensive ist die beste Verteidigung.

Sie war ziemlich aufgebracht. Kreischte. Dieser hohe, unwahrscheinlich nervtötende Ton, wenn junge Menschen weiblichen Geschlechts sich nicht mehr im Zaum haben.

„Du machst irgendwo die Nächte durch, und ich kann mir hier das Zeug anhören! Was schuldest du den anderen Mietern!? Mich machen die Idioten hier an, wegen dir!"

Aha. Die Damen und Herren Mitbewohner. Vielen Dank.

„Die sammeln sich und machen Stimmung gegen dich, Klaus Vogel! Das solltest du dir langsam in dein Spatzenhirn meißeln, falls das bisher an dir vorbeigegangen sein sollte!"

„Wieso, was ist denn los!?", fragte ich mit so unschuldigem Tonfall wie möglich.

„WEISS ICH DAS!?", keifte sie. „Für irgendwas sollst du sie entschädigen. Ich solle zu Dampflamm gehen und den fragen … sag mal, GLAUBST DU, ICH LASS MICH VON DIR UND DENEN VERARSCHEN!"

Oh-oh. Ich versuchte gar nicht erst, um den Brei rumzureden, und erzählte ihr alles. Also, *fast* alles.

„Wenn die uns fertigmachen wollen, okay. Sollen sie's versuchen, schaffen werden sie's nicht. Ich sag dir, was los war. Neulich hab ich doch dein Fahrrad repariert, als du in der Uni warst, nicht?"

„*Versucht* zu reparieren. Höchstens versucht. Ich hatte das Gefühl, du hast gar nichts dran gemacht. Wie immer!", belehrte sie mich. Immerhin war ihr Ton jetzt nicht mehr so kratzbürstig.

„Nee, repariert", blieb ich stur. „Draußen fing's an zu regnen, also hab ich das Rad in den Keller getragen: war schon Nachmittag, und keiner von den Wäscherinnen mehr unten. Ich bin in den Raum mit den Waschtrommeln rein, weil ich da am meisten Platz hatte. Und was Dampflamm nicht weiß, macht ihn nicht heiß. Ich also repariert, ne ganze geschlagene Stunde. Na, und dabei wird's passiert sein, irgendein ölverschmierter Schraubschlüssel. Liegengeblieben, mir aus dem Werkzeugtäschchen gerutscht, irgendwie so was. Ist in den Berg mit der Bettwäsche von den Mietern geraten, und wurde dann mitgewaschen …"

Sie sah mich an, überlegte. Schwieg aber beharrlich weiter. Ich musste ihr auf die Sprünge helfen.

„Ich wollte es so regeln. Ohne dass du davon erfährst. Du tust schon genug, da wollte ich nicht, dass du dich auch noch mit so was belastest."

„Und das soll ich dir glauben?“, fragte sie schließlich.

„Ich bitte drum!“

„Und wo warst du heute Nacht?“

„Den Stress wegsaufen. Habe Bruno noch getroffen, im *Kurkölner*. Naja, kennst ja den Bruno. Sind noch zu ihm und haben aus seiner Matratze geraucht“, log ich.

Sie war weiterhin kurz angebunden. Kannte ich schon. Martina würde jetzt eine Weile brauchen, bis sie wieder auftaute, und dann war gut.

Ich rief die Isetta an. Marcel nahm ab und war in etwa so kurz angebunden wie Martina. Komisch, was hatten die alle auf einmal? Die Isetta sagte mir, Hans-Erich hätte ihm die Analyse durchtelefoniert: Volltreffer. Ein ziemlich starkes Beruhigungspräparat, eine Art K.O.-Tropfen in Tablettenform. Die genaue molekulare Zusammensetzung deute entweder auf *ICI* aus den Staaten oder *Bayer* als Hersteller hin. Und wir schlossen großzügig aus, dass es aus den Labors von *Icy Eye* stammen konnte. Über Klunkertz setzt der Werksclub, setzen die Pillenkicker die FC-Profis schachmatt! Klunkertz, das U-Boot aus Leverkusen! Wir würden Hannes Böcker anregen müssen, uns doch seine Vermutung mitzuteilen, wie genau das abging: wie die FC-Kicker die bitteren Pillen schluckten. Wohl kaum freiwillig schluckten, hofften wir.

Die Isetta erzählte mir, er habe nach der Durchsage von Hans-Erich beim Dopinginstitut der Kölner Sporthochschule angerufen und sich als Behindertensportler ausgegeben, der an internationalen Wettbewerben teilnimmt. Er wolle wissen, ob er ein Präparat gegen Hyperaktivität nehmen könne, ohne gegen geltende Dopingbestimmungen zu verstoßen. Man nahm den Namen der Substanzen auf, die in dem Präparat verwendet wurden, blätterte in Listen, gab ihm dann Entwarnung: Er könne beruhigt sein und sich mit dem Zeugs ruhig beruhigen, das Mittelchen sei vollkommen legal. Was nichts anderes hieß als: es hinterließ keine auffälligen Spuren in den Urinproben der beiden FC-Kicker, die nach Bundesligaspielen schon mal zur Kontrolle gebeten wurden. Klunkertz und Klabund waren, ich wiederhole mich, oberabgewichst.

Moni, die ich daraufhin anrief, versprach, mir die Adresse von Hannes Böcker zu besorgen, der nicht im Telefonbuch stand. Ich berichtete ihr kurz, was auf dem Diktaphonband zu hören war.

„Siehste, das ist ne Sau, der Klunkertz“, sagte sie. „Und was macht ihr jetzt?“

„Ja, Böcker eben. Nochmal anklopfen bei dem.“

Martina kam irgendwann raus und kochte sich einen Tee, nachdem sie sich in ihr Zimmer zurückgezogen hatte, um mir das Spülen ihres Geschirrs zu überlassen und an ihrer Seminararbeit zu feilen, die sie übers Wochenende doch arg vernachlässigt hatte. Ich schlich zu ihr in die Küche, steckte mir eine Zigarette an. Gerade in dem Augenblick, als ich ihr von hinten mit den Händen sanft um den Brustkorb greifen wollte, fragte sie:

„Was geschieht in Deutschland für gewöhnlich mit den Kleinen und Schwachen!?“

Ich ließ von ihr ab.

„Gelinkt werden sie. Fürchterlich verarscht!“, folgerte ich aus meinen eigenen Erfahrungen.

„Und was geschieht im Rheinland mit den Kleinen und Schwachen?“

„Dasselbe!“

„Beispiele?“

„Für Kleine, die unter die Räder geraten? Hier? Na, zum Beispiel ein gewisser Klaus Vogel, Student der Philo …“

„Nicht die Faulenzer. Die *Kleinen*, aber *fleißigen*, meine ich.“

„Öööh. Den … *Brauereien* geht es beispielsweise schlecht, wenn sie noch klein sind. Hingegen wenn sie …“

„Genau, Klaus. Die Brauereien. Gutes Beispiel. Repräsentativ für das, was mit Tante-Emma-Läden abgeht, mit Elektrofachgeschäften zwischen *Pro Markt* und *Saturn*, mit Buchhandlungen oder kleinen Bäckereien.“ Sie machte eine wohlgesetzte Pause.

„Und?“, drängelte ich schließlich.

„Na, nehmen wir den kleinen Chemikanten mit seinem Minilabor, draußen in Flittard. Sozusagen im Schatten des Bayerkreuzes. Der Kleine und Schwache, wem der wohl eigentlich gehört? Die Klunkertz-Chemikalien KG, wer da stiller Teilhaber sein mag?"

„Du meinst …?"

„Das mit der KG ist nur für die Galerie. Eigentlich ist es eine Stille Gesellschaft, und zwar eine höchst atypische. *Bayer* allüberall beim Klunkertz in Flittard! Klunkertz hält stets seine Schäfchen im Trockenen, setzt die Frau als Komplementärin ein und hat den großen Konzern im Rücken!"

Ich war baff. Martina wusste noch nichts von unserer unheimlichen Begegnung der fetten Art mit Klabund, und das, was sie über ihre alte Freundin Johanna rausbekommen hatte, die beim *Bayer* in der Verwaltung Sekretärin ist, brachte Licht auch in den letzten Rest Dunkel. Wir hatten das Motiv, *warum* Klunkertz sich zum U-Boot für Klabund und Konsorten machte, warum er zum Betrüger am gemeinen FC-Fan, zum Schädling an der Gesundheit seiner Spieler wurde. Hatte Anja auch davon gewusst? Anzunehmen war es. Über die Linie *Bayer*-Klunkertz-*Dorf* war der Feind bis auf die Trikots der Unseren gelangt. Wir waren unterwandert! Die Macht am Rhein saß in Leverkusen, inszenierte Fußballspiele, manipulierte Resultate, zog im Hintergrund die Fäden, während der naive, trottelige FC-Fan noch an so was wie Fairplay glaubte, wenn die Mannschaften vor ihm aufliefen. Wie die Marionetten hingen die Unseren an unsichtbaren chemischen Fäden, waren Staffage für den Gegner, der bloß drauflos spielen musste. Ich bekam Kopfschmerzen; das klang so unwahrscheinlich, war so unheimlich …

17

Uns blieben noch drei Tage bis zum Samstag, zum Spiel der Spiele. Spätestens dann musste der Sprengsatz hochgehen, musste alles angebracht sein. Der Verein erwartete ein ausverkauftes Haus, ich eine Riesenschüssel mit fünfzig Tausend Menschen voller Entsetzen und Abscheu über die Machenschaften. Insgeheim rechnete ich sogar damit, dass man das Spiel absetzen würde, malte mir dann aber doch lieber aus, wie die Kriminalpolizei Klunkertz und Klabund von der Ehrentribüne weg verhafteten und wie die Leverkusener auf dem Rasen einander verdutzt ansehen. Wie der Schiedsrichter verständigt wird und nicht so recht weiß, was er tun soll, wie Fernsehteams in der Halbzeit Jagd auf Spielerstatements und Vorstandsköpfe machen, die alle nur „Jaggut, äääh … keinen Kommentar!" parat haben. Wie die Fans Lunte riechen, erst zaghaft protestieren, dann heftiger, lauter, wie alles zu einem Fanal ausartet, zu einer Revolution von unten, aus Südkurve, Oberrang Nord und Stehplatz Mitte wird, die die satten Vereinsärsche hinwegfegt. Massen stürmen den Rasen des Müngersdorfer Stadions, einzelnen Spielern gelingt es nicht mehr, sich rechtzeitig in Sicherheit zu bringen. Sie werden zerfleischt von tobenden, randalierenden Fans … Kirsten, Sergio … die schäumende Anhängerschaft zieht in Richtung Gästeblock, wo die Exekution weitergeht, Blut rinnt in breiten Bächen die Betontreppen der Nordkurve herab, über schwarzrote Fanschals und Aufnäher mit dem Bayerkreuz, während die rasende Menge sich zurückwälzt Richtung Tribüne, um den Rest der korrupten Dreckstruppe genau auf Höhe der Mittellinie an den Metallstreben unter dem Oberrang aufzuknüpfen …

„Ja, Vogel!?", wachte ich aus meinen Tagträumereien auf.

„Ich bin's, Liebling. Ich hab hier die Adresse von Hannes Böcker. Hast du was zu schreiben?"

„Moni, Liebes! Du, ich hab dir doch gesagt, nicht bei mir zu Hause anrufen. Na, komm, her damit!"

Hannes Böcker wohnte „Kompromiss“: im Frechener Weg, Nähe Aachener Straße, in Weiden. Kompromiss, weil ziemlich genau in der Mitte zwischen Geißbockheim in Klettenberg und Mami und Papi in Widdersdorf gelegen, wo er herkam und ganz am Anfang auch Fußball gespielt hatte. Ich vermutete, Böcker besaß nicht mal ein eigenes Bügeleisen, geschweige denn die Lizenz zum Wäschewaschen: Das erledigte alles die Mutti ein paar Kilometer weiter. Naja, egal.

Nachmittags inspizierte ich das Terrain. Eine sehr ruhige Straße, Nachbarn schielen misstrauisch, hier passt der eine auf das Haus vom anderen auf – hier ist die Welt noch in Ordnung. Schlecht für uns.

Mindestens genauso schlecht war, dass es nirgendwo ein bisschen Deckung gab, wo man ihn sich in Ruhe hätte vorknöpfen können. Überall nur übersichtliche Einfahrten, und die Blicke der Anwohner immer förmlich im Nacken.

Ich rief die Isetta an, teilte ihm die niederschmetternden Neuigkeiten über Böckers Zuhause mit: Das wird nichts mit zügig weiterermitteln. Wir mussten uns wohl oder übel wieder auf zähe Warterei im *Laternchen* einstellen. Die Isetta bestand darauf, trotzdem zu kommen. Ich solle mir nicht gleich ins Hemd machen. Marcel würde ihn hinbringen.

Eine halbe Stunde später, gegen halb vier, hatte der Zivi seinen Klienten gruß- und wortlos ausgeladen und war dann wieder abgerauscht.

„Mies drauf, der Junge“, bemerkte ich so beiläufig wie es ging.

„Hat übel Stress daheim. Wegen Sarah. Auf der Arbeit machen sie ihr tierisch Druck, sie braucht ne Erfolgsstory, sonst setzen sie sie vor die Tür. Vielleicht sollten wir doch zuerst mit *ihr* …“

„Nicht mit *RTL*!“, wiederholte ich mich. „Wieso hat sie Stress?“

„Rückt sie nicht raus. Hat irgendwas vergeigt. Ist’n bisschen klemmfotzig bei so was. Naja, persönliche Niederlage eben. Sogar der Marcel kommt nicht an sie ran … jedenfalls bis jetzt nicht!“

War auch ein Glück, für mich. Noch.

Die Isetta schloss sich meiner Beurteilung der Örtlichkeiten an: Hannes Böcker wohnte überfallsicher. Trotzdem wollte er noch bleiben und zumindest abwarten, bis der Kicker vom Training kam. Nölend blieb ich bei der Stange.

Gegen fünf, als es schon dämmerte, kam er angeschossen in seinem Coupé. Parkte in der Einfahrt, verschwand im Haus, die Sporttasche in der Hand. Ich wollte wieder abdampfen, doch die Isetta bestand darauf, noch ein Viertelstündchen zu warten: Mochte ja sein, dass der nen Hund hatte, der Gassi geführt werden wollte oder so. Die Isetta mit seinem Hundetick und dem Gassigehen!

Aber recht sollte er behalten: zwar keinen Hund, aber einen leeren Wasserkasten brachte Hannes Böcker mit aus seiner Wohnung, dazu ein paar Einkaufstaschen aus Leinen. Er verstaute beides im Kofferraum seines Wagens und fuhr los.

Wir reagierten sofort. Wohin wird er schon fahren, wenn nicht ins nahegelegene Einkaufszentrum! Bis dahin waren's nur ein paar hundert Meter, wir merkten uns also sein Autokennzeichen und machten uns ebenfalls auf den Weg, zu Fuß und mit dem Elektrorollstuhl.

Gute zehn Minuten später waren wir da, teilten uns die Parkplätze auf: die Isetta den großen im Freien, ich das neonbeleuchtete Parkhaus. Und ich war es, der fündig wurde. Ziemlich weit oben entdeckte ich Böckers Wagen wieder. Ein Pfiff, und die Isetta kam die Rampen hochgeschossen.

Wir fanden ideale Bedingungen vor: ein Parkhaus, düster, wenig los, und es wurde mit jeder Minute noch leerer, weil bald die Läden des Einkaufszentrums schließen würden. Erwartungsfroh legten wir uns auf die Lauer: ich hinter Böckers Auto, die Isetta hinter einem Müllcontainer.

Es dauerte gut und gerne zwanzig Minuten, bis Hannes Böcker kam. Ich machte der Isetta Zeichen, verduftete dann aus meiner Stellung, weil Böcker einen vollen Einkaufswagen mitbrachte, den wir ihn erst in sein Auto entladen lassen wollten. Dann brachte er den Karren zurück.

„Entschuldigung", sprach ich ihn an. „Können Sie mir zwei Fünfziger in ne feste Mark wechseln für den Einkaufswagen!?"

Böcker war ein wenig erstaunt und nachdenklich. Vielleicht erkannte er mich wieder. Die Isetta war aus seinem Versteck losgefahren und rollte von hinten auf ihn zu. Er kramte derweil wortlos in seiner Hosentasche, suchte nach der Mark, die ihm sein Einkaufswagen gerade noch ausgespuckt hatte.

Fuuuitsch!, rammte ich ihm meine Faust in die Magengegend. Böcker krümmte sich, glotzte mich verdutzt an. *Schluuuiiph!*, fuhr die Isetta wie mit einem Gabelstapler unter seinen Hintern, dass der Kicker sich für einen Moment bei ihm auf dem Schoß wiederfand. *Ritz-Fongg!*, zerrte ich ihn an seinem Seidenblouson wieder hoch, drückte ihn unsanft auf den Teerboden. *Schlöörfschlörff*, zog ich ihn, der platt da lag, in den Sichtschutz der parkenden Autos, setzte mich ihm auf den Brustkorb. *Möhrsssmöhrsssfiep!*, machte das Gefährt von der Isetta, als er damit genau über Böckers Beinen anhielt, Gummiabrieb auf glattem Teer.

„Jaa-AUU! Was soll das? Wat wollt ihr von mir!?", kreischte Hannes Böcker.

„Schnauze. Brüllen bringt Beinbruch", meinte ich trocken. Die Isetta fuhr ein winziges Stückchen weiter vor, so dass die eingeklemmten Profifußballerbeine den kalten, unbarmherzigen Druck des batteriegespeisten Stahlungetüms auf vier Rädern zu spüren bekamen.

„Aaah, seid ihr bescheuert? Ihr brecht mir …"

„Schnauze, hab ich gesagt. Elektrorollstühle können grausame Verstümmelungen verursachen, wenn man aus Versehen drunter gerät. Denk an deine funkelnagelneue Profikarriere, Böcker!", pflaumte ich ihn an, scheuerte ihm dazu ein paar. Er wehrte sich nicht, die miese Ratte hielt sich nicht mal ernsthaft die Hände vors Gesicht. Teer und Straßendreck klebten an seinem blassen

Gesicht und der peinlichen, schulterlangen Matte. *Fong!*, hatte er schon wieder eine gefangen.

„Wir haben ein paar Fragen, mein Sohn!“, ließ die Isetta von hinten verlauten, wie der Pate in einem Mafiastreifen. *Flupp*!, wieder eine. Fing an, irgendwie Spaß zu machen.

„Du und Klunkertz, ihr habt Ela Wolkenheim die Sache mit Anja Schickedantz in die Schuhe geschoben. Wir wollen wissen, wer sonst noch alles dabei war, in der Nacht damals!“

„Wieso wollt ihr das wissen? Wer seid ihr!?“ *Faschong!!*

„Gehen Sie nicht über Wiederholung. Ziehen Sie keine Viertelmillion ein! Los, Mensch, wird's bald? Wer da noch bei war, hab ich gefragt!“, drängte ich.

„Ich … ich … weiß nicht was ihr meint!“

Schegger!

„Fahr mal'n Stück vor, Bruder!“, raunte ich über meine Schulter zur Isetta. Eine winzige Fingerbewegung ließ den Rollstuhl drei Zentimeter weit nach vorne ziehen. Gejaule.

„Uuuah-HAU! Scheiße, hört auf mit dem Mist!“, jammerte es zwischen meinen Schenkeln.

„Wer war das, der der Ela die Nägelkette auf die Fahrbahn gelegt hat, damit sie nen Platten kriegte?“, dröhnte die Isetta von hinten. Mit einem erneuten *Zingk!* garniert, löste das endlich Böckers Zunge.

„Ke … kenn ich nicht. Irgendwelche Ärrr … rsche! Sch … AAarf auf Freikarten, Mann. Klunkertz hat die aufgetan, mit denen hab ich nix zu tun. Alles der Klunkertz gewesen …“

„Südkurve?“

„Nee … Scheiße, Mann, fahr'n Stück zurück!“

„Südkurve??“

„Hools. Vom Oberrang.“

Die Isetta und ich blickten uns kurz an. Klunkertz war sich nicht mal zu schade, mit den allermiesesten Kloppern zu kungeln.

„Wer hat Anja erledigt? Los, Mann, sag schon: wer hat Anja erledigt?“, zischte ich Böcker an.

„Ich weiß nicht. Ehrlich nicht! Glaubt mir doch!“, winselte der. Ein wenig zu laut, ein bisschen zu pathetisch winselte er. Die Isetta tippte noch mal mit dem Finger an seinen Joystick. Man konnte förmlich hören, wie sich die Kickersehnen dehnten und die Profiknochen knarrten. Wieder Gejaule, jetzt lauter. Die Isetta blickte sich um, nickte dann seelenruhig. *Frrrrong!*

„Halt die Fresse! Und raus mit der Sprache: wer??“

„Ich … ichich, jaaAAH! Scheiße, jaaUUH! Oooah, nee …“

Klang irgendwie nicht konkret genug. Nicht wie ein Name, nicht wie etwas, das Anja niedergeschlagen haben könnte. Die Isetta tippte nochmal.

„Jaaaaargh, der KuuuaaaAAT, scheiße! Hör AAUFF!“

Sein Gebrüll hallte durch das Parkhaus. Kuh wie? Die Isetta fuhr ein Stück zurück.

„Kuh wie? Wer soll das sein?“

„Kurt, Mann. Weiß ich, wie der richtig heißt. Kuttenklatscher-Kurti nennen die ihn. Mann, ich lass euch fertig machen, ich kack euch zusammen, das schwör ich euch!“

Schon wurde er frech. Kaum lockert man den Griff, und schon wird er frech.

„Moment mal, Freundchen!“, warnte ich ihn. „So nicht. Erstens kommt sonst gleich wieder der böse, böse Rollstuhl hier. Und zweitens, Vorsicht! Der kleine Hannes fliegt schlimm mit auf die Nase, wenn er nicht brav bleibt. Anjas Blut an den Wagenheber von der Ela schmieren und so. Gibt ne Menge Leute, die so was brennend interessieren würde!“

Er schwieg. Von hinten hörte ich, wie die Isetta vor sich hin brummelte, „Oh Scheiße! Kuttenklatscher-Kurti!“

„Kommt mir bekannt vor“, raunte ich.

„Das ist der, der mich aufgemischt hätte, nach dem HSV-Spiel, wenn ich nicht die Fischköppe überrollt hätte!“, sagte die Isetta.

Auch mir war der Name irgendwie geläufig; ich wusste nur im ersten Augenblick nicht, wo ich ihn hinstecken sollte. Kuttenklatscher-Kurti, das war der Typ, der bei den Prahlereien von

Monis Ex und seinen Kumpels immer die Paraderolle innehatte als der allerschlimmste Klöpper von allen. Der ganz Üble, der mit dem Stadionverbot! Mit Alliteration im Namen, Dynamit in der Faust und richtig viel Scheiße im Hirn! Kuttenklatscher-Kurti. Na super!

„Wenn du uns hier bescheißt, Bursche …!" *Kazzzock!* Ich verprügelte hier einen Fußballer. Einen Geißbock! Einen, wegen dem ich Woche für Woche ins Stadion lief. Komisches Gefühl, das.

„Den hat auch der Klunkertz angeheuert? Böcker, antworte, du Schwein! Ob Klunkertz den auch aufgetan hat!?", nölte die Isetta, der sich besser im Griff hatte als ich.

„Ja, Mann. War alles der Klunkertz. Der hat das organisiert!", bekräftigte Böcker.

„Hat dir nen neuen Vertrag gegeben dafür, dass du die Ela belastest, stimmt's?" *Schloinghghgg!* „Stimmt das?"

Hannes Böcker, kleinlaut, bejahte.

„Hat dir mit Kutschhoven zusammen ne Viertelmillion zugeschustert, die du nie wert bist! Hat Jojo im *Laternchen* geschmiert, hat den Kempf verständigt, am Morgen nach der Tat. Hat Freikarten für die Hools rausgerückt … raus mit der Sprache: Was hat Kurti gekriegt für seinen Liebesdienst!?"

Nach kurzen *Sssslupp!* machte Hannes Böcker auch in dieser Hinsicht seinem Herzen Luft: Gegen Kuttenklatscher-Kurti wurde das Stadionverbot aufgehoben. Es hatte in letzter Zeit immer öfter Stunk mit dem Wachdienst und sogar den Bullen gegeben, wenn Kurti sich trotz Verbots ins Stadion schmuggeln wollte – da hatte so ein Arrangement für ihn durchaus Vorteile. Gegen den HSV war er ja schon wieder ganz der Alte gewesen, durfte sich wieder austoben.

Uns war klar, das würde eine ziemlich harte Nuss werden. Vor allem die Isetta hatte Manschetten, Kurti auszuheben. Einstweilen hatten wir aber noch ein paar Fragen an Hannes Böcker.

„Wie sehen eigentlich die letzten Stunden vor euren Spielen aus? Esst ihr da noch was, oder trinkt ne Kleinigkeit?", wollte die Isetta wissen.

„Is'n das für ne blöde Frage? Wollt ihr mich verarschen, oder wie? Lasst mich verdammt nochmal endlich los und haut ab, ich sag nix mehr!", zischte Böcker.

„Erstens bestimmen wir, wann hier Schluss ist ..." *Ssack-bongg*! „Und zweitens könnte es euch Spielern durchaus zugute kommen, wenn wir wüssten, ob Klunkertz euch dopt!"

„Dopen? Hä?" Er tat jetzt doof. Aber wir kriegten's mit: fällt eben auf, wenn ein Doofer mal absichtlich doof sein will: *Ffffrengss-tschoing*!

„Tu nich so. Du warst doch Auswechselspieler, am Samstag gegen HSV. So müde wie ihr da gekickt habt: da ist dran gedreht worden, erzähl uns keine Märchen! Und jetzt am Samstag wird wieder beschissen! Das ganze Stadion, die Leute, alle werden beschissen – sogar ihr, wenn's euch nicht schon längst scheißegal ist! Ihr werdet, wenn du's so willst, am allermeisten beschissen. Denk doch mal nach. Was ist mit euren Siegprämien? UEFA-Cup-Prämien? Und was ist, wenn das Zeug, das ihr schluckt, so ganz und gar nicht gut wäre für eure Sportlergesundheit?"

„Wir haben alles!", unterbrach ich die Moralpredigt von der Isetta. „Die chemische Zusammensetzung von den Tranquilizern, die sie euch geben, alles. Sogar die Spur nach Leverkusen, zu Klabund. Also los, rück schon raus: wie läuft das ab bei euch, vor den Spielen?"

Hannes Böcker, der längst schon eifrig dabei war, alles auf Klunkertz zu schieben, erzählte von den Ansprachen des Vize vor den Spielen: ein idiotisches Ritual zwar, aber es gehörte dazu. Ebenso das Rumreichen der Mineraldrinks kurz vor dem Aufwärmen im Stadion. Da könnte natürlich was reingemischt worden sein. Sonst? Eher unwahrscheinlich. Wo auch – im Mannschaftshotel? Beim Mittagessen im Restaurant!?

„Ob er uns zum Beweis ...?", fing ich an.

„Du glaubst doch nicht im Ernst, dass der uns auch noch nen Gefallen tut und uns ne Flasche von dem Zeugs aus der Kabine schmuggelt!?", polterte die Isetta.

„Wieso nicht? Wenn wir ihn dafür verschonen“, konterte ich.

„Kommt gar nicht in Frage. Die Beweislast ist schon erdrückend genug für ihn und Klunkertz. Und ich will das Schwein bestraft sehen. Ich will, dass er sich bei Ela vor allen Leuten entschuldigt!“

Ich grummelte. Lieber jetzt keinen Streit mit der Isetta.

„Hast du noch was auf dem Herzen, Bruder?“, fragte er mich. „Sonst setz ich ein Stück zurück und wir lassen unser Jüngelchen wieder laufen.“

Ich überlegte.

„Was soll das Gerede um Volker Fuchs? Warum reden alle davon, dass der impotent ist? Dass dem die Eier schrumpfen?“

Ich solle mal nach dem Training mit der Mannschaft duschen, sagte Böcker. Alle lachen da den Fuchs aus, so komisch sieht das aus. Dem sind damals, als er nach der Verletzung nicht mehr so richtig auf die Beine kam, die Aufbaupräparate nicht bekommen. Alles futsch!

„Anja hat das gewusst?“

„Gewusst? Und ob die das gewusst hat! Klunkertz hat mir erzählt, sie sei zu ihm gekommen und habe damit gedroht, die Sache publik zu machen. Damals fing das an mit dem Klunkertz und ihr.“

„Wo war der Fuchs eigentlich in der Tatnacht? Du bist doch als letzter mit Klunkertz gegangen. Wann ist der verschwunden?“

„Mit Adi und Hans. Die sind zu dritt abgezogen, in Adis Porsche …“

Okay, okay. War ja nur so ne Frage. Volker Fuchs ist mir schließlich lange genug als die GVA, die Große Vernachlässigte Alternative hinterhergelaufen: als jemand, der Anja genauso gut hätte umnieten können. Der hatte schließlich ein Motiv, und alles. Ich bin eben pingelig.

Die Isetta setzte zurück, ich stand auf. Wir verschwanden, während Böcker sich seine Fußknöchel rieb, und uns ein „Ihr ARSCHLÖCHER!“ hinterherbrüllte.

Auf der Aachener fanden wir eine Telefonzelle. Ich rief bei Moni zu Hause an und fragte, ob sie wüsste, wie Kuttenklatscher-Kurti mit richtigem Namen hieß. Sie verneinte, versprach aber, mal ihren Ex zu fragen. Wann wir beide uns denn wiedersehen, wollte sie wissen. Ich legte auf.

Dann wählte ich die Nummer von der Isetta und hielt ihm durch die Zellentür den Hörer nach draußen, an sein Ohr: Ich wollte nicht unbedingt mit Marcel reden. Es war jetzt halb acht, Marcel wartete in Rodenkirchen auf den Anruf seines Herrn und Gebieters.

„Wann wollte die Moni sich bei dir melden wegen Kurti?“, fragte die Isetta.

„Sobald sie was weiß. Ruf mich heute Abend doch mal an!“, schlug ich vor. Ich nahm eine Eins bis zum Gürtel, dann eine Dreizehn bis an die Berrenrather.

Martina war noch immer stinkig. Da hätte eben die Moni angerufen und wollte wissen, wo denn ihr, Martinas, schnuckeliges Söhnchen sei? Ob ich ihr das bitteschön mal erklären könne.

„Hat sie was hinterlassen?“, fragte ich cool.

„Wenn du da Zicken gemacht hast, werde ich *dich* hinterlassen, da kannst du Gift drauf nehmen!“

„Sag schon, hat sie?“

Einen Namen und eine Adresse. Ob ich mich mit ihr bei diesem Kurt Kiefer in Kalk treffe?

„Schwachsinn. Martina, mach keinen Stress! Bitte!“

„Na gut, keinen Stress, okay!“ Sie fuchtelte mit den Händen, imitierte die Filmszene Marke Aufgebrachte-Frau-will-ernsthaft-ruhig-bleiben. „Kannst du mir dann vielleicht erklären, was das soll, was ich heute in meinem Postfach gefunden habe?“

Hä? Schon wieder Geld? Mir drehte sich alles.

„Hier: ‚Schöner Unbekannter, Sie haben es geschafft! Es bedurfte nur eines kurzen Anrufs von Klunkertz bei meinem Boss. Bis Ende der Woche muss ich meinen Schreibtisch geräumt haben. Ich bin gefeuert, Glückwunsch! Sollte sich eines Tages *mir* die Gelegenheit bieten, *Ihnen* in die Wäsche zu gucken, so seien Sie versichert, dass ich Ihnen die *Eier rausreiße*!' Na? *Schöner Unbekannter*?!"

„Keine Ahnung, was das sein soll. Wie kommt so was in dein Postfach?"

„Frag ich mich auch. Von *RTL*. War da nicht neulich schon mal was von *RTL*!?"

„Obszöne Post muss man sofort am Schalter melden!"

„So obszön finde ich das gar nicht. Und die Dame, der du in die Wäsche gestiert hast, wird wenig Chancen haben."

„Das meine ich auch, Tinchen. Ich hab doch dich, und was will ich mehr!", säuselte ich.

„WEIL ICH DIR *ZUERST* DIE EIER RAUSREISSE!!", donnerte sie.

Die Szene ging so weiter. Mir blieb nichts anderes übrig als ihr zu versprechen, irgendwann alles zu erklären. Sie glaubte mir kein Wort und zog irgendwann wutentbrannt ab.

Die Isetta rief gegen halb elf an; ich erzählte ihm von den drei Ks: Kurt Kiefer, Kalk. Er bat mich, vorbeizukommen: Marcel hatte irgendwie der Hafer gestochen; kaum war er mit dem in Rodenkirchen angekommen, habe er die Isetta angefleht, die eine Nacht vielleicht mal ohne ihn auszukommen. Sarah dreht durch, ließ Marcel wissen, und dass er sie heute nicht alleine lassen wolle. Am nächsten Morgen würde er alles nachholen: Spülen, Staubsaugen, die Isetta waschen.

Mit mulmigem Gefühl im Bauch fuhr ich hin. Dass diese Sarah so sensibel sein musste.

Wir rauchten, tranken Bier und überlegten zweierlei: erstens, wie wir uns Kuttenklatscher-Kurti vornehmen, und zweitens, wen wir ansprechen sollten, um die ganze Sache hochgehen zu lassen.

„Der ist uns erst mal über. Gegen den kannst du nicht einfach so anstinken, der pustet dich weg!", warf ich zum ersten Punkt der Tagesordnung ein. „Das ist einer, der bringt Leute um, kaltschnäuzig, ohne mit der Wimper zu zucken, um sein idiotisches Stadionverbot loszuwerden."

„Wir müssen eben cleverer sein als er. Mir ist schon klar, dass wir den nicht in Kalk zu fassen kriegen. Der muss da irgendwie rausgelockt werden. Und das möglichst alleine.“

Ich war sehr daran interessiert, die Isetta diesen Job machen zu lassen. Alles würde morgen steigen müssen, und schon aus dem Grund war es sicherlich nicht von Nachteil, wenn er auf die Art und Weise beschäftigt war und mich den anderen Job, das mit den Zeitungen und Rundfunkanstalten und Ela Wolkenheims Anwalt machen ließ.

„Frauen!“, schlug ich auf Verdacht vor. „Wir legen ihm den Frauenköder aus.“

„Wen willst du da …“, stammelte die Isetta. „Du denkst an diese Moni!?“

Arschloch, dachte ich.

„An die als allererstes“ sagte ich. „Das heißt, wenn wir überhaupt eine Frau aus Fleisch und Blut *bräuchten.*“

„Rück schon raus, was hast du vor?“

„Naja, Klunkertz könnte doch auf die Idee kommen, Kurti Kiefer ein wenig belohnen zu wollen. Weil der jetzt nicht mehr bloß ein Attentäter, sondern der Mörder ist. Und weil Klunkertz gute und saubere Arbeit schätzt. Also spendiert er dem Kurt mal ne Nutte auf Vereinskosten!“

„Haarsträubend!“, meinte die Isetta.

„Ich ruf die Moni an“, sagte ich und griff zum Telefonhörer.

Moni lag schon im Bett. Sie dachte, ich wolle noch vorbeikommen und war sofort wach. Ich schilderte ihr meinen Vorschlag, sie wurde albern, stöhnte rum, schrie. Die Isetta glotzte bloß blöd.

Ich vertröstete sie auf *die Tage mal*, rang ihr das Versprechen ab, dass sie morgen früh, in einer ruhigen Minute mal bei Kiefers in Kalk anrufen, sich als Vizeklus Sekretärin ausgeben würde und – … was sollte sie dann sagen?

„Dass man sich in Anbetracht der Verdienste, die sich Kuttenklatscher-Kurti um den Verein erworben hat, zu einer kleinen Anerkennung …“

„Und meine Anerkennung, Süßer?!“, säuselte Moni.

„Später. Die Sache muss morgen durch sein. Dass Kurti von einem Model erwartet wird, am Ubierring. Direkt vor der FH. Sagen wir, im, äääh, Isetta, sag mir ne Kneipe an der FH!“

„*El Greco*“, schoss der.

„… im *El Greco*!“

Moni sagte nichts. Auch die Isetta sperrte nur den Mund auf.

„Wann …?“, maulte Moni. Ich schnitt ihr das Wort ab.

„Sagen wir, um halb sechs. Nicht zu spät für Zeugen, nicht zu früh für's Bumsen.“

„Ich meine, wann soll ich bitteschön bei dem anrufen? Hat sich der Herr Vogel das auch mal überlegt? Etwa um halb sieben Uhr früh? Oder sogar von der Arbeit aus, wo alle mithören?“, motzte Moni zurück.

„Sollen etwa *wir* da anrufen?“, schoss ich zurück.

„Werd mal nicht flapsig, Schatzi!“, moserte Moni.

„Soll ich das etwa machen mit *El Greco*?“, schwante es der Isetta. Es wurde eng für mich.

„Jetzt verdammt nochmal Ruhe. Hab auch bloß zwei Ohren. Wir werden doch nicht so kurz vorm Ziel hinschmeißen. Also …“

Ich flehte Moni an, es bittebittebitteschön zu versuchen. Wenn nötig, in ihrer Pause, von einer Telefonzelle aus. Sie überlegte und man konnte den Sand, der in ihrem Kopf rieselte, förmlich durchs Telefon hören. Selbstverständlich suchte sie nach einer Möglichkeit, diesen Gefallen mit einem erneuten Rendezvous mit mir zu koppeln. Ich gab gleich nach, sogar vor der Isetta, dem Bruder meiner eigentlichen Freundin. Jetzt nur keinen Stress. Jaja, wir sehen uns am Samstag, ja, ich mich auch. Sehr, ja sehr. Sicher.

„Hallo-hallo“, zählte mich die Isetta an, als ich aufgelegt hatte. „Weiß die Martina eigentlich …?“

„Ich sagte doch: keinen Stress. Was sollen wir sonst tun?“ Er behielt seinen finsteren Blick, sah mich schweigend an. „Willst *du* etwa!? Die steht nicht so auf Krüppel!“

Das traf. Wollte ich nicht. War offen, zu offen. War ein Fehler. Schon wieder einer.

Ich versuchte, seine Betroffenheit über meinen Scheißspruch zu lindern, indem ich ihn wütend machte. Wütend auf mich. Ich erzählte ihm, wie ich es im Einzelnen plante vor dem *El Greco*.

„Kacke, Vogel. Absolute Oberkacke! Schon wieder ich! Und dann mit diesem bekloppten Hool!“, fasste er seine Gedanken zu meinen Vorschlägen kompakt zusammen.

„Was heißt hier schon wieder!? Wer hat im *Laternchen* Lokalverbot? Wer von uns beiden hat mit der Gefühlsduselei angefangen, ich sage nur Ela Wolkenheim? Und wer war in der Höhle des Löwen drin, hat die Moni überhaupt erst aufgetan, hat den Böcker ausgequetscht? Na?“

„Ich warne dich, Vogel! Wenn du da was auf fremde Rechnung am fahren bist, oder sogar auf deine eigene … ich roll dich zu Wurst!“

„Jetzt bleib mal auf dem Teppich!“, rief ich. „Haben wir ne andere Chance als zusammen? Also! Arschloch.“

Die Isetta sagte nichts. Er sah blass aus, die strähnigen Haare klebten auf der Stirn wie bei einem Verrückten. Seine kleinen gemeinen Augen funkelten hintergründig. Eine Kröte, eine gemeine, feige, fette Kröte, die sich die nächste Attacke mühsam verbiss.

„Wie soll das gehen? Wie soll ich die Leute zusammentrommeln?“, fragte er schließlich, die Worte zwischen den starren Lippen hervorpressend. „Es sind Semesterferien!“

„Wird schon. Werden dir schon ein paar Leutchen einfallen …“

„Und wenn er durchdreht und mich fertigmacht?“

„Stell dich nicht so kindisch an. Das is'n *Auswärtsspiel* für den. Kein Heimvorteil, der hat keine Kumpels von sich dabei. Der wird den Teufel tun und auf dich losgehen!“

Wieder Schweigen. Was für ein fürchterliches Weichei, diese Isetta, erst das mit Ela, und jetzt Muffensausen vor nem einzelnen Hool im Feindesland.

„Werd nicht zum Andy Möller der Undercoverszene, Rolf!“, warnte ich ihn.

„Mach ich nicht!“, haute er raus. Es waren nur die letzten Zuckungen, innen drin hatte er sich lange schon mit seinem Schicksal abgefunden. Weil er keinen besseren Einfall hatte. Jetzt jammerte er seiner vergebenen Chance nach.

„Moni ruft morgen früh bei Kurt Kiefer an“, sagte ich. „In ein paar Stunden schon. Du musst, mein Bester. *Du musst!*“

18

Wovon soll ich berichten, doch eigentlich vom großen *Showdown* am Ubierring. Oder? Allenfalls noch von meinen verzweifelten Versuchen, jemanden für unseren Coup zu interessieren. Oder?

Leider gab es eine Menge anderer Dinge, sämtlich unerfreuliches Zeug, das ich heute, aus der Rückschau, nicht einfach unter den Teppich kehren sollte.

Der Donnerstag wurde, je länger er andauerte, immer katastrophaler, legte langsam seine Donnerstagsschlinge um meinen Hals. Dem Donnerstag sollte ich nicht gewachsen bleiben.

Es fing schon morgens an. Martina, deren Seminararbeit mittlerweile fast fertig war, ging wortlos aus der Wohnung, um ihren wissenschaftlichen Erguss bei ihrem Prof abzugeben. Ahnungsvoll hatte sie mir nachts, als ich von der Isetta nach Hause gekommen war, zugezischelt, dass es allen Schelmen einmal ans Leder gehe. Das sei in der Literatur so, und im wahren Leben wahrscheinlich nicht anders.

Mit lauwarmem Tee und ohne *EXPRESS*, zu labbeligem Toastbrot und einer Zigarette fasste ich den Entschluss, zuerst den Namen von Elas Anwalt herauszufinden, ehe die Medien dran waren.

Wolkenheims waren schlichte, schüchterne Leute. Immerhin gelang es mir, ihnen den Namen abzuquetschen: Cremer III, ein Pflichtverteidiger, wie mir Elas Mutter im Vertrauen sagte. In seiner Kanzlei war das Telefon ständig besetzt, also entschied ich mich, vorbeizufahren: Venloer Straße, irgendwo im tiefsten Ehrenfeld.

Gerade als ich aus der Wohnungstür treten wollte, sah ich das Briefkuvert, das sich unter dem Türschlitz in meine Wohnung schob. Ich riss die Türe auf und sah eine verdutzte alte Jungfer Frau Lobenwirn, die Katechetin aus dem zweiten Stock, die entgeistert aufblickte, sich umwandte und wie eine ertappte Diebin davonschlich.

Ich nahm den Brief auf und erbrach ihn. Dann beinahe mich: Wie bei Udo Jürgens drohte dieses ehrenwerte Haus damit, mich rauszuschmeißen. Nicht nur sei ich eine Schande für selbiges und ein unerträglicher Schmarotzer innerhalb der Hausgemeinschaft, sondern zudem seit mehr als zwei Wochen nicht in der Lage oder einfach nur unlustig, jene Schuld zu begleichen, die ich mit dem Verschmutzen der hoch ehrenwerten Bettwäsche auf mich geladen hätte. Also helfe nur die Setzung einer letzten Frist: Begleichung der Außenstände zum morgigen Freitag, oder die Zwangsräumung meiner Wohnlichkeiten werde unweigerlich veranlasst, und zwar noch *an diesem Wochenende*. Man habe nach endlosen Invektiven an den bis zuletzt meiner Person, seinem Mieter gegenüber loyalen Hausbesitzer Dampflamm herausfinden dürfen, respektive mit tiefer Entrüstung feststellen müssen, welches der wahre Grund für die ungeheure Verschmutzung der kollektiven Waschtrommelladung gewesen sei und reagiere ausgesprochen bestürzt auf das unmoralische, geradezu abnorme Verhalten ihres Nachbarn, von dem nicht wenige immer schon gewusst haben wollen, dass es bei diesem nicht mit rechten Dingen zugehen könne. Pfui pfui pfui! Auch sehe man sich gezwungen, das nette Fräulein Martina in Kenntnis zu setzen von den unglaublichen Machenschaften ihres Lebensgefährten, um ihr die Augen zu öffnen und zu dem Entschluss zu verhelfen, sich aus den Fängen dieser unmöglichen Person an ihrer Seite zu befreien. Unterzeichnet, im Auftrag aller Bewohner des Hauses Sülzburgstraße 159, Walburga Popensohn, Erdgeschoss, und Alisia Lobenwirn, zweite Etage.

„Alice? *Who the fuck is Alice!?*“, grölte ich durchs Treppenhaus und trampelte extra laut die Stufe runter. Was soll's denn noch.

Bei Elas Anwalt wurde ich nicht durchgelassen. Eine Kratzbürste von einer Sekretärin wimmelte mich immer wieder ab; der Herr Doktor sei nicht im Hause. Also zog ich unverrichteter Dinge wieder ab und dachte an die Isetta, der sich hier nicht so einfach hätte abwimmeln lassen. In einer Dönerbude kaufte ich mir eine türkische Pizza, lief den Weg zurück zur U-Bahn und legte mir eine Liste der potentiellen Kandidaten für unsere Story zurecht: *EXPRESS* und *Bild* natürlich. Vielleicht gelangte man zufällig an den Reporter, dem Anja Schickedantz damals schon was in Aussicht gestellt hatte. *Stadt-Anzeiger* oder *Rundschau*? Warum nicht. Schließlich *Stern* und *SPIEGEL*, zur Not auch *Focus*. Der *kicker* dürfte ebenfalls ein gewisses Interesse haben. Und außer den Printmedien? *Welle Köln 106,8* oder *Radio Köln* waren zu arm, aber der *WDR* kam durchaus in Betracht. Und selbstverständlich sämtliche Privaten, außer *RTL*. Ich stürzte zurück in meine Wohnung.

Und Martina stürzte sich auf mich. Ihre Fingernägel krallten sich in meine Nackenmuskeln, ihr Gebiss in meinen Oberarm. Dann fing sie an zu kratzen, ehe sie in einen Heulkrampf ausbrach und mit den Fäusten auf meinem Brustkorb rumtrommelte. Schließlich packte sie wieder die blinde Wut, und sie trat nach mir, zielte genau zwischen die Beine. Sie riss eine Porzellanvase vom Schuhschrank: Das Ding zerschellte in Kopfhöhe hinter mir an der Wand. Dann die eiserne Kehrschaufel und der Handfeger, mit denen sie mir empfindliche Beulen beibrachte. Unter schrillem Geschrei schließlich noch meine kostbare Bierglassammlung, allen voran die guten *Stout*-Gläser, die ich unter Einsatz meines Lebens aus englischen Pubs geklaut hatte. Dann endlich konnte ich ihr eine scheuern.

Ein Gutes hatte die Sache: Dampflamm und die anderen aus dem Haus würden nicht mehr viel anrichten können mit ihrem Vorhaben, Martina das Vorhandensein des signierten Filzstiftes zu stecken. Ich hätte es denen auch, ehrlich gesagt, am allerwenigsten gegönnt.

Was passiert war? Moni hatte angerufen und wollte im Grunde bloß Vollzug melden: Dass sie Kurt Kiefer angerufen und ihn in die Südstadt bestellt hatte, und dass der sich nicht zweimal hatte bitten lassen. Unglücklicherweise war es Moni leid, schon wieder von einer reservierten weiblichen Stimme abgebügelt zu werden, und diesmal beließ sie es nicht bei dumpfen Andeutungen. Nein, Moni schwärmte Martina vor, wie gut der Klaus im Bett sei. Wie toll er es auf indisch besorgte. Und auf was für irre aufregende, *heterosexuelle* Ideen der komme: Einmal hätten sie und er es sogar in einem Wäschereikeller getrieben.

Martina wollte natürlich auf der Stelle ausziehen. In Einkaufskartons verstaut standen schon ein paar ihrer Sachen im Flur, ihre Koffer waren gepackt. Ihre Eltern hatten sich sofort bereiterklärt, sie fürs Erste aufzunehmen. Und wehe mir, wenn sie die Isetta erreichte: der würde mir den Rest besorgen. Und den Kühlschrank hatte sie leergemacht. Und meine Flaschen in den Ausguss gekippt, und ein paar ihrer Wörterbücher aus meinen Bücherregalen genommen, und die elektrischen Kochplatten abmontiert und mitgenommen und den CD-Player und den Tee und das Klopapier. *Paff!!*, knallte sie zum Abschied mit der Wohnungstür. Ihr Vater wolle vorbeikommen und die schweren Sachen abholen, brüllte sie von draußen, und ich solle es besser nicht wagen und dann in der Wohnung sein.

Etwas ungünstige Voraussetzungen waren das, um mit Überzeugung Sensationsgeschichten an den Mann zu bringen. Entsprechend fahrig und aufbrausend war ich, und verscherzte es mir so bei den seriösen Zeitungen. *Bild* war da schon interessierter; man stellte mich durch in die Sportredaktion.

„Sie sind der Journalist, dem die Anja Schickedantz kurz vor dem Anschlag die große Enthüllungsgeschichte angeboten hat?“, fragte ich.

„Und die wollen jetzt *Sie* mir anbieten, was?“, kam es zurück.

„Angst vor den großen Tieren? Na?“

„Wer sind Sie? Na?“

„Derjenige, der weiß, wer der Mörder ist“, protzte ich.

„Ich bin beeindruckt“, wurde ich verarscht.

„Hören Sie, da steckt mehr hinter, als Sie denken. Unter anderem das Spiel am Samstag. Wir können beweisen, dass es verschoben wird. Und das sollten wir tun, bevor es angepfiffen wird …“

„Ach ja? Was steckt denn so dahinter?“

„Wer. *Wer*, nicht was“, entgegnete ich.

„Na?"
„Große Tiere. Wie gesagt. Wo können wir uns sehen?"
„Nicht so schnell mit die jungen Pferde. Wer?"
„Mann, die Scheiße müsst ihr morgen, allerspätestens übermorgen früh raushauen. Sonst ist's zu spät!", schrie ich.
„We-her!?", säuselte er.
„Klabund, Hannes Böcker. Und ein paar Hools. Und Ela Wolkenheim, so ganz nebenbei: die sitzt unschuldig. Die hat nix mit dem Anschlag auf Anja Schickedantz zu tun."
„Wie soll Hannes Böcker ein Spiel verschieben, bitteschön? Der ist zu blöde, um aus dem Bus zu gucken. Wie soll der ein Spiel verschieben, geschweige denn Anja Schickedantz umbringen?"
„Weil er einen, sagen wir, einen großen Unbekannten im Rücken hatte. Einen, den genauso alle kennen. Vereinsführung, ich sage nur: Vereinsführung …"
„Aha? Und, wer?"
„Wo, wann?"
„Erst den Namen. Dann vielleicht."
„Wo, wann?"
„In der *Tant*, halb sechs. Wer?"
„Geht nicht. Um halb sechs überführen mein Kumpel und ich den Mörder!" Fand ich clever, den Spruch. Kam aber wohl eher lächerlich.
„Soso. Überführt ihr den Mörder. Wer seid ihr, Tarzan und Klößchen?"
„Habt ihr einen Fotoreporter frei? Halb sechs vor dem *Greco*, am Ubierring!", setzte ich nach.
„Pffft!", machte es am anderen Ende der Leitung. Dann nichts. „Wer jetzt? Sag schon, Mann", setzte der Typ schließlich irgendwann nach.
„Sagen wir, sieben Uhr. Okay?"
„Okay. Geht in Ordnung, Chef!" Er machte sich immer noch lustig. „Aber vorher, *wer*?"
Ich räusperte mich. Was sollte ich machen?

„Klunkertz!“, sagte ich schließlich.

Ein Knacken war die Antwort. Dann war die Verbindung tot. Er hatte aufgelegt.

EXPRESS dasselbe. Beim Namen Klunkertz brach das Gespräch ab. Erst dachte ich, dass sie es zu weit hergeholt, zu *abenteuerlich* fanden. Zu unglaubwürdig. Dann redete ich mir ein, dass Klunkertz auch ihnen ein zu heißes Eisen sei. Was wirklich dahintersteckt, ich würde es nie rausbekommen.

Beim *SPIEGEL* landete ich in der Anzeigenannahme, wo man sich beharrlich weigerte, mich weiterzuverbinden. Beim *Stern* lief nur ein Anrufbeantworter: Heute erst war die letzte Ausgabe erschienen, die waren ganz offensichtlich im journalistischen Entmüdungsbecken. Überhaupt würden uns die Nachrichtenmagazine kaum helfen können, die Sauerei am Samstag zu verhindern. Schließlich kam auch der *Focus* erst montags auf den Markt.

Ein ganz großes Fiasko waren die Radio- und Fernsehstationen. „Dürfen wir Sie mal mit unserem Herrn Bednarz verbinden?“, ulkte man mir beim *Deutschlandfunk* entgegen. *WDR* und die Privaten blockten unisono, und eine Dame bei *SAT 1* deutete mir an, warum.

„Ach, Sie sind's. Na endlich. Wurde ja auch Zeit, dass Sie uns anrufen. Wir waren ehrlich gesagt schon etwas pikiert, dass Sie sich *so* lange Zeit nehmen.“

„Äähm ... würden Sie mir bitte ...!?“

„Was haben Sie uns denn anzubieten, na? Altbier, das sie mit Fürzen durchsetzt haben? Oder einen Frauenmörder, einen *veritablen* Prominentinnenkiller?“

Na klasse. Sie sprechen sich untereinander ab. Warnen sich gegenseitig vor halbseidenen Informanten. Mit meiner Soloaktion bei *RTL Explosiv* hatte ich uns doch einiges verbockt.

Die einzigen, die wirklich interessiert klangen und auch bereit waren, sich zu einem informellen Treffen zu verabreden, waren die beiden Redaktionen der Stadtillustrierten. Die mögen jedweden Stunk, alles, was gegen das Establishment geht. Der Haken war nur, dass sie uns allenfalls in ihrer übernächsten Monatsnummer einbauen konnten. Reichlich spät, *zu* spät.

Es war schon fast halb vier, als ich die Wohnung verließ und lustlos in Richtung Uni-Center schlurfte, um Martinas Vater aus dem Weg zu gehen, einer Kante vom Format seines Sohnes. Bis halb sechs war's noch hin. Ich fuhr, keine Ahnung warum, zum Walraffplatz, um im *Merzenich* eine Tasse Kaffee zu trinken.

Die Leute schlenderten gemütlich, ohne Hast über den sonnenüberfluteten Platz; ein paar schleckten unter den Bäumen ihr Eis, andere zogen zielstrebig dem Domplatz zu: mit Kameras behangene Touristen. Für Mitte März war es schon erstaunlich warm; draußen in den Schrebergärten und in den wenigen Beeten unten am Rhein brachen die ersten Krokusse durch, wahrscheinlich auch schon Osterglocken.

Junge Mütter spazierten müßiggängerisch mit ihren Kindern vorbei, den Buggy mit den Jacken vor sich herschiebend, während ihre Kleinen mit O-Beinen, wie ein Miniatur-Littbarski über den Platz wackelten, Tauben jagend, Passanten angrinsend. Verliebte, nicht viel jünger als ich selbst, stromerten Arm in Arm entlang, verharrten zu einem langen Zungenkuss, ihrer Umwelt gegenüber vollkommen gleichgültig, die sie ansah, wegsah, wieder kurz ansah und lächelte, den Kopf schüttelte, mit anderen schnatterte, auf jeden Fall irgendwann weiterflanierte. Das hier war ein Plateau der Welt, wie sie heute normal genannt wird: Straßenmaler, Jehovas Zeugen, Penner, Nutten, Businesspeople. Der Einzige, der außen stand, nicht rein passte, war ich.

Der Rest Kaffee, den ich eine Weile in meiner Tasse geschaukelt hatte, schmeckte bitter, nach verbrannten Bohnen. Ich würgte ihn runter, nahm ihn an wie den Vorgeschmack einer Strafe. Meine Wohnung wurde soeben ausgeräumt; die zweite Hälfte, *meine*, war wahrscheinlich morgen dran, wenn die Mietergemeinschaft ernst machte. Die Isetta würde irgendwann alles erfahren, und so in seinen dunkelsten Ahnungen bestätigt werden: Ich hatte seine Schwester mit einer anderen betrogen. Sarah Wigaldski hing wie ein Damoklesschwert über mir. Ihrem Freund Marcel traute ich sogar noch Gemeineres zu als der Isetta. Das einzige was blieb … Moni?

Brav stellte ich die leere Kaffeetasse auf dem Tablett mit schmutzigem Geschirr ab und schlich mich. Noch anderthalb Stunden. Ich beschloss, mich zu Fuß auf den Weg in die Südstadt zu machen.

An der Haltestelle Ubierring peilte ich die Lage, zog dann am *Spielplatz* vorbei um den Block in Richtung Mainzer Straße. Am Fachhochschulgebäude vorbei schlich ich mich zurück in Richtung Ringe. Vor der Buchhandlung auf der Ecke tat ich so, als betrachte ich die Auslagen, schlüpfte dann rein. Durchs Fenster äugte ich auf die andere Seite des Ubierrings. Im *El Greco* hatten sie extra für die Isetta, der auf dem Bürgersteig geparkt hatte, die Fensterfront geöffnet. Innen war alles rammelvoll: wahrscheinlich seine Kommilitonen, die er doch in recht ansehnlicher Zahl zusammenbekommen hatte.

Es war jetzt viertel nach Fünf. Ich verließ die Buchhandlung und gelangte auf den breiten Grünstreifen zwischen den Fahrbahnen, der zur Straßenbahnhaltestelle *Ubierring* führte. Geschützt von den Bäumen und Sträuchern, die die Fußgängerallee säumen, setzte ich mich auf eine Bank und beobachtete aus der Entfernung, was sich ums *El Greco* abspielte. Ich rechnete damit, dass Kurt Kiefer mit dem Auto, vielleicht auch mit der Straßenbahn kommen würde: In beiden Fällen musste er am Rautenstrauch-Joest-Museum vorbei, das ich im Blick hatte. Mit jeder Ampelphase spuckte die Rheinuferstraße ein paar Fahrzeuge auf den Ring in Richtung Chlodwigplatz aus, aber keiner fuhr so langsam, dass man denken konnte, er suche einen Parkplatz oder eine bestimmte Kneipe. Auch aus den Straßenbahnen, die alle fünf Minuten hielten, stieg keiner aus, der wie Kurt Kiefer aussah.

Um kurz vor halb sechs kam Bewegung in die Sache. Aus dem *El Greco* strömten Studenten ins Freie, postierten sich am Fußgängerüberweg zur Mainzer Straße und entlang der zweispurigen

Fahrbahn vor der Pinte. Einer half der Isetta, die Bürgersteigkante herunterzufahren, so dass er sich zwischen zwei parkenden Autos in Lauerstellung begeben konnte. Schließlich entdeckte ich Marcel, der als einer der letzten aus der Kneipe nach draußen kam, Hand in Hand mit einem jungen und, sofern ich das aus der Entfernung beurteilen konnte, sehr gutaussehenden Ding. Mir pochte das Herz bis in den Hals: nicht in Sorge um die Isetta, nicht aus Angst vor unserem Kuttenklatscher, sondern weil ich stark vermutete, dass das da bei Marcel Sarah Wigaldski war, seine Freundin, die jetzt wegen mir die Zeit und Muße besaß, den Showdown mitzuerleben.

Damit war für mich klar: Sarah Wigaldski hatte ausgepackt. Hatte Marcel und wahrscheinlich auch der Isetta erzählt, dass jemand sie mit genau der Story, die die Isetta hier soeben zu Ende bringen wollte, gelinkt und aus der Redaktion von *RTL Explosiv* gekegelt hatte. Sie werden ziemlich schnell gewusst haben, wer das gewesen sein könnte. Und wie es schien, hatten sie als Gegenmaßnahme *mich* rausgekegelt und wollten die Sache nun unter sich verteilen. Den Rahm abschöpfen. Ich hatte längst keine Chancen mehr: Sämtliche Fernsehredaktionen wussten ja bereits von diesem Verrückten, der sich als Informant ausgibt und Sensationelles im Fall Anja Schickedantz verspricht, ehe er mit Amateuranalysen von Bierproben auf Hinhalten spielt. Ich war unten durch: aber sie waren's noch nicht. Ich malte mir aus, wie Sarah eine grandiose Rückkehr in die Nachrichtenredaktionen gelingt; wie die Isetta mit Triumph in den Augen und einem nagelneuen Rollstuhl unterm Hintern in Merheim vorfährt und die frisch freigelassene Ela Wolkenheim abholt; wie Marcel mir auflauert und wir beide in einer Prügelei mit sämtlichen schmutzigen Tricks ausmachen, ob seine Gerechtigkeit oder mein Überlebenstrieb siegt. Mit einem Schlag überkam mich kalte Wut und ich erhob mich, eilte zum Ort des Geschehens und mischte mich unter die Studenten. Nur von den dreien, der Isetta, Marcel oder Sarah, wollte ich noch nicht entdeckt werden: Das hier sollte die Isetta zuerst schön alleine zu Ende bringen, danach konnte ich immer noch meinen Hut in den Ring werfen.

Kuttenklatscher-Kurti kam in einem ockerbraunen Viertakter-Granada. Er fuhr im Schritttempo an der Front des Museums vorbei auf der Suche nach dem *El Greco*, wo seine Extrabelohnung auf ihn wartete. Der Pulk der Sozialpädagogikstudenten, die die Isetta aufgetan hatte, tat so unorganisiert und zufällig, wie es dreißig Menschen, die sich an einer einzigen Straßenkreuzung knubbeln, eben tun können. Kurts Granada röhrte vor bis an die Ampel, an der er hielt und mit spotzendem Motor wartete, bis er grün bekam.

Als die Ampel umschlug, fuhr er vorsichtig an, glotzte durch die Windschutzscheibe die Fassadenfront des Ubierrings entlang, entdeckte die gesuchte Pinte. Seine Gesichtszüge mit dem an den Enden gezwirbelten Schnäuzer entspannten sich, er kratzte sich am blankrasierten Schädel. Die Horde Studenten schien er komplett zu ignorieren.

Kaum war er über die Kreuzung rüber, schnitten ihm hinter dem Heck seines Granadas ein halbes Dutzend von ihnen den Rückweg ab. Vor ihm, etwa dreißig Meter entfernt, rollte sich die Isetta auf die Fahrbahn, und einer fuhr vom Parkstreifen im Rückwärtsgang bis auf fünf Meter hinter seinen Rollstuhl heran, um die rechte Fahrspur zu blockieren: Kuttenklatscher-Kurti war eingekeilt. Die restlichen Studenten säumten den künstlichen Käfig: begierig, alles, jedes Wort, jede Einzelheit mitzubekommen. Die Isetta hatte seine Leute genau so instruiert, wie ich es ihm am Abend vorher vorgeschlagen hatte. Das hier war mein Plan, und alles klappte entsprechend am Schnürchen!

Ich schob mich nach vorne, stellte mich in die zweite Reihe des Studentenpulks. Kurt Kiefer hatte die Seitenscheibe heruntergekurbelt. Die Isetta fing an, Marcel neben sich.

„Du hast keine Chance. Hier kommst du nicht raus“, brüllte er. „Steig aus!“

„Was soll der Scheiß, ey!? Mach, dass du auf Seite rollst, du Arsch!“

„Wir wissen, dass du Anja Schickedantz umgebracht hast. Also Vorsicht! Das hier sind alles gute Freunde von Anja", antwortete die Isetta ruhig. Nicht schlecht, da hatte einer wirklich seinen Auftritt geprobt. Kurt Kiefer dachte allerdings nicht im Traum daran, seinen Wagen zu verlassen. Stattdessen spielte er mit dem Gaspedal, qualmte die hinter sich ein.

„Du bist doch der Spasti aus dem Stadion! Der Pissbeutelschleuderer", grölte er.

„Und die hier warten bloß darauf, dich fertigzumachen. *Richtig* fertigzumachen!"

Die Isetta schleuderte einen Stein auf seine Motorhaube.

„Heee, du Sau!", brüllte der Hool, fuhr an, bremste knapp vor dem Rollstuhl ab und lehnte sich aus dem Fenster. „Ich fahr dich platt, du Arsch!", raunte er bedrohlich. Die anderen wurden unruhig, zogen den Ring um den Wagen ein Stück enger. Nur die Isetta blieb cool.

„Eine Chance hast du. Hörst du mich, Kurt Kiefer!?", brüllte er. Sollte den anderen wohl einschüchtern, dass er seinen Namen kannte.

„Verpiss dich, du fette Ratte!", keifte der zurück. Die Isetta schleuderte einen zweiten Stein, diesmal auf die Windschutzscheibe. Ein hübscher sternförmiger Sprung zierte das Glas.

„Gib's einfach zu. Dann brummst du ein paar Jährchen und gut ist's". Noch ein Stein, der Seitenspiegel fiel ab. „Bleibst du stur, gibt's Kasalla. Hier und jetzt: *unvergessliches* Kasalla!"

„Biste bescheuert!? Niemals!"

Die Studenten ließen jetzt ihre Steine in ihren Händen spielen: Einige warfen sie ein Stück in die Luft, um sie dann wieder aufzufangen, andere rieben sie mit den Fingern.

„Los, Kiefer! Mach schon! Raus damit: *Ja, ich war's!* Na!?"

„Ihr ARSCHLÖCHER!!!"

Und die Ereignisse nahmen ihren Lauf. Hektisch fummelte Kurti an seiner Gangschaltung, legte den Rückwärtsgang ein. Mit quietschenden Reifen fuhr er an. Die Studenten hinter ihm stoben auseinander, und er setzte bis an die Fußgängerampel zurück, wo einer von den Sozialpädagogen die Autos in die Seitenstraße umleitete. Dann gab er mit durchgetretener Kupplung Vollgas, ließ den linken Fuß los. Der Granada drohte seitlich auszubrechen, doch Kurt fing ihn wieder und bretterte schnurstracks auf die Isetta los, der hilflos mitten auf der Straße stand. Marcel sprang zur Seite. Ein Knall wie bei einem Frontalzusammenstoß: Blech gegen Blech. Ein Schrei, der plötzlich erstickt, als die Isetta seitlich aus seinem Rollstuhl kippt und mit dem Kopf auf den Asphalt der Straße schlägt. Lähmendes Entsetzen.

Kurt Kiefers Granada röhrt den Ring runter: Brutal hat er sich den Weg freigerammt und verschwindet irgendwo am Kreisverkehr am Chlodwigplatz.

Irgendwann rennen die ersten zur Isetta und inspizieren den Schlamassel. Keiner traut sich so recht, den Fleischhaufen, der da auf dem Straßenasphalt liegt, anzufassen. Ein paar reden auf ihn ein. Marcel dreht auf dem Bürgersteig durch, trommelt mit den Fäusten auf Autodächer. Neugierige strömen aus der Kneipe raus, aus den Restaurants nebenan. Keiner tut was.

Ich renne ins *El Greco* und rufe einen Notarzt. Alles, was ich denken kann, ist, dass die Isetta am Samstag wohl zum ersten Mal nach ewig langer Zeit ein Heimspiel verpassen wird. Dann stolpere ich raus, auf die Menge Gaffer um die Isetta zu, schlage mich durch bis zu ihm: Er blutet am Kopf, die Augen starr geöffnet. Schürfwunden am linken Arm, die Beine unnatürlich verdreht. Er stöhnt, aus dem linken Ohr sickert unaufhörlich Blut. Sein Puls ist noch da, aber schwach. Obwohl er wie ein Verrückter losbrüllt dabei, hebe ich vorsichtig seine schweren Beine an, lasse zwei Studenten drunterkriechen, um ihn in eine Schocklage zu bekommen. Ich schreie ihn an, scheuere ihm eine nach der anderen, er stöhnt weiter. Aber er lebt.

Als der Notarzt kam, war es Zeit, mich zu verziehen. Aus der Entfernung sah ich, wie sie die Isetta abtransportierten und Marcel, der die ganze Zeit über stumm und lethargisch dagestanden und mein Eingreifen verfolgt hatte, mit in den Rettungswagen stieg. Martinshörner jaulten auf, eine Rotte Polizisten traf ein, nahm sich die Augenzeugen vor und leierte einem von ihnen das Autokennzeichen aus dem Kreuz. Kurt Kiefer drohte auf die Weise ein Verfahren wegen Unfallflucht, allenfalls. Keines wegen Mordes.

Dann zerstreute sich alles. Ich saß wieder auf der Bank im Grünstreifen zwischen den Fahrbahnen: Ruhe kehrte zurück. Straßenbahnen pulsten im üblichen Takt vorbei, Laternen widerstanden der einziehenden Dunkelheit. Eine junge Frau kam auf mich zu, zog gedankenverloren und nägelkauend an meiner Bank vorbei, das Gesicht voller Sorgenfalten und den Blick gesenkt. Wenn ich mich nicht irrte, war das Sarah Wigaldski.

Mit der nächsten Fünfzehn fuhr ich bis *Zülpicher Platz*, mit einer Neun bis zur Sülzburgstraße in eine Wohnung, die nicht mehr lange meine sein würde.

19

Den Freitag verdämmerte ich. Kaufte mir frühmorgens eine Flasche Ouzo, dazu Oliven, eine Packung Zigaretten und ein kleines Päckchen frischen Tee. Ich dachte, wenn es schon der letzte Freitag in diesen beschaulichen Räumlichkeiten werden soll, dann muss man ihn auch angemessen feiern. Um halb elf war ich ordentlich voll.

Gegen Mittag schaute ich bei Günter Gras vorbei, besorgte mir auf Pump ein halbes Gramm. Die *EXPRESS*, die ich mir am Büdchen kaufte, schlagzeilte was vom Spiel der Spiele und machte mit Formkurven von sämtlichen Spielern und Trainern der beiden Mannschaften auf. Dezent tippten Vorständler vom FC auf einen knappen Sieg, und wussten es da schon besser: Gegen einen vollgedröhnten FC würden es die Pillenkicker nicht allzu schwer haben. Der feiste Klabund gab sich mit einem torreichen Remis zufrieden. Dieses verlogene Schwein!

Ich hatte die Nacht über schlecht geschlafen: Martinas Vater hatte sogar die große Matratze aus unserem Bett mit abgeschleppt, zudem das kleine Klappsofa, das zwar ihr gehörte, aber in unserem gemeinsamen Wohnzimmer stand. Auf einer dünnen Isomatte kam ich nicht in den Schlaf, und morgens wachte ich mit Rückenschmerzen auf. Zugegebenermaßen hielt mich auch der Gedanke an die Isetta wach: Wo mochten sie ihn hingebracht haben? Hatten sie ihn wieder einigermaßen hinbekommen? Jetzt, gegen halb zwei am Freitagmittag, ließ ich mich bereitwillig in den Rausch sinken. Mir war alles egal.

Nachmittags tauchte Martina auf, platzte grußlos herein und klaubte ein paar vergessene oder übersehene Sachen aus dem Badezimmer zusammen. Ich fragte sie, wie es ihrem Bruder ginge. Offenbar hatte sie sich vorgenommen, auf Worte von mir an ihre Adresse gar nicht zu reagieren, und kramte zunächst beharrlich ihr Zeug weiter in eine Reisetasche.

„Sag schon. Wo liegt er?", drängte ich.

Sie sah mich an, erstaunt. Dann strich sie sich eine Haarsträhne aus dem Gesicht, richtete sich auf, schob beide Hände in die Hüften. Und sah mich frontal an.

„Uniklinik? Weyertal, Augustinerinnen? Wahrscheinlich am ehesten irgendwo im Severinsviertel, was?“, setzte ich nach, mit einem Ton, der so aufrichtig und einfühlsam wie möglich klingen sollte.

„Was redest du da?“ Offensichtlich hatte sie nicht den leisesten Schimmer, wovon ich sprach.

„Von Rolf rede ich“, sagte ich mit zitternder Stimme. „Mensch, den hat dieser Idiot von Kurt Kiefer gestern über den Haufen gefahren, vor der Fachhochschule. Sag bloß, du weißt noch nichts davon!?“

Wusste sie in der Tat nicht. Niemand hatte sie oder ihre Eltern verständigt. Sie kriegte einen Heulkrampf, kauerte sich in schierer Verzweiflung auf den Teppichboden, schluchzte. Ich näherte mich ihr, legte ihr den Arm um die Schulter.

Ich wusste, dass so was riskant war, aber sie ließ es geschehen. Mit ruhiger Stimme erzählte ich ihr, was geschehen war. Sie sah mich an: ein Blick wie eine Mischung aus Hass, Ratlosigkeit und einem Schuss Dankbarkeit, dass jemand neben ihr hockte und sie festhielt. „Ihr verdammten Vollidioten!“ war alles, was sie zwischen ihren zusammengebissenen Zähnen hervorpresste.

Dann ging sie, griff nach der Tasche und verschwand ins Treppenhaus. Ich rief ihr nach, dass sie mir Bescheid geben solle, wenn sie erfuhr, wo sie ihren Bruder hingebracht hatten. Ich wusste, dass sie es nicht tun würde, und ehrlich gesagt, ich hätte nicht sagen können, ob ich ihn tatsächlich besucht hätte. Später, Monate später erzählte mir mein Kumpel Bruno mal, dass er die Isetta irgendwo in einer Szenekneipe in der Südstadt gesehen hatte: einigermaßen wohlauf, wenn auch nicht mehr der alte Rabauke, der die Blicke auf sich zieht und für die Unanständigkeiten zuständig ist. Und ohne Rollstuhl! Die Isetta ging auf Krücken! Die Isetta konnte gehen! Ich wollte es Bruno nicht glauben und ließ mir den Namen von dem Schuppen geben, um mir selbst ein Bild zu machen. Wie damals, als wir Abend für Abend im *Laternchen* auf Hannes Böcker gewartet hatten, ging ich da hin, und irgendwann kam auch er, die alte Isetta. Aus einer Ecke heraus beobachtete ich ihn, wie er darum rang, als die alte Skandalnudel angenommen zu werden, aber nur ein müdes Gelächter erntete, wenn er den Geißbock auf seiner immer noch feisten Arschbacke entblößte. Es war eben was Grundverschiedenes, im Rollstuhl zu sitzen und lebensfroh zu tun, oder bloß mit Krücken rumzustolpern, was jeder Kreuzbandriss genauso gut konnte. Ich wunderte mich, was passiert war, und setzte Bruno auf die Isetta an. Und der berichtete mir dann, was mein alter Spießgeselle Isetta ihm erzählt hatte: Nach dem Unfall vor dem *Greco* hatte man in der Klinik Reflexe in seinen Beinen festgestellt und setzte sodann alles daran, einen Querschnitt zu heilen. Widerwillig machte die Isetta eine Rehabilitationsmaßnahme nach der anderen mit, bis es endgültig feststand, das Wunder: Hier sollte einer aus seinem Rollstuhl wieder auferstehen. Die Isetta, dem das mit den Reflexen schon vorher nicht verborgen geblieben war, der aber tunlichst die Klappe gehalten hatte, weil er um sein bequemes Dasein mit all den Vergünstigungen fürchtete, ging das natürlich ordentlich gegen den Strich. Aber was sollte er machen?

Martina war gerade durch die Tür, da stand das Terrorkommando von unten vor der Wohnung:

Dampflamm und die Lobenwirn. Mein Vermieter sagte, er sei bereit, auf meine Restschulden bei ihm zu pfeifen, und das Frollein Lobenwirn richtete mir im Namen aller Mitbewohner aus, dass man im Weiteren davon Abstand nimmt, die noch ausstehende Summe von D-Mark Achthundert einzuverlangen. Ausziehen reicht vollkommen – das aber bitteschön umgehend! Dampflamm erklärte, dass der Enkel von der guten Frau Popensohn, ein wunderbarer junger Mann und strebsamer Student der Zahnmedizin, bereits darauf warte, die Wohnung zu übernehmen. Ich hielt den beiden den Stinkefinger unter ihre Nasen und schubste sie unsanft ins Treppenhaus. Dann verriegelte ich die Wohnungstür, schmiss mich auf die Isomatte und trank den restlichen Ouzo auf einen Schluck aus.

Abends rief ich Moni an: wenigstens eine, die sich freute meine Stimme zu hören. Wie es mit Kurt Kiefer gelaufen sei, wollte sie wissen, ob etwas schief gegangen sei.

„Wieso? Woher weißt du …?"

„War heute helle Aufregung im Geißbockheim. Sowieso schon der Rummel wegen dem Spiel morgen, und dann hör ich, wie der Klunkertz einen Tobsuchtsanfall kriegt. Kurz danach heißt es, für das Spiel gegen Bayer Leverkusen werden keine Innenraumkarten für Rollstuhlfahrer akzeptiert. Wenn die das Spiel unbedingt sehen wollen, sollen sie sich ganz normale Tribünenkarten besorgen und sich von ihren Begleitern auf den Oberrang rauftragen lassen. Ist doch'n starkes Stück, was sagst du?"

„Die Isetta wird's wenig jucken, vorerst", gestand ich ein. Dann lieferte ich ihr die Kurzfassung von den Geschehnissen vom Donnerstag.

„Da wird sich wohl der Kurt bei Klunkertz beschwert haben!", kommentierte sie.

„Seh ich auch so. Haben die rausgekriegt, wer ihn angerufen hat?"

„Nö. Kam jedenfalls nix. Mein Gott, Klaus. Bin ich froh, dass euer scheiß Rumschnüffeln jetzt endlich zu Ende ist!"

Also, froh war *ich* nicht. Und bin es bis heute nicht wieder geworden, was das Ende unserer verdeckten Ermittlungen angeht. Für mich ist das alles nach wie vor ein Stachel, der verflucht tief sitzt. Eine Ungerechtigkeit sondergleichen. Wenn ich nur dran denke, wie sie danach das Gerichtsverfahren gegen die Ela Wolkenheim mit Riesenbrimborium aufgezogen haben. Aber ich fang schon an wie die Isetta!

Okay, der Vollständigkeit halber: Es kam noch der Samstag. Mit einem heftigen Kater wachte ich auf. Der Tee schmeckte nach

Spülwasser, die Zigarette nach Kamelmist. Die Zeitungen blökten den großen Tag in die Stadt: „Endspielfieber!" Beim FC spekulierte man darauf, erstmals nach dem Mord an Anja Kralle Schickedantz ins Aufgebot zu nehmen: als Joker sozusagen, wenn es nicht anders funktionieren sollte.

Ich wusch und rasierte mich, als es klingelte: Die vorausblickenden Mitbewohner des Hauses hatten im Einvernehmen mit Dampflamm beschlossen, einen Möbelpacker zu engagieren, um mich auch tatsächlich loszuwerden und jedwede Verzögerungstaktik, die ich mir hätte einfallen lassen können, zum Scheitern zu bringen. Es war ein schlaksiger Enddreißiger, viel zu dünn und hager, um in dem harten Packerjob alt werden zu können. Sie hatten ihm mit auf den Weg gegeben, wenn nötig das Zusammenpacken und Einräumen meiner Klamotten und Möbel zu beschleunigen, und jetzt stierte er unentschlossen auf den komplett eingerichteten, nicht im Ansatz zum Umzug fertigen Teil der Wohnung, in dem bis dahin ich gelebt hatte. Mitleidig sah er mich an und kam sich wahrscheinlich vor wie jemand von der *Spedition Inkasso*.

„Nu mal keine Tränen hier!", munterte ich ihn auf. Dann legten wir beide los und hatten bis halb zwei etwa die Hälfte unten. Ich rief meinen Vater an, der mir erlaubte, das Zeug solange in seinem Keller zwischenzulagern. Als mein Packer sich in seine Fahrerkabine schwang und losfuhr, hatte ich ihm versprochen, brav in meiner Wohnung zu warten, bis er zurück sei. Als er um die Ecke in die Zülpicher bog, war ich *schwuppdiwupp* verschwunden. Eine Currywurst in der Frittenbude gegenüber vom *Kurkölner* noch, dann ging's ab ins Stadion.

Und da wurde es hart. Menschen strömten von überallher in Richtung Müngersdorf. Schwarzhändler vertickten die letzten Sitzplatzkarten, die offiziell seit Mitte der Woche komplett ausverkauft waren. Nur ein paar Stehplatzkarten gab es noch, für die Nordkurve, den Leverkusener Block, direkt unterhalb der Hools, wo niemand so recht hinwollte.

Irgendwie verspürte ich, als ich gegen zwei mit meinem Rädchen am Adenauer-Weiher vorbeifuhr, keine Lust auf meinen Dauerkarten-Stammplatz im Unterrang West. Nicht bloß, weil die Leute, die bei jedem Heimspiel um mich rumstehen, blöde fragen würden, wo denn meine Freundin sei. Sondern auch, weil ich die Ereignisse in all ihrer schrecklichen Manipuliertheit aus der Perspektive der Pillendreher erleben wollte, die mit Sicherheit ebenso ahnungslos waren wie die mit den FC-Kutten. Mein Masochismus trieb mich in die Leverkusener Fankurve.

Ein erwartungsfroher Jugendlicher kaufte mir meine Stehplatz Mitte-Karte ab, für den regulären Preis. Ich wollte ihm ein „Versprich dir nicht zu viel, die Kiste ist längst über die Bühne, der Klunkertz und der Klabund haben das Match verschoben!“ mitgeben, doch er war schon selig lächelnd in der Masse verschwunden. Von dem Geld kaufte ich mir eine Karte für die Kurve.

Draußen, vor den Betontreppen, die zum Oberrang führen, standen die Hools und stierten finster. Weniger auf das Spiel waren sie gespannt, als darauf, wie es sich wohl machen würde, wenn sie ihre Feuerwerkskörper mitten in den Gästeblock schießen würden. Ich wartete noch eine Weile, ehe ich reinging, und irgendwann kam er. In Ehrfurcht gerahmt von seinen Jüngern in *Chevignon*, mit Stoppelhaar und gezwirbelter Rotzbremse: Kuttenklatscher-Kurti was here! Dann konnte es ja losgehen!

Drinnen machten sich die Torhüter als erste warm. Ein herzliches „Vollborn, du Arschloch!“ empfing unseren Gästekeeper, dekorativ gerahmt von einer knallroten Leuchtrakete in den noch verhältnismäßig schütter besetzten Gästeblock. Mit Tasso Dörfler, unserem Torwart, kam der Pick-up reingefahren und drehte mit dem überlebensgroßen Plakat von Tasso und der Kölschstange nebst Spruch „Ich bin ein Müngers*dörf*ler!“ auf der Ladefläche seine Runde, während vor der Haupttribüne ein Fass *Dorf*-Kölsch angeschlagen und in Gläser verzapft wurde und man das Schwefelbier im Kranz an die Prominenz weiterreichte.

Dann kamen die Spieler: frisch und tatendurstig die Leverkusener, etwas schlapp und fußfaul die unseren. Adi Pikler fiel beim

Überspringen der Werbebande beinahe auf die Fresse, Andy Fuss klopfte ihm auf die Schulter und schob ihn auf den Rasen. Die eigentliche Sensation aber war nicht die Anfangsformation, sondern der Ersatzspieler mit der Nummer 15. Tatsächlich, sie wagten es: Kralle Schickedantz war dabei! Unter frenetischem Jubel lief er, Ironie des Schicksals, an der Seite von Klunkertz' Spießgesellen Hannes Böcker über die Tartanbahn auf den Rasen, winkte kurz, lächelte. Ich bekam eine Gänsehaut: halb vor Rührung, halb aus kalter, nackter Wut. Wie ein Berserker brüllte ich was von „Böcker, du Mörder!", dass die Leute neben mir mich seltsam zu mustern begannen. Ich lächelte entrückt, hielt dann meinen Mund.

„Is'n Mörder, ehrlich! Ohne Scheiß!", erklärte ich meinen Wutausbruch etwas später dem Mann neben mir, der zusammen mit seinem Sohn ein komisches Pärchen bildete: der Alte mit FC-Schal, der Kleine mit Bayerkreuz um den Hals. „Hörste, Kleiner, das'n Mörder, der Böcker!", raunte ich rüber zu dem Jungen, weil der Alte mir nicht zuhören wollte. „Der bringt heute mindestens den Thom und den Völler um! Hat ein Messer in der Hose, kannste mir glauben!" Der Bursche überlegte, unsicher. Schien mir eher zu glauben als sein Vater. „Naaach, vergiss et!", sagte ich schließlich. War ja ich, der Kleine: genauso verblendet, genauso mit Flausen im Kopp von wegen jugendlicher Leichtsinn. Ob du nun mit dem Bayerschal rumläufst oder meinst, als kleiner Wicht die ganz Großen vom Verein mal eben so aushebeln zu können: Das kam genau aufs Gleiche raus. War schon richtig vom Vater, da gar nicht drauf einzugehen.

Ich nippte an meinem Flachmann, den sie bei der Einlasskontrolle wie immer übersehen hatten: auf Martina, denn es war schließlich der Rest von ihrem *Tullamore Dew*, den sie mir zu ihrer bestandenen Altenglisch-Klausur gekauft hatte! Die letzten Rollstuhlfahrer wurden reingefahren: So schnell hatte Klunkertz das Innenraumverbot wohl doch nicht durchsetzen können. Einer, auf den alle warteten, fehlte. Ich wischte mir mit der flachen Hand übers Gesicht.

Die Spieler verzogen sich in die Kabinen. Jetzt spätestens würde Klunkertz mit warmen Worten zu den Flaschen mit dem Energiedrink bitten und die Kölner Kicker schachmatt setzen.

Der Stadionsprecher verkündete die Mannschaftsaufstellungen. Soweit ich auf meinem Unterrangstehplatz verstehen konnte, was der Chor der FC-Fans und Hools über mir auf dem Oberrang zusammen mit dem Stadionsprecher verkündete, spielte Bayer Leverkusen in der Formation Rüdiger Arschloch, Jens Arschloch, Christian Arschloch, Markus Arschloch, Ioan Arschloch, Heiko Arschloch, Paolo Arschloch, Pavel Arschloch, Ulf Arschloch, Andreas Arschloch und Rudi Arschloch. Auch auf der Auswechselbank scheinbar nur Arschlöcher. Selbst der Trainer ein Arschloch. Der FC spielte wie gewohnt, wenngleich mit stärker variierenden Spielernamen. Bengalische Lichter untermalten die Ansage des Stadionsprechers.

Klunkertz und Klabund kamen schiedlich friedlich, in einen angeregten Plausch vertieft, aus den Katakomben ins Stadioninnere. „Alles geklappt, Klunkertz?" – „Aber ja doch, Klabund. Wann höre ich von Ihrer Zentrale? Die Brauerei *Spät* wird ungeduldig, und auch die Milchversorgung Rheinland will sich nicht länger hinhalten lassen ..." – „Werde ich veranlassen, Klunkertz. Auf ein interessantes Spiel dann. Habe meine Jungs angehalten, mit nicht mehr als fünf Toren zu gewinnen!" – „Ist in Ordnung. Wäre ja auch im Interesse weiterhin guter Nachbarschaft, wenn es nicht ganz so heftig ausfiele, was Klabund!?" – „Ja, hähää, jaja, hä!"

So etwa wird sich's angehört haben. Ich musste mich mit den letzten Schlucken aus dem Flachmann beruhigen.

Dann ging's los. Eindreiviertel Stunden später war's vorbei. Zwischendrin war nichts passiert, was ich nicht ohnehin schon gewusst hätte.

Der FC zunächst feldüberlegen; mit anderen Worten also: Bayer so arrogant und siegessicher, dass sie den FC erst mal berechtigte Hoffnung aufbauen lassen. Dann Konter Bayer, Biegel streichelt Sergio, den Brasilianer, der lässt sich *hin*fallen, wo dann der

Schiedsrichter *drauf rein*fällt und die krass falsche *Entscheidung* fällt: Elfmeter. Rudi Arschloch verwandelt eiskalt, schickt Tasso Dörfler in die falsche Ecke.

Selbstredend ist Paolo Sergio bei den Leuten auf den Rängen von nun an untendurch. „Schwuuuler, schwuler Ser-gi-o, ooh-hoo, schwuuuler, schwuler Ser-gi-o", hallt es durchs Rund, sogar die Hools machen mit.

Halbzeit. Auf den anderen Plätzen sieht's auch nicht eben günstig aus für uns: Gladbach führt, Karlsruhe genauso.

Zweite Halbzeit. Binnen zehn Minuten macht Ulf Kirsten den Sack zu: einmal Kopfball, bei dem Andy Fuss gepennt hat, einmal Alleingang auf Tasso Dörfler zu und Schlenzer in den rechten oberen Winkel. FC Null, Bayer Drei. Da macht denn auch Kralle Schickedantz nix mehr dran, den Trainer Toftson in der letzten Viertelstunde noch bringt. Vier Punkte Rückstand, dazu eine hundsmiserable Tordifferenz bei noch ausstehenden sechs Spieltagen. Mehr als eine Vorentscheidung.

Der Kleine neben seinem Vater grinst über alle Backen, während der Alte zwar das Leistungsgefälle zwischen Rechts- und Linksrheinischen anerkennt, aber dennoch beharrlich auf den Ehrentreffer hofft. Die Hools werden allmählich unruhig. Wieder fliegen Leuchtraketen in den Leverkusener Block, dazu blöken sie in einem fort „schwuuuler, schwuler Ser-gi-o!"

Und so kommt es, dass ich an diesem fürchterlichen Samstag doch noch was zu lachen kriege. Der Kleine ist nämlich neugierig geworden und fragt seinen alten Herrn, was die da eigentlich singen. Ich werde hellhörig und frage mich, wie der Alte *da* wohl drauf reagiert.

Er merkt's und blickt nervös rüber zu mir. Man sieht ihm an, dass er seinem Sohn nicht die schlimme Wahrheit über die Abgründe menschlichen Verhaltens offenbaren will. Noch nicht. Soll der Junge erst mal in geordneten heterosexuellen Bahnen groß werden. Was er später draus macht, ist dann seine Sache. Aber vorerst nicht.

Dann hat er eine Idee. Keine, die politisch korrekter wäre als der Schwulenschmähgesang. Aber doch eine irgendwie grandiose Idee.

„Na, was? Was singen die?“, hatte der Bursche gedrängelt.

„Zulu. Zulu Sergio! Die singen Zulu Sergio. Das ist ein Stamm aus Afrika, die Zulus. Weil der Sergio doch auch so ne dunkle Hautfarbe hat, siehste doch!“

Ich breche kurz, aber laut, in Gelächter aus. Der Vater dreht sich befremdet weg. Der Junge ist hin- und hergerissen zwischen dieser sagenhaften Erklärung seines Vaters und meinem Gegacker. Der Zweikampf ging an den Alten, zweifellos. Es sollte der einzige bleiben für den 1. FC Köln und seine Anhänger an diesem Nachmittag. Fünf Minuten später war Abpfiff.

Werner Geismar: Kölner Samba

Ein Bruno Böllmann-Roman

Er hörte das Zischen von Shaka, der Schlange, die sich immer fester um seinen Leib wickelte. Er bekam sie hinter dem Kopf zu fassen und drückte sie von seinem Körper weg. Sie zog ihre Muskeln zusammen und Bruno spannte seine an. Der Schlange war es gelungen, ihren Kopf aus Brunos Griff zu befreien. Er bekam die Schlange, als ihr Kopf vorstieß, wieder zu packen. Er drückte den Kopf der Schlange zurück. Aber Shaka verstärkte den Muskeldruck auf seinen Brustkorb. Er spürte einen Schmerz und erwartete das Knacken, mit dem die Rippen brachen ...

Der Straßenkarneval in Köln zeigt dem Anwalt Bruno Böllmann sein anderes Gesicht: Mord und Totschlag, eine Leiche, die spurlos verschwindet, und den Tod seiner Katze. Als er das Gefühl hat, dass ihn sein Freund und Chef der Mordkommission nicht ganz ernst nimmt, ermittelt er auf eigene Faust und gerät in die dunkle Welt der afrobrasilianischen Kulte, die seine gutbürgerliche Anwaltswelt aus den Fugen geraten lässt. Aus Jägern werden Gejagte ...

Ein Multi-Kulti-Krimi, der seine Spannung aus dem Aufeinandertreffen zweier Welten gewinnt: dem Frohsinn des Kölner Karnevals und den dunklen Geheimnissen des afrobrasilianischen Umbanda-Kultes. Atemlos, pulsierend und voller Sprachwitz.

ISBN 978-3-89796-218-7
232 Seiten, Broschur
Preis: 9,90 Euro

Werner Geismar: Kölner Requiem

Ein Bruno Böllmann-Roman

Die Welt des Kölner Anwalts Bruno Böllmann gerät aus den Fugen, als ihn ein Klient und Besitzer eines Tonstudios aufsucht, weil in der Küche die Leiche seiner Frau lag. Alles deutet auf einen bösen Scherz hin, denn wenig später finden Bruno Böllmann und Pepe Rogalzki, Leiter der Kölner Mordkommission, die vermeintliche Leiche quicklebendig vor. Dies scheint das Signal zu sein für eine Kette ungeklärter Bluttaten, die Köln in Atem hält. Alles deutet auf Egon van Reukelen, einen schrägen Ausdruckssänger und ehemaligen Bestatter, als Serientäter hin. Doch dann mischen sich auch die Stimme eines achtjährigen Jungen, die eines Pastors und seiner Frau in dieses Kölner Requiem ...

Ein abgründiger Psycho-Krimi, der die dunklen Seiten des Kölner Künstlermilieus aufzeigt und in die Seelenabgründe der Tatverdächtigen hinabsteigt.

ISBN 978-3-89796-226-2
240 Seiten, Broschur
Preis: 9,90 Euro

Bruno Laberthier: Abi-Gag

Kriminalroman

Amokalarm vor den Toren Kölns ...

Der letzte Schultag des Abiturjahrgangs am Euler-Mertenstein-Gymnasium läuft aus dem Ruder, als einer der Abiturienten mit gezückten Pump Guns die Turnhalle betritt. Zurück bleiben verletzte Mitschüler, schockierte Lehrer und mit Klaus Vogel ein Sozialpädagoge, der eigentlich hätte mitbekommen müssen, wie die Aktion in Chats und Foren vorbereitet wurde.

Der eingefleischte FC-Fan Klaus Vogel und seine Chefin Dolores Montizquierdo-Gíl machen sich an die Arbeit. Sie kratzen an der Fassade der Schule und stoßen auf einen Sumpf aus Abhängigkeits- und pikanten anderen Verhältnissen. Was läuft zwischen der stellvertretenden Schulleiterin und dem Amokschützen? Welche Rolle spielt einer der Lehrer, Lothar Goar? Und wie hängt das alles zusammen mit einem ungelösten Altfall? Schon einmal nämlich endete am selben Gymnasium ein Lehrer-Schülerinnen-Verhältnis in einem Ausbruch von Gewalt.

ABI-GAG ist ein spannender Trip durch das stromlinienförmige Gymnasium von heute. Leistungspauken und Elitedenken schließen das Verbrechen nicht aus. Ganz im Gegenteil ...

ISBN 978-3-89796-241-5
272 Seiten, Broschur
Preis: 9,90 Euro

Ralf Friedrichs: The Lesson Today

Roman über einen Tag im Juli 1985

Als Mike Richter in den 13. Juli 1985 zurückkehrte ...

Heiligabend in der Nähe von Köln. Die beiden nörgelnden Kinder und ein Streit mit seiner frustrierten Ehefrau Manu treiben Mike Richter aus dem Haus. Er wird ohnmächtig und erwacht in seinem 19-jährigem Körper am Vormittag des 13. Juli 1985: Der Tag seines ersten Dates mit Manu und der Tag des von Bob Geldorf organisierten Live AID Konzerts in London und Philadelphia.

Mike erlebt noch einmal die Zeit der Edwin Jeans und Vanilla Hosen, der pastellfarbenen Lacoste Poloshirts und weißen Tennissocken. Roller Skates waren in, Münztelefone noch lange nicht out.

Vor allem will er seinem Leben eine entscheidende Wendung geben. Beim zweiten Erleben des 13. Juli 1985 lässt er das Treffen mit Manu nämlich erst mal sausen ...

The Lesson Today ist eine humorig-unterhaltsame Odyssee durch einen Sommertag im Köln, der ganz im Zeichen des Live AID Konzerts steht.

ISBN: 978-3-9808820-6-4
236 Seiten, Broschur
Preis: 12,95 Euro